Einaudi. Stile Libero Big

www.einaudi.it

ISBN 978-88-06-25119-2

Flavia Amabile
Elvira

Einaudi

Elvira

ai miei genitori
ai miei figli

1.

E chi l’ha vista mai una pelle d’orso nelle strade di Napoli? Gli scugnizzi fanno a gara per toccarla, birocciai e vetturini per scansarla. Lui, l’imbonitore, la indossa con disinvoltura mentre fila via rapido, evitando strattonate e insulti. Corre, svicola e si intrufola fino a piantarsi al centro di via Foria, dove la città non è piú vicoli e bassi maleodoranti ma palazzi e giardini di agrumi.

– *Gnothi seautòn*, conosci te stesso! – urla con tutto il fiato che ha in gola, mentre la vita della Napoli di inizio Novecento gli gira intorno.

– *Gnothi seautòn*, conosci te stesso! – ripete soffiando in una trombetta per attirare ancora di piú l’attenzione dei passanti.

Gli risponde lo scampanellio insistente di un tram e il belato di un gregge di pecore. Il pastore lo minaccia con un bastone di legno e gli ordina di levarsi. Lui, la sua pelle d’orso e la trombetta stanno ingombrando la strada del rientro sulle montagne da cui è sceso quella notte per vendere il formaggio al mercato di Porta Capuana.

L’imbonitore si scosta continuando a spargere a destra e a manca il suo richiamo.

– *Gnothi seautòn*! Venghino, studenti e studentesse! Venghino, medici e aspiranti medici. Pure i falsi medici sono i benvenuti, pure chi di medicina non sape niente ma vulesse sape’ qualche cosa.

Elvira si ferma, incuriosita. – Dove bisogna andare?

L'imbonitore indica una baracca di legno su un lato della via. «Museo delle cere» è scritto accanto all'ingresso.

– Entrate, signorina. Scoprirete qualcosa di mai visto prima. Poi mi ringrazierete.

La risposta contiene una nota di mistero, una promessa di avventura. E lei ama misteri, promesse e avventure.

Si volta verso Margherita, la piú giovane delle sue sorelle, l'ultima dei cinque figli della famiglia Coda. – Entriamo?

Margherita lancia un'occhiata distratta alla costruzione in legno. Possono scriverla grossa anche il doppio la parola museo accanto all'ingresso, a lei sembra un capannone, un ricovero per bestie come quelli che si vedono nelle campagne di Cava de' Tirreni, la loro terra d'origine nella provincia di Salerno. Solo sua sorella può aver voglia di infilarsi in un posto cosí malmesso.

– Non so se abbiamo abbastanza soldi per i biglietti, – risponde.

– Ma sí, dobbiamo solo comprare due pezze di stoffa per papà che le ha terminate in negozio, – risponde Elvira.

Lo squillo di tromba risuona di nuovo a pochi passi da loro. – Signori', stateme a senti', lí dentro ci sta la meraviglia!

L'imbonitore è un maestro nel suo ruolo di incantatore di parole e Margherita si sbaglia, Elvira non è la sola a voler entrare. Davanti all'ingresso si è formata una lunga fila di persone in attesa. Famiglie con bambini, giovani studenti, semplici curiosi e una torma di monelli ad aggiungere confusione e allegria.

Elvira sbuffa, spazientita. Va a finire sempre cosí con le sorelle, il loro unico divertimento è parlare di uomini, moda e pettegolezzi. Per convincerle a fare qualcosa di nuovo bisogna obbligarle.

– Mettiti in fila, – le dice. – Io corro, il commerciante di tessuti è qui vicino. Lo conosco, mi fa sempre un ottimo prezzo –. Elvira nasconde sotto un cappello la chioma nera, riccia, crespa, impossibile da domare. – Come sto? – chiede mentre con la mano tasta le ciocche sfuggite a ogni tentativo di freno. Se il padre vende tessuti e la madre e le sorelle cuciono, lei dà una mano a tutti e sta imparando anche a confezionare cappelli. Li imbastisce, li modella, li orna, li rinnova e li indossa.

– Devo allargarlo. O mi devo tagliare i capelli. Che ne dici, Ritina? – prosegue Elvira provando a strappare un sorriso alla sorella.

– Tagliati i capelli! – ribatte Margherita in tono seccato.

Elvira si arrende. – Vabbuo', e quanto si' pesante! Mo vado! Scommettiamo che mi porto via due pezze intere a un terzo del prezzo? E dopo andiamo a visitare il museo!

Non perde tempo ad aspettare l'ennesima risposta contrariata.

Corre fino alla fine di via Foria.

Corre come una donna di ventisette anni non dovrebbe fare in strada.

Corre e il cappello si sposta lasciando di nuovo libera la chioma.

Corre e riempie di polvere il vestito.

Corre e si sente viva come mai prima di allora.

È arrivata pochi mesi prima da Salerno con la famiglia. Hanno preso casa in via Benedetto Cairoli, una delle strade oltre Porta Capuana. Il nuovo secolo è appena iniziato, quella parte di città cresce a vista d'occhio. Gli antichi fossi e le paludi hanno lasciato il posto a una miriade di strade, case e piccole aziende che gravitano intorno alla stazione ferroviaria costruita dopo l'Unità d'Italia. La considerano la nuova zona industriale, ma nelle sue vie si incontrano pochi operai. È piú facile imbattersi in capannelli di creditori impegnati a sequestrare macchinari in cambio dei pagamenti rimasti scoperti. Anche di soldi non ne circolano molti e sempre nelle tasche delle stesse persone. Diego, il padre di Elvira, l'ha scelto perché è un quartiere abbastanza economico dove vivere. Ha preso in affitto una casa e ha aperto un negozio di tessuti con una speranza non diversa da quella di ogni altro emigrante, trovare un lavoro che a Salerno non aveva piú.

Elvira torna un quarto d'ora dopo con le guance rosse per la corsa e le due pezze di stoffa sotto il braccio. La sorella ormai è abbastanza avanti nella fila. Proprio come sperava. Appoggia i tessuti a terra e prende fiato. – Hai visto? Ce l'ho fatta, ho i soldi. Altri cinque minuti ed entriamo.

Margherita le punta addosso uno sguardo carico di rimprovero. Ha cinque anni di meno ma si sente piú matura. Elvira la irrita con quella testa piena di pensieri strani, di desideri incomprensibili. Almeno per lei. Afferra le stoffe con un gesto brusco e le allontana dai basoli di pietra scura. – Fai attenzione, la strada è lurida! Comunque io non tengo voglia di andare a vedere questa roba. Ho sentito dire che ci mostrano come siamo fatti dentro, con i muscoli, i polmoni, l'utero e tutto il resto. Resta tu, se proprio ti interessa. Io porto le pezze a casa.

Elvira osserva la sorella mentre si allontana. Per un istante pensa di seguirla, non le è ancora successo di rimanere da sola nelle strade di Napoli e non si sa mai che cosa può capitare. Ma la fila è diventata un lungo serpente umano di cui non riesce a vedere la fine. Possibile che si blocchi un'intera strada solo per andare a vedere dei polmoni e uno stomaco ricostruiti? Dev'esserci dell'altro e vuole sapere cos'è.

– Signorina, non so se fate bene a restare, – l'avverte una voce alle sue spalle. Elvira si volta. Un uomo le sorride. Di sconosciuti che provano ad abbordare le ragazze era piena Salerno, e lo è ancora di piú Napoli. Infastidita, avanza di qualche passo, ma allontanarsi davvero è impossibile senza uscire dalla fila e perdere il posto.

La voce dell'uomo la raggiunge di nuovo, chiara e netta come prima. – Scusatemi, non voglio importunarvi, ma siete rimasta da sola e mi sembra giusto avvertirvi. È un'esperienza piuttosto forte, non tutti resistono fino alla fine.

Elvira si volta, gli uomini vanno affrontati a testa alta, guardandoli bene in viso, soprattutto quelli che pensano di fare colpo sulle ragazze con una scusa qualsiasi.

Si trova davanti un tizio dall'aria rassicurante. Nota il vestito scuro di buon taglio, i baffi appena accennati, il guizzo negli occhi, il sorriso irriverente. Decide di rispondere anche se fin da bambina le hanno ripetuto di non dare confidenza agli estranei. – E allora voi perché restate? E che ne sapete che è uno spettacolo cosí forte?

– Sono qui per lavoro, è la terza volta che lo vedo. Il Museo mi interessa poco, sono tornato per la parte finale.

Elvira taglia corto. L'uomo le ispira fiducia, però non le va di trattenersi troppo a lungo, non sa nemmeno come si chiami. – Bene, vi ringrazio per il consiglio –. Si gira di nuovo verso l'ingresso, impaziente di entrare e di capire che cosa si nasconde dentro la strana baracca di legno.

L'interno è poco illuminato. La folla avanza pestando i piedi, spingendosi e urtandosi, un'onda che smuove odore di fumo, corpi, cera e legno umido. Elvira è abbastanza piccola da riuscire a insinuarsi tra i visitatori. Sono tutti in visibilio davanti alle statue addossate a decine alle pareti, una fila di celebrità riprodotte fedelmente in ogni dettaglio, dall'altezza al colore dei capelli. Non è facile riconoscerle, per fortuna accanto a ognuna c'è una scritta. Elvira legge il nome di Cleopatra, Beatrice Cenci, il re Umberto I e non va oltre. Si sta annoiando, la meraviglia promessa dall'imbonitore mascherato da orso non può essere questa.

Attraversa la stanza fino a una tenda di stoffa scura e pesante. Un uomo bardato di tutto punto, con una giacca dagli alamari dorati e un berretto rosso in testa, accoglie i curiosi. – Trasite, non perdetevi l'attrazione delle attrazioni! Per la prima volta a Napoli il Museo Anatomico Ostetrico Patologico!

Elvira paga il secondo biglietto e si ritrova in una camera altrettanto affollata. Tutti hanno gli occhi puntati su una statua di cera, un corpo di donna nudo e cosí perfetto da far venire voglia di toccarlo. Qualcuno non resiste alla tentazione, allunga una mano. Un uomo con un camice bianco tiene tutti alla larga, soltanto lui può avvicinarsi. Ordina il silenzio, solleva un coltello e inizia a tagliare. Uno strato dopo l'altro. Sotto la pelle appaiono i muscoli, sotto i muscoli le costole, quindi i polmoni, il cuore, i ventricoli e all'altezza dell'addome anche un feto di tre mesi. Qualcuno soffoca un grido di disgusto.

Elvira resta indifferente. È lí per scoprire una meraviglia, non un laboratorio di vivisezione umana. Si guarda intorno, nota ancora una tenda. Dall'interno si diffonde una luce tremolante. L'uomo con i baffi e il sorriso irriverente che le aveva rivolto la parola mentre erano in fila scosta il panno ed entra.

Non esistono alternative, si può solo andare avanti o tornare indietro. Elvira lo segue.

La stanza è diversa dalle altre. Nessuna statua in mostra né corpi finti. Decine di sedie in legno sono disposte in modo casuale con l'unica premura di lasciare uno stretto corridoio al centro. Lí un ragazzetto in maniche di camicia si muove con fare concitato intorno a un baldacchino ricoperto di velluto. Solleva il tessuto, esamina qualcosa all'interno di una scatola di legno rettangolare. Scuote la testa poco convinto, avvita alcuni ingranaggi e fissa l'apparecchio a un treppiede.

Elvira avanza per cercare un posto. I suoi occhi incontrano lo sguardo dell'uomo con cui ha diviso la fila. Lui le indica un posto libero accanto a sé. Uno degli ultimi. Elvira dimentica le buone maniere e la prudenza consigliate a una giovane donna e corre a sedersi vicino allo sconosciuto.

Il ragazzetto in maniche di camicia chiude la scatola di legno e sembra calmarsi.

– Jamm, ja! – avverte. E il buio scende sulla sala.

Se in strada si è sentita a disagio quando la sorella è andata via, ora si rende conto di essere di nuovo da sola, nell'oscurità, circondata da estranei. Trattiene il fiato, intimidita.

Il cigolio di una manovella e il ronzio del proiettore invadono la grande stanza. Un fascio luminoso investe la tela bianca. Qualche secondo dopo appaiono le prime immagini. Tremolanti, a tratti sbilenche e interrotte da scatti improvvisi. Grandi, vere, in cammino verso gli spettatori.

Elvira non riesce a frenare un grido. Un prodigio, un sogno, un incantesimo realizzato, non sa decidere che cosa pensare. Si gira verso l'uomo che le ha tenuto il posto, vuole capire se è l'unica a provare quell'emozione. L'uomo ha perso il sorriso irriverente, le immagini hanno rapito anche lui.

Sconcertata, torna a fissare il telo e una città intera che sembra travolgerla. Le passano davanti le scene di due carretti trainati da muli, alcuni facchini con le ceste colme di frutta sul capo, i tramvai carichi di conducenti e viaggiatori, donne e uomini a passeggio sui binari, sui marciapiedi, al centro della strada e ovunque sia possibile posare i piedi. Sullo sfondo appaiono il Vesuvio e il lungomare di Santa Lucia.

È la vita di tutti i giorni a Napoli e, anche per questo, appare ancora piú incredibile vederla ingigantita mentre scorre su un lenzuolo al chiuso di una sala.

La proiezione dura poco piú di tre minuti. Le immagini si interrompono in modo brusco, la luce si accende senza lasciare il tempo agli spettatori di riprendersi dallo sbigottimento. Elvira resta seduta, le sembra che intorno a lei tutto si stia ancora muovendo.

– Bisogna uscire, devono far entrare altri spettatori, – la scuote la voce dell'uomo con i baffi.

Vede la mano tesa verso di lei per aiutarla ad alzarsi. Esita. Pensa a quello che direbbero suo padre e sua madre se fossero lí, ma ormai le porte sono spalancate, la folla sta irrompendo nella stanza.

Stringe la mano e corrono fuori.

Il rumore delle ruote dei carri in strada fa sobbalzare entrambi. Si lanciano un'occhiata e scoppiano a ridere. Elvira si sente euforica e con le gambe tremanti, ebbra anche se non ha toccato un goccio di alcol. Voleva ritrovare la luce, ma ora non ne è piú cosí sicura. Anzi, non è piú sicura di nulla.

– Non capisco che cosa è reale. Questo che sto vedendo ora? Quello che era in sala?

L'uomo allarga le braccia. – Mi chiamo Nicola Notari. Sono reale e ora forse mi credi quando ti dico che questo spettacolo mi sta scimunendo. Non faccio altro che tornare a vederlo.

Nicola è passato al tu senza rendersene conto. Elvira non ci bada, ha dimenticato la diffidenza. Chiunque sia quell'uomo, ha ragione. Anche lei vorrebbe soltanto entrare nella baracca e salire di nuovo su quell'incredibile giostra di emozioni. La paura del buio, la sorpresa, fino al brivido di vertigine dato dalla possibilità di replicare all'infinito persone e strade su uno schermo, è un groviglio di sensazioni che non riesce a decifrare. Non da sola.

Nicola avverte il suo smarrimento e inizia a raccontarle di un pomeriggio di quasi venti anni prima. Era un bimbetto, indossava un maglione rattoppato e i pantaloncini corti in pieno inverno. Finiti i compiti, era corso con gli amici in spiaggia, l'unico posto dove tirare quattro calci in santa pace a una palla fatta di stracci.

Avevano incontrato uno strano signore. Era vestito in modo elegante, con la barba e i baffi ben curati, ma i suoi compagni lo chiamavano «il pazzo di Posillipo» e si erano appostati dietro alcune barche di pescatori, sapendo che cosa stava per accadere.

L'uomo aveva un fucile in mano. Si era spinto fino in riva al mare e si era fermato a guardare il cielo. Quando aveva visto arrivare dei gabbiani aveva imbracciato l'arma, preso la mira e premuto il grilletto. Nessun rumore, nessun rivolo di fumo, nessun cadavere. I gabbiani avevano continuato indisturbati il loro volo, lui la sua passeggiata.

Dietro la barca, il gruppo dei ragazzi era scoppiato a ridere. Lo consideravano uno dei tanti matti che si vedevano in giro. Nicola, invece, si era avvicinato.

Il volto dell'uomo si era addolcito di fronte a quel bambino alto poco piú di un metro, consumato dalla curiosità. «*Viens ici*», l'aveva incoraggiato. Gli aveva spiegato con orgoglio il meccanismo inserito nel calcio e si era presentato. Si chiamava Étienne-Jules Marey, era un fisiologo, studiava scienze naturali e aveva inventato quell'arma che non era affatto temibile né pericolosa. Non sparava proiettili ma dodici fotografie istantanee che andavano a impressionare una lastra a forma di cerchio montata dietro l'otturatore.

– Erano dodici immagini uguali eppure, viste insieme, creavano il movimento, – ricorda Nicola. – Ecco perché torno a vedere questo spettacolo, – continua, – voglio catturare il movimento come Marey. Ho iniziato con la pittura, ora ci sto provando anche con la fotografia, ma il cinema è un'altra cosa. Sai come chiamano quell'apparecchio che proietta le figure sullo schermo?

Elvira scuote la testa.

– La macchina delle meraviglie.

Elvira ha conosciuto altri ragazzi. Nessuno le ha mai parlato di immagini, scienza, invenzioni. Si rende conto di non sapere nulla. È cresciuta tra macchine per cucire i vestiti e telai capaci di intrecciare i fili di un tessuto, convinta che le meraviglie esistessero solo nelle favole. Adesso pensa a come potrebbe essere una vita immersa in quell'emozione, portandola dentro di sé ogni giorno, trasformandola in un lavoro come lo è per il padre vendere la stoffa piú adatta a soddisfare sogni e desideri delle clienti.

Sono arrivati quasi all'Orto botanico, nell'aria frizzante della sera si sentono profumi di piante e fiori dalle fragranze esotiche. L'ultima luce del crepuscolo addolcisce le sagome monumentali dei palazzi tirati su un secolo prima. E la riporta alla realtà. Presto sarà buio, a casa saranno preoccupati, deve sbrigarsi.

Chiude il soprabito all'improvviso troppo leggero, ora che il sole è andato via. – Grazie di tutto, arrivederci, – sussurra e si volta per correre via.

– Venerdí c'è uno spettacolo al Salone Margherita. Vuoi venire? – chiede Nicola.

Il sole di marzo entra timido e di sbieco. Illumina uno dei quattro letti della stanza, quello dove è seduta Margherita con gli occhi socchiusi. Sul lato opposto Elvira rovista in un armadio. Prende un vestito, lo esamina e lo scarta. Ne prende un altro, lo studia qualche secondo in piú e scarta anche quello. Il terzo no. Lo appoggia su di sé, si guarda allo specchio e sorride.

– Margheritella, me lo presti? – domanda. E, senza aspettare la risposta, si sta già cambiando.

– Si può sapere che fretta hai? – la rimprovera Margherita, allontanandosi dal raggio di sole per osservarla meglio. – Fammi vedere quale hai preso. Quello con il plissé? Ma non avevi detto che era troppo serio?

– È perfetto, – risponde Elvira rimirandosi allo specchio. Piccola, magra, appena arrotondata sui fianchi, fa un giro su sé stessa. Con le pieghe che si allargano e il cuore che batte a mille. Manca solo una collana, ma non vuole esagerare. Non sa molto del luogo dove trascorrerà la serata, preferisce non rischiare.

– Su di me sta meglio, sono piú alta, – la prende in giro Margherita. – Dove devi andare?

Elvira continua a guardarsi senza rispondere.

– Chi devi vedere? – insiste la sorella.

Elvira assume un'espressione vaga. – Grazie, Margheritella, te lo riporto stasera, – dice afferrando la borsa e preparandosi a uscire.

Margherita si alza e chiude la porta per impedirglielo.

– Mah, uno che ho conosciuto, – si decide a rispondere Elvira.

– Era ora! – esclama Margherita. – Finalmente hai trovato qualcuno che ti piace?

– Non lo so ancora. Dài, fammi andare.

Margherita torna a stendersi sul letto. – Vai pure. Voglio vedere mo a mammà che dici…

Elvira le manda un bacio e chiude la porta. Avanza in fretta nel corridoio, un'ombra in piú tra quelle proiettate dai mobili sul pavimento.

Un'ombra in fuga.

La mamma è nel suo angolo in soggiorno, un piccolo spazio accanto alla finestra dove ha sistemato una sedia, una macchina da cucire e un tavolino invaso da tessuti e rocchetti di cotone. Solleva lo sguardo verso il fruscio che proviene dal corridoio.

– Dove vai?

Elvira si ferma davanti allo specchio per chiudere gli ultimi bottoni del colletto e controllare i capelli.

– Esco, – risponde mentre tenta di pettinarsi. Non è mai riuscita a far nulla di quei ricci se non tirarli all'indietro e nasconderli. Una treccia per ogni giorno di scuola, un cappello per ogni passeggiata. Tutti cuciti da lei: berretti, cappucci, larghe tese, velette, morbide cloche e ogni modello suggerito dai gusti del momento. Prende una forcina, fissa una ciocca alle altre e si dedica alla parte piú complicata, scegliere il copricapo adatto al vestito.

– Mi rispondi? – la incalza la voce dal soggiorno.

– Al cinematografo, ci vediamo stasera.

È il 1902, per la prima volta in casa Coda si sente pronunciare quella lunga parola piena di consonanti e di mistero. Agnese, la mamma di Elvira, ne ha un'idea vaga ma non le sfugge il filo di trucco sotto gli occhi della figlia, il vestito con il plissé chiesto in prestito a Margherita e tutto quell'affaccendarsi intorno ai capelli.

– Non voglio che tu esca senza le tue sorelle. Non è una bella cosa per una ragazza.

Elvira ha sempre visto cosí la madre, china su un lavoro da terminare, quando non è in cucina o a riordinare la casa. Ora nelle sue mani sta prendendo forma un abito da sera. L'ago va su e giú senza sosta, le dita corrono come una spoletta, regolare e precisa. Tutto quello che non vuole diventare.

– Vado, – dice, e non è piú un semplice saluto ma un'affermazione.

Il movimento incessante delle dita si arresta per la prima volta. – Vedi se Margherita o Carmela vogliono venire.

Elvira si guarda di nuovo allo specchio. Quel cappello non la convince. L'ha pensato e cucito, ha voluto le piume bianche e le falde larghe ma – come per la collana – le sembra troppo vistoso per quel pomeriggio in cui tutto è da svelare. Lo posa e ne indossa un altro, nero, piú piccolo e semplice. – Mammà, siamo a Napoli non a Salerno. Qui tutte le ragazze escono da sole, se vogliono.

– Sciocchezze, le donne sono donne ovunque. E pure gli uomini.

Elvira lancia un'ultima occhiata all'immagine rinviata dallo specchio, agli occhi scuri, grandi, lievemente allungati, gli zigomi alti, l'espressione sicura di sé.

– Ho ventisette anni, non sono una bambina.

– Appunto, è ora di trovare un marito, come tutte.

Elvira avverte il rumore della chiave nella toppa e della porta che si apre, poi il passo del padre nell'ingresso. La mamma nasconde di nuovo la testa nel lavoro. Diego si leva la giacca e sorride alla figlia. – Ho portato il giornale con il racconto.

Elvira si illumina. A Napoli si pubblicano una decina di quotidiani. Il «Roma» è il piú antico, il piú letto e il piú vicino all'anima del popolo. Ciabattini, manovali, carrettieri, inservienti in livrea, commercianti, impiegati, operai, segretarie, cameriere e semplici donne di casa divorano le storie di amori e delitti pubblicate a puntate sull'ultima pagina. Elvira le ha tutte conservate in un armadio.

Ogni sera il padre le lascia il giornale sul tavolo dopo averlo terminato. Da quel momento è suo. Le piacerebbe avere una stanza con una grande scrivania in legno dove chiudere la porta e mettersi comoda senza nessuno accanto. Invece, mentre le sorelle chiacchierano, si siede sul letto e prova a essere felice comunque. Non pensa alla mamma che il giorno dopo la sgriderà. Legge gli articoli, gli editoriali e persino gli annunci. Tiene l'ultima puntata del romanzo come delizia finale, come la ciliegina sui babà che ha iniziato a mangiare da quando hanno preso casa a Napoli. Sottolinea le parti piú riuscite e cancella quelle che non avrebbe scritto. Soltanto dopo averla analizzata da cima a fondo la ripone nella scatola accanto agli altri ritagli.

La lettura del pomeriggio invece appartiene al padre. A quell'ora nessuno gira in strada, non serve tenere la bottega aperta. Diego sale a casa con l'idea di rilassarsi in poltrona prima di tornare ad accontentare le voglie di eleganza a buon mercato delle sue clienti. Invece puntualmente si arrabbia scorrendo le notizie.

– Il giornale di oggi serve solo a incartare la stoffa giú in negozio, – dice quel pomeriggio quando è a malapena arrivato a metà della prima pagina. – C'è scritto che la soluzione del governo alla crisi economica di Napoli è una commissione di economisti e scienziati. O i giornalisti si sono inventati tutto, oppure a Roma non hanno capito niente. Qua il popolo muore di fame, ci sono strade intere con artigiani e commercianti falliti, e questi ancora discutono?

La moglie continua a cucire, ha ascoltato mille volte quei discorsi, li vive ogni giorno da forestiera con la famiglia lontana e i conti che non tornano. Elvira, in genere, si siede accanto a lui, fa domande, si appassiona. Quel pomeriggio, invece, resta nell'ingresso e finge di non aver badato alle sue parole.

Diego osserva con piú attenzione le due donne. Di sicuro hanno litigato, pensa. Agnese è una brava madre, ha cresciuto quattro femmine e un maschio, tutti sani, tutti educati. Arriva anche a portare qualche soldo in casa con il suo lavoro di sarta, ma non riesce proprio a capire quella figlia cosí particolare, con la testa sempre in un libro o persa chissà dove. È l'unica ad aver insistito per studiare. Lui sa che, se avesse potuto, avrebbe frequentato licei e università ma, a malincuore, le ha fatto capire che non era nelle loro possibilità. Elvira si è dovuta accontentare delle scuole Normali dove le ragazze di modeste origini imparano il mestiere di maestra e alla fine hanno due strade davanti: sposarsi o restare a casa per aiutare la famiglia.

– Esci? Dove vai? – chiede Diego. La moglie sta per dire qualcosa ma la figlia la precede.

– Vado al cinematografo, papà.

– Dove? – chiede ancora il padre, poco convinto.

– Al cinematografo. Dovreste andarci, è uno spettacolo nuovo. Costa pochi centesimi. Vi piacerà.

L'orologio batte le quattro. È una pendola che scandiva le ore nella vecchia casa nel centro di Salerno e continua a segnare il tempo della loro nuova vita. Nicola l'aspetta fra mezz'ora.

– È tardi! Vado! – dice. E scappa via prima che qualcuno la blocchi.

Non c'è molto intorno alla loro abitazione se non una via polverosa, alcune botteghe, palazzi recenti e già degradati. Elvira avanza in quella desolazione con gli occhi che le brillano. Ascolta l'accento cantato del dialetto della città cosí diverso da quello di Salerno, le urla dei fruttivendoli, dei ciabattini, dei pizzaioli e di chiunque abbia qualcosa da vendere.

Tutto è in strada e la strada è tutto. Elvira osserva i vestiti delle ragazze. Sono modelli tagliati e cuciti da una mamma, una zia o da loro stesse con una minuziosa cura dei dettagli, dal collo disegnato a V su cui si perdono gli sguardi ai corpetti dove si infrangono i sogni proibiti. È la moda arrivata in città da Parigi assieme ai babà, i café chantant, i locali in cui ci si incontra la sera, si chiacchiera, si beve, si assiste a spettacoli di musica, danza, teatro.

È la voglia di vivere.

È la libertà.

2.

Le ballerine del can can escono di scena fra gli applausi, soltanto la sciantosa si trattiene sul palco per lanciare ancora un bacio al pubblico prima di scomparire dietro il sipario. Centinaia di persone sono sedute agli eleganti tavolini di marmo disposti con cura nella grande sala circolare del Salone Margherita.

È uno dei ritrovi piú alla moda del secolo appena iniziato, un *Moulin Rouge* all'ombra del Vesuvio, uno spazio immenso e nascosto nei sotterranei della Galleria Umberto I, il cuore della Napoli che vuole divertirsi, ballare e cantare fino a tarda sera. Sotto la pretenziosa volta a ombrello, qualcuno fischia, qualcuno lancia un fiore, molti sorseggiano con aria annoiata un caffè e chiacchierano con i vicini di tavolino.

Elvira osserva ogni volto, ogni oggetto, ogni dettaglio. Con curiosità e un lieve imbarazzo. Non immaginava di trascorrere un pomeriggio in un locale dove gli uomini indossano abiti scuri e le donne la veletta. Li paragona al suo cappello senza inutili fronzoli, al vestito con il plissé uscito dalle semplici mani della madre e spera di non sfigurare troppo.

Uno chaperon in abito scuro li guida verso un tavolo laterale. Un cameriere gli dà il cambio subito dopo che si sono seduti. Indossa papillon e guanti bianchi, si muove con discrezione e ricercatezza. – *Oui, monsieur*? – chiede.

– *Deux cafés, s'il vous plait*, – risponde Nicola.

Elvira aspetta che il cameriere sia andato via e scoppia a ridere. – Perché parla in francese? E tu, poi! Siamo a Napoli!

Nicola la guarda con uno dei suoi sorrisi irriverenti. – *Madame*, vi sbagliate. Napoli è una grande capitale. Siamo capaci di avere Parigi senza nemmeno il fastidio di andarci.

Una grande capitale. Elvira sorride, nemmeno un anno prima era una ragazza di provincia, con un diploma da maestra e un enorme punto interrogativo quando pensava al suo futuro. Ora è lí, in una città costretta ad accontentarsi di un posto marginale nella nuova Italia costruita dopo l'Unità ma, nel cuore dei suoi abitanti e nei fatti, comunque protagonista della scena culturale, un centro vivo e pulsante, dove le idee continuano ad arrivare, si radicano, si trasformano e si irradiano.

Il cameriere porta i due caffè, l'aroma intenso si libera nell'aria. Elvira vuota la tazzina in un'unica sorsata, Nicola la osserva mentre lascia raffreddare il suo.

– Come fai a non scottarti? È bollente…

– Il caffè lo devi sentire sotto il palato. Deve bruciarti un po', altrimenti è meglio non berlo. Tu vuoi catturare il movimento, io la passione. È l'origine di tutto, di ogni nostra azione. Anche del tuo movimento.

Il suono di un pianoforte si diffonde nella sala. Il palco è vuoto, l'orchestra è ferma, il pianista si impadronisce della scena. Le sue dita sembrano muoversi da sole sui tasti mentre esegue alla perfezione uno *Studio* di Chopin. La dolcezza delle note fluttua tra le volte, avvolge il pubblico, placa gli animi dopo il turbine delle ballerine e guida la platea verso l'attrazione successiva. Quando il brano si avvia alla fine, una dopo l'altra si smorzano anche le luci dei candelabri di cristallo che pendono dal soffitto. L'oscurità cala sui volti in attesa mentre un fascio luminescente investe lo schermo e lo riempie di immagini. Elvira riconosce dall'abito bianco papa Leone XIII seduto su una carrozza trainata da due cavalli. È la prima volta di una cinepresa all'interno delle mura vaticane. Uno dei luoghi piú esclusivi, dove solo in pochi possono entrare, si svela.

– Mia cugina l'anno scorso ha ottenuto un permesso speciale per assistere a una cerimonia con il papa, – commenta con un'amica una signora seduta al tavolino alla sinistra di Elvira. – Era cosí fiera, se n'è vantata per mesi! Immagina la faccia che farà quando le racconterò che stasera stiamo vedendo Leone XIII al Salone Margherita.

Un brusio infastidito della sala accoglie le sue parole. Anche i piú distratti, i conversatori incalliti, quelli che al café chantant vanno solo per essere aggiornati sugli ultimi pettegolezzi, stavolta pretendono il massimo silenzio. La signora nasconde l'imbarazzo dietro un ventaglio e la platea si concentra di nuovo sulle immagini.

Carabinieri e autorità sono schierati davanti al pontefice per rendergli omaggio. Leone XIII li ignora, guarda nell'obiettivo come gli consiglia di fare un assistente, e invia la sua benedizione a chi lo aspetterà nelle sale cinematografiche.

– Hai visto? – sussurra Elvira avvicinandosi a Nicola quando appaiono i titoli di coda.

– Che cosa?

– Gli spettatori sono stati benedetti. Pure noi! Pensa la felicità di chi non può andare fino a Roma! Quante persone decideranno di vedere questo film soltanto per procurarsi la protezione del papa? E chi vorrà potrà tornare il giorno dopo e ricevere un'altra benedizione. E cosí via finché ci saranno proiezioni.

Nicola si volta verso di lei. Stupito, interessato. Elvira gli sta mostrando un'altra verità del cinema. Non basta essere in grado di creare una bella immagine, contano anche il pubblico e la capacità di sedurlo.

Si ricorda di avere il caffè sul tavolo. Prende la tazzina ma ancora non beve. La tiene sospesa e riflette. Non è il desiderio di avere una sala piena a spingerlo in quelle settimane a non perdere nemmeno uno dei film in circolazione a Napoli. È la perfezione della tecnica il suo sogno. – Hai notato che il papa si è asciugato la fronte? Hai mai immaginato che potesse farlo? E che tutti potessero vederlo? Per me il cinematografo vuol dire riuscire a catturare un gesto come questo per offrirlo agli spettatori.

– Come si fa? – chiede Elvira.

– Mah, – risponde Nicola, – bisogna avere i soldi e seguire il mercato, ma la situazione è ancora incerta. L'operatore che ha girato le immagini del papa ha lavorato con un apparecchio di sei anni fa, oggi quella cinepresa è già vecchia. Ogni giorno qualcuno annuncia di aver trovato una soluzione piú semplice e comoda. Sarà vero? E chi lo sa? Bisognerebbe comprare e provare tutti questi apparecchi o aspettare che inventino qualcosa di pratico, sicuro e soprattutto non troppo caro.

Una voce alle loro spalle li interrompe. – Uè, Nico', quanto sei noioso! Ma ti pare che esci una sera con un'affascinante signorina e le parli di cineprese?

Nicola si gira, sul suo volto si disegna un grande sorriso. – Vincenzo, che fai qua? Ti presento la signorina Elvira Coda. Bevi qualcosa con noi? – Poi si volta verso di lei. – È un amico mio, lavoriamo spesso insieme.

Elvira osserva con interesse il giovane. – Buonasera, Vincenzo, sí, sedetevi con noi. Comunque i discorsi sulle cineprese per me non sono affatto noiosi.

Vincenzo resta in piedi e accenna un inchino. – Siete una delle poche donne a pensarla cosí. Mi piacerebbe unirmi alla vostra conversazione, ma non posso. Stasera lavoro qui, mi occupo delle luci. E mo vi devo lasciare, vado ad accendere tutto, inizia uno spettacolo di canzoni.

Nicola lo ferma prima che si allontani. – Aspetta. Chi c'è di là? Possiamo andare?

– Andate, ci sta Ciro. Ditegli che vi mando io.

La cabina dell'operatore è un bugigattolo ricavato in fondo alla sala, ben nascosto da una sottile parete con un buco al centro. Il proiettore è lí, circondato da scatole di latta sparpagliate sul pavimento e su un tavolo. Accanto c'è anche Ciro addormentato su una sedia messa di rovescio e con le braccia intrecciate a cuscino sullo schienale. Elvira e Nicola si sforzano di non fare rumore e di trovare posto nel poco spazio libero.

– Stiamo lontani dalla lampada. È tutto troppo vicino, basta una scintilla per provocare un guaio, – avverte Nicola. Elvira si toglie il cappello, ma le sembra anche piú pericoloso tenerlo in mano.

– Datemelo, signori', lo metto sulla sedia, qui non dà fastidio a nessuno, – propone Ciro.

Le loro voci lo hanno svegliato, si alza e si affretta a darsi un'aggiustata ai vestiti spiegazzati. Non sa chi siano i due visitatori, teme di essere rimproverato per aver lasciato la stanzetta incustodita.

– Scusatemi, ma sto qui dentro da oggi pomeriggio e non so fino a che ora dovrò rimanerci. Ogni tanto mi viene sonno.

Nicola lo rassicura, li manda Vincenzo, desiderano solo dare un'occhiata.

– E allora siete il padrone. Fate pure, – risponde Ciro. Si siede e chiude di nuovo gli occhi.

Nicola prende una pellicola fra le mani e la solleva in controluce per osservare le immagini. Apre lo sportellino del proiettore, gira una manovella e mostra a Elvira il meccanismo che trascina la pellicola verso il basso.

– Sembra una macchina da cucire! – commenta lei.

Nicola chiude lo sportellino. – Proprio alle macchine da cucire pensavano i fratelli Lumière quando hanno inventato quest'apparecchio. Non c'è un ago che va su e giú ma una ruota con tanti piccoli denti. La pellicola viene fissata e trascinata in modo che ogni secondo 16 fotogrammi vengano attraversati dalla luce e proiettati su uno schermo.

– Ciro, sbrigati! Aspettano a te! – urla un cameriere correndo subito via per tornare a prendere le ordinazioni. Il giovane salta su dalla sedia, ma non riesce ad arrivare alle bobine, non c'è abbastanza spazio per tre persone. Elvira e Nicola salutano e si sbrigano a uscire per non disturbare il ragazzo mentre lavora. Attraversano la sala e si avviano verso una rampa dai gradini di marmo che porta alla strada.

– Che ne pensi? – chiede Nicola.

Dalla cima delle scale arriva lo stridio dei tram sulle rotaie e l'odore di stallatico. Il sole è calato da un pezzo, i cavalli delle carrozze della migliore società masticano biada e aspettano di riportare a casa i loro padroni.

Elvira si ferma. Allontanarsi dalla sala e dallo stupore creato dalle immagini le ha lasciato un senso di vuoto. Le vengono in mente i fuochi d'artificio, la bellezza inafferrabile di mille lampi colorati alti nel cielo e, subito dopo, i loro fiochi rivoli in un cielo di nuovo buio e spento. – Non so, mi sembra tutto troppo rapido, – dice.

Non sono le parole che Nicola sperava di sentire e non è sicuro nemmeno di averne compreso il significato. Per lui di troppo rapido c'è soltanto il modo in cui si sta concludendo quella serata. Fino ad allora è riuscito a condividere la sua passione con Vincenzo e pochi altri amici patiti di pellicole e cineprese come lui. Non avrebbe mai immaginato di poterne parlare con una donna e di scoprire che, non solo non l'annoia, ma lei l'ascolta con interesse. Rimane ai piedi della scala e prova a convincerla a non andare via. – I film non sono terminati. Possiamo vederne altri.

Attraverso l'apertura penetrano la luce gialla dei lampioni e il fresco della sera. Elvira infila il soprabito e sale ancora su di qualche gradino. – Ma no, dài, andiamo.

Nicola indica un grappolo di luci rosse, verdi, gialle e azzurre che si accendono a intermittenza sul fondo del seminterrato. – Il Salone Margherita non è l'unica sala cinematografica della Galleria. *Madame*, fidatevi e venite con me, – la invita sfoggiando un altro dei suoi sorrisi irriverenti.

Sono le sette di sera, le ragazze passeggiano disinvolte o chiacchierano davanti ai caffè. Che male può esserci se si concede un'altra ora in compagnia anche lei? Tornano nel corridoio e lo percorrono tutto lasciandosi alle spalle i camerini delle ballerine, i locali pieni di gente, di fumo e di giochi d'azzardo, e l'eco persistente di un can can scatenato. Quando arrivano a pochi passi dalle luci trovano ad accoglierli un uomo vestito da pagliaccio e armato di campane, lampadine e una voce squillante: – Trasíte! Entrate, ommini, femmine e uagliun'!

– Andiamo, sta iniziando uno spettacolo, – dice Nicola.

Passano sotto un arco di scintillii colorati ed entrano in una grande stanza. Nicola si avvicina a una parete e infila una moneta in una fessura.

– Vieni! Presto! – grida.

Elvira è confusa, non riesce a capire, perde alcuni secondi. Nicola la guida verso la parete. – Adesso! Apri bene le mani, – l'avverte. Un istante dopo una cascata di caramelle e cioccolata sprizza dalla macchinetta automatica.

Elvira ride. Chiude i pugni colmi di dolcezze come la vita che immagina e resta con lo sguardo imbambolato in aria a guardare quel congegno mai nemmeno sognato.

– Biglietti, signori! Il film sta per cominciare!

Una ragazza è in piedi dietro un bancone di legno. Si rivolge proprio a loro, gli ultimi ad attardarsi nell'atrio. Elvira e Nicola si affrettano a pagare ed entrare. La sala è piú piccola di quella del Salone Margherita. Nessuna ballerina, né camerieri che parlano in francese, solo alcune decine di sedie in legno e un telo bianco in fondo. Le prime file sono avvolte da una nuvola di fumo, tra i vapori del tabacco si indovinano le sagome degli spettatori assiepati in attesa. Nelle ultime sembrano essere rimasti alcuni posti, non i migliori.

Quando Elvira si siede, si accorge di avere metà schermo nascosto dalle larghe falde del cappello indossato da una signora. La sala è già immersa nel buio, non c'è tempo per cambiare o protestare. Le immagini iniziano a scorrere. Elvira si piega, si curva, si sposta, l'enorme copricapo continua ad aprirsi proprio davanti ai suoi occhi.

Le sedie sono molto vicine, per sbaglio sfiora uno degli spettatori. L'uomo pensa a un invito, risponde con uno sguardo eloquente. Elvira si scosta subito ma è tardi. L'uomo sa di essere protetto dal buio e dalla confusione delle voci e della musica di sottofondo. Si gira e le sussurra qualcosa di indecente. Elvira si guarda intorno, spaventata. Nicola non sembra essersi accorto di nulla. Vorrebbe avvertirlo ma le mancano le parole. Non è suo padre né suo fratello o un fidanzato, e ancora nemmeno un vero amico. Si alza e cerca di raggiungere l'uscita. L'uomo la segue.

La fuga di Elvira si ferma nell'atrio. Pensa di essere al sicuro sotto il fascio di luce di un lampadario, a pochi passi dal bancone dove la ragazza dei biglietti si prepara ad accogliere gli spettatori della proiezione successiva. L'uomo la vede ferma, immagina che lo stia aspettando. Avanza verso di lei e ora che è allo scoperto il suo sguardo appare ancora piú inquietante.

– Vatténne! – urla Elvira.

La ragazza dei biglietti si volta. Forse è convinta di trovarsi davanti a una lite tra due amanti o tra un padre e una figlia e non interviene.

Il rumore secco di un pugno travolge incertezze ed equivoci. Le nocche di Nicola raggiungono l'uomo in pieno viso. Prova ad assestare un altro colpo, ma un cazzotto lo centra sul naso. La ragazza si nasconde sotto il bancone mentre i due uomini continuano a picchiarsi. Elvira si rende conto di essere l'unica a poter fare qualcosa.

– Basta! Smettetela! – grida. Non la sentono, sono troppo presi dalla lite. Elvira si aggrappa alle giacche e li strattona.

Nicola si blocca. L'altro uomo ne approfitta per sferrare un ultimo pugno. Nonostante il fisico robusto, Nicola è agile. Non appena vede il colpo si scansa. Dietro c'è Elvira, il cazzotto finisce sul suo zigomo. Un rivolo rosso le cola sulla guancia e scatena una collera sorda in Nicola. Sommerge l'uomo di pugni e calci finché non lo costringe ad allontanarsi. Soltanto allora si volta. La ragazza ha trovato il coraggio di uscire dal nascondiglio. Sta aiutando Elvira a sedersi e a bere dell'acqua per rimettersi dallo spavento.

– Come stai? – chiede Nicola avvicinandosi.

Elvira ha il vestito macchiato di sangue e un ematoma viola che si sta gonfiando. Anche Nicola non è messo meglio con la camicia strappata, un occhio tumefatto e chiazze rossastre un po' dovunque.

Non c'è nulla di logico o di sensato in quello che sta accadendo. Elvira vuota il bicchiere e prova a sorridere. – Fa solo un po' male. Nulla di serio, per fortuna. E tu?

– Tutto bene, – risponde lui. Tira fuori un fazzoletto dalla tasca, lo inumidisce nell'acqua e glielo porge. – Ecco, per pulire la ferita. Ti chiedo scusa, mi sono distratto. Questi posti sono frequentati male, avrei dovuto stare piú attento.

Elvira finge di non vedere il fazzoletto. Non sa piú che senso abbia stare in quell'atrio di cinema con una ragazza che non ha mai visto prima, un uomo incontrato due volte e un livido sul volto. Ha voglia di uscire, di respirare l'aria fresca. Si alza. – Non ti scusare, sono cose che capitano. Ora vado a casa.

Nicola sembra sempre piú a disagio. Si mette comunque al suo fianco. – Sí, hai ragione. Vieni, chiamo una vettura.

Elvira saluta la ragazza e si dirige verso l'uscita. Il grappolo di luci rosse, verdi, gialle e azzurre continua ad accendersi e spegnersi e il pagliaccio ad agitare campane e lampadine per attirare l'attenzione. La serata è appena agli inizi, dal Salone Margherita arrivano ancora le note di un ballo sfrenato. Elvira e Nicola percorrono in silenzio il corridoio ricoperto di marmi, salgono su, riemergono in strada. Due mendicanti si avvicinano a chiedere l'elemosina, l'odore dei cavalli in attesa ha un olezzo nauseabondo.

Elvira e Nicola si guardano. Hanno l'impressione di vedersi davvero soltanto adesso. Si scoprono scompigliati e impacciati. – Le vetture sono su questo lato. Vado a chiamarne una, – dice Nicola per rompere il silenzio che sta diventando pesante.

Elvira osserva le ferite sul suo volto, immagina i segni su di sé, non sa che cosa inventerà una volta rientrata a casa. Lo ferma. – Non ti preoccupare, preferisco tornare a piedi. Mi rilassa e mi dà il tempo di trovare una scusa per i miei genitori.

Nicola prova a opporsi. – Non è molto sicuro, è buio. Posso accompagnarti almeno per un pezzo di strada?

Elvira scuote la testa. Ha deciso. – Ti ringrazio, sei stato molto gentile e io una stupida. Ora ho bisogno di rimanere da sola.

Lo lascia a guardarla mentre si allontana nella sera.

3.

Le vie tra Port'Alba e Spaccanapoli sono buie, strette, corridoi di volti che si affacciano a sorpresa dietro i balconi, di sguardi che filtrano oltre le porte ai piani bassi. Le sorelle ne sono spaventate, non si avventurerebbero mai lí da sole. Elvira, invece, si trova a suo agio nei vicoli, cammina con passo sicuro e lo sguardo attento fino al palazzo dove l'attende una cliente. Deve consegnarle un cappello, un modello a tesa larga con una decorazione di fiori su un lato.

– È perfetto per la primavera che sta arrivando, – dice la signora indossandolo. Paga quello che Elvira le chiede senza cercare sconti, poi si affaccia alla finestra, guarda in direzione del mare e sospira. – In una giornata come questa bisogna andare a Posillipo. Sai dov'è?

– No, perché?

La signora si volta verso Elvira e le indica una collina proprio davanti ai loro occhi. – Vivi a Napoli e non sei mai stata a Posillipo? I Greci l'avevano chiamata cosí perché per loro era il luogo dove cessavano gli affanni –. Si interrompe e le punta contro un dito in segno di sfida. – Fai attenzione! Non ordinerò mai piú un cappello da te se non mi prometti di andarci!

Dieci minuti dopo Elvira si trova in strada. Ha una giornata libera, qualche soldo in tasca e la voglia di andare davvero verso il mare. Si incammina lungo via Toledo, prosegue su via Chiaia. Il sole si incunea con prepotenza tra budelli e anfratti, si riflette sull'intonaco chiaro dei palazzi e la costringe a socchiudere gli occhi.

In controluce scorge la sagoma di un giovane che va incontro ai passanti con un quadro in mano.

– 'A muntagna! 'O mare 'cchiú bello! Guardate qua, ci sta pure il pennacchio di fumo! Accattatavillo, nun costa assai.

La strada la porta proprio lí. Quando arriva abbastanza vicino, riconosce il giovane con il quadro in mano. È Vincenzo, l'accendiluci del Salone Margherita. Non lontano scorge anche Nicola. Ha appoggiato diverse tele sul marciapiede, aspetta che l'amico ne abbia venduta una per passargli la successiva.

Un velo di imbarazzo cala sul suo volto quando la vede. Elvira invece gli va incontro con un grande sorriso. – Che bella sorpresa! Che ci fai qui?

– Sto lavorando. E tu come mai passi da Chiaia? – risponde Nicola, ancora incerto.

Elvira si china per esaminare i dipinti. – Ma non eri un fotografo?

Nicola si stringe nelle spalle mentre passa un quadro al compagno. – Pittore, fotografo, qualsiasi cosa. M'aggia arrangia' per mettere insieme qualche soldo –. Si ferma a guardarla. – Come stai?

Elvira coglie il senso sospeso di una domanda all'apparenza banale. Ha pensato a lungo a quella sera al cinema, alla lite, al suo desiderio di rimanere da sola dopo l'aggressione, ai lunghi giorni di silenzio che erano seguiti senza sapere che cosa ne era stato di Nicola, se si era ripreso, se aveva ancora voglia di incontrarla. Ai genitori ha raccontato di essere inciampata. Le hanno creduto, non c'era motivo di pensare altro. È dentro di lei che non è riuscita a darsi pace. Sfumate l'agitazione e la paura, è rimasta nel suo vecchio mondo di vestiti da cucire e genitori e sorelle da sopportare. Si è pentita di quel distacco repentino, un'interruzione spiccia e approssimativa del primo contatto con una vita diversa, di sguardi, racconti, passeggiate e film da vedere. Non sapeva dove cercare il giovane dal sorriso irriverente, però. Non aveva né un indirizzo né un riferimento della sua abitazione o di un luogo di lavoro. Il caso gliel'ha messo sulla strada e al caso non ha alcuna voglia di opporsi mentre la primavera imminente la circonda di profumi, colori e lusinghe.

– Vieni a Posillipo con me? – gli chiede.

Nicola non si aspettava un invito. – A Posillipo? Come mai? – chiede, sorpreso.

– Perché non ci sono ancora mai stata.

– Non sei mai stata a Posillipo? Ma non è possibile! Non puoi vivere a Napoli senza aver visto Posillipo! – esclama Nicola.

Elvira ride. – Voi napoletani siete tutti uguali. E che sarà mai questa Posillipo? Comunque sí, ci sto andando. Se vuoi, puoi venire.

Nicola indica le tele rimaste. Sono tre. – Aspettami, ho quasi finito.

I quadri si vendono in un quarto d'ora. Sono vedute del golfo piene di luce e allegria, i viaggiatori stranieri di passaggio le collezionano per rendere meno grigio il rientro nelle loro terre. I due amici si dividono i soldi e si dànno appuntamento per la mattina successiva. Elvira e Nicola proseguono verso la Riviera di Chiaia e poi Mergellina con il sole sul viso.

Oltre i palazzi eleganti e gli alberi dai profumi esotici della Villa Comunale, la città torna a essere campagna e le case povere catapecchie dagli usci aperti e le finestre spalancate.

È ora di pranzo, il profumo di sugo di pomodoro e il rumore delle stoviglie riempiono l'aria. – 'O roje, il due, – urla un giovane mezzo nascosto dietro i vapori di un pentolone dove sta gorgogliando l'acqua di mare, la piú salata ed economica che c'è.

Il due. Come i soldi necessari per comprare una porzione di spaghetti.

– Ne vuoi? – chiede Nicola.

Elvira è digiuna, ma è troppo presa dallo spettacolo imbastito tra i bollori della marmitta per avere fame.

Nicola porge le monete. Il giovane cala gli spaghetti e li copre subito d'acqua.

– Forti o normali? – chiede a Nicola.

– Un po' di forte ci sta bene. Pure un po' di formaggio.

Dopo alcuni minuti il giovane tira su gli spaghetti. Non li prova, gli basta un'occhiata veloce per capire che sono pronti. Li scola e li versa in un piatto di terracotta sbreccato in piú punti. Su una panca sono appoggiate alcune ciotole colme di condimenti. Aggiunge una mestolata di sugo caldo, un pezzetto di peperoncino, qualche pizzico di formaggio e un filo d'olio. Porge il piatto bello fumante a Nicola e passa al cliente successivo.

Elvira è incantata. Non riesce a smettere di guardare le mani che sembrano disegnare nell'aria la pietanza da servire ai clienti. Le immagina impresse su una pellicola per mostrarle a chi, come lei, non le aveva mai viste. – Tu fai il pittore e il fotografo, ma hai notato quante locandine di film ci sono in giro? E quante sale stanno aprendo? Lascia perdere il resto, pensa come si venderebbero bene le riprese di questo giovane e dei suoi spaghetti!

Nicola si appoggia a un muretto. Il mare di Posillipo è davanti a loro. Prende la pasta con le dita come gli altri clienti e inizia a mangiare.

– È vero, invece di dipingere quadri di pessima qualità dovrei andare a riprendere la gente nelle vie. Si guadagna di piú. Ci vuole una cinepresa, però, e adesso non ho abbastanza soldi, – dice raccogliendo con un gesto rapido gli ultimi spaghetti rimasti nel piatto.

– Costa tanto? – chiede Elvira.

Nicola si avvicina a una fontana per lavare le dita sporche di sugo. – Con i quadri e le foto qualcosa riesco a mettere da parte, ma non è facile. A Napoli non è come al Nord. Qui la vera fatica è trovare un lavoro –. Fa una pausa e guarda di nuovo il mare. – Ma noi non siamo venuti fin qui per parlare dei miei problemi!

Posillipo in primavera è un'esplosione di profumi e uno sgambetto alla geografia. È un promontorio, una collina, un intrico di vicoli, una propaggine della città e un borgo di campagna. Nicola la guida tra sentieri, tenute e poderi dove anche l'angolo piú misero sprigiona grazia. Passano davanti alle ville abitate fino a un secolo prima dai nobili inglesi arrivati in città per inseguire le fantasie accese dalle scoperte di Pompei e dai racconti dei viaggiatori del Grand Tour. Attraversano il borgo di Marechiaro, chiacchierano con i vinai, i venditori di uova e di frutta. Si fermano in una piega della costa per ammirare lo spettacolo della baia di Trentaremi e delle falesie di tufo che si immergono ripide nel mare. Di fronte a un tramonto che sembra incendiare le case, Nicola si fa coraggio e le sussurra la canzone che ogni coppia di innamorati va a intonare sotto una finestrella di Posillipo.

A Marechiare ce sta 'na fenesta
la passiona mia ce tuzzulea.
Nu garofano addora 'int'a 'na testa
passa 'll'acqua pe' sotto e murmulea...

Elvira la conosce, sa che cosa sta provando a dirle Nicola. Pensa a sua madre sempre china su un vestito da cucire, alle sorelle che, da quando sono a Napoli, saranno uscite sí e no due o tre volte. Pensa agli avvertimenti e a quel tono di oscura minaccia quando si parla di eventuali spasimanti, di giovani che provano a corteggiare qualcuna di loro. Elvira ha ventisette anni, non vuole guardare la vita passare. Vuole sentirla, conoscerla, diventarne padrona.

Prende la mano di Nicola. La sua pelle è morbida. Si avvicina, le dita ora intrecciate tra le sue. Cerca le sue labbra, scopre la sua lingua, sente l'emozione sciogliersi in un'onda che la travolge e la possiede. Nulla esiste al di fuori dei loro corpi che si stringono e si desiderano.

E poi è ora di rientrare. Scendono dalla collina e vanno a cercare un tram quando ormai il mare e il cielo si mescolano in un unico crepuscolo. Capitano davanti a un villino in costruzione. Si chiama villa Dora, è un incrocio di stili strani, mai visti prima, roba del Nord di sicuro.

Elvira si ferma a contemplarlo. Un pensiero l'attraversa, improvviso. È cosí che vuole la sua vita con Nicola. Bizzarra, folle, diversa da tutte le altre.

4.

C'è una tazzulella di caffè fumante sul tavolo della cucina. Bianca, di nessun valore, appena scheggiata sul bordo. E poi c'è lei, Elvira, ancora a letto. Margherita passa e porta via le lenzuola per stenderle alla finestra e dare aria alla stanza. – Sosete! È tardi. Il caffè è pronto ma è la prima e l'ultima mattina che te lo preparo.

– Margheritella, non tengo genio. Ci sta 'nu macigno al posto della testa.

La sorella si ferma accanto al letto. Elvira è la piú rapida ad alzarsi e la piú restia a spegnere il lume la sera. Se quella mattina è ancora avvolta tra le lenzuola, c'è da preoccuparsi.

Le porge la tazza. – Bevi, un po' di caffè ti tirerà su.

La dolcezza della primavera è svanita, a luglio fin dalle prime ore del giorno nelle stanze non si respira. Margherita apre di piú la finestra e corre a spalancare anche la porta di casa.

Elvira prova a bere un sorso. Il gusto del caffè tanto amato le sembra insopportabile. Subito allontana la tazza. È pallida e senza forze ma si alza comunque. Camminare le farà bene, pensa. – Mo vado, – dice senza ascoltare Margherita e i suoi inutili tentativi di convincerla a rimanere a letto.

Ma perché le donne devono indossare degli abiti lunghi e pesanti pure in piena estate? Elvira apre il colletto e i primi bottoni della camicia ed evita le grandi strade che stanno costruendo quasi ovunque in città. L'igiene prima di tutto, hanno deciso gli amministratori dopo il colera del 1884, ma nessuno si avventura in quelle spianate sotto il sole di luglio e con la testa che scoppia. I vicoli, i budelli stretti e tortuosi del ventre di Napoli, saranno sporchi ma sono benedetti dall'ombra e persino da un miracoloso refolo di vento.

Nicola la sta aspettando all'angolo della chiesa del Carmine. Ha la macchina fotografica, il treppiede, il portalastre. Devono essere il caldo e quel senso di spossatezza che non l'abbandona, vederlo cosí carico le sembra una follia.

– Quanto pesa quella roba? L'hai portata a piedi? – chiede con un filo di voce e un'inquietudine crescente. Lei non ci sarebbe riuscita. Non quel giorno, di sicuro. È cosí sfinita da aver dimenticato persino di indossare un cappello per proteggersi. Per fortuna lí accanto scorge un negozio con una tenda aperta. Sotto la sua ombra si rifugia a prendere fiato.

Nicola non sembra stanco. Ha montato l'apparecchio e sta controllando l'inquadratura. – Vieni, gli operai stanno iniziando a sistemare i fuochi, ora ti faccio vedere, – dice indicando il campanile della chiesa.

Due sono le grandi feste in città: la Madonna del Carmine a metà luglio e Piedigrotta durante la prima settimana di settembre. Segnano l'inizio e la fine dell'estate tra folle, processioni, musica, luminarie e fuochi d'artificio.

Elvira non è ancora stata a piazza Mercato. Dopo il pomeriggio a Posillipo Nicola ha deciso di mostrarle gli altri quartieri. Hanno perlustrato i vicoli della Vicaria dove è nato, e i recessi piú scuri dei Quartieri Spagnoli dove lazzaroni e borghesia si dividono strade e palazzi senza mai incontrarsi davvero. Sono andati nei cinema altolocati della Galleria Umberto I e nei baracconi ambulanti montati dove capita e frequentati da chi fa fatica pure a mettere insieme i pochi centesimi necessari per entrare. Si sono spinti fino a Mergellina per mangiare i taralli con la sugna e si sono mescolati al bel mondo lungo le eleganti strade di Toledo e di Chiaia.

Quella mattina di luglio è dedicata a piazza Mercato, il luogo dei traffici e delle rivolte. Si riempie ogni giorno di pescatori e contadini con le loro merci e di masse ribelli e inquiete a ogni svolta della storia. Da Corradino di Svevia a Masaniello fino alla Repubblica napoletana, rivoluzioni e decapitazioni, trionfi e delusioni della città sono passati di lí.

Il campanile della chiesa della Madonna del Mercato è il piú alto, si vede da tutta la città. Per preparare la festa gli operai lavorano per giorni. È la rievocazione di un antico incendio spento grazie al miracolo compiuto dalla Madonna. Gli uomini avvolgono un cavo intorno al fusto fino a ricoprirlo di fuochi d'artificio. Quando cala il buio da un terrazzo vicino viene sparato *'o sorece*, un razzo capace di guizzare come un sorcio mentre colpisce le micce e le accende. Il campanile rosseggia, sembra prendere fuoco.

Nicola racconta, si appassiona, non è mai mancato alla festa. Si interrompe per parlare con gli operai e decidere come organizzare la ripresa. Ascolta i loro consigli e scatta le prime foto. Solo quando gli uomini in piedi sulle impalcature iniziano a urlare si volta e la vede.

Elvira è a terra, svenuta. Quando apre gli occhi si trova su un giaciglio improvvisato in un angolo della piazza. Due signore agitano i loro ventagli per darle un po' di fresco e di aria, un'altra mette a disposizione un ombrellino da passeggio per proteggerla dal sole.

– Facite largo, 'sta criatura tiene bisogno di spazio, – chiede qualcuno. Le persone intorno a lei si allontanano.

Elvira riconosce la mano di Nicola che le accarezza la testa e la sua giacca stesa sotto di lei. Ritrova quell'odore intenso e scuro che le fa pensare a un bosco o agli scogli spazzati dal mare, lo stesso rimasto sulla sua pelle la prima sera del loro amore. Coglie la preoccupazione nel suo sguardo, la sua ansia di sapere che cosa stia accadendo. Elvira non risponde. Difficile trovare le parole per confessare quello che non ha la forza di ammettere nemmeno con sé stessa.

– Piccere' spusatill! Ambress ambress, – è il consiglio di una delle donne accanto a lei. – Ambress ambress, – ripete e le porge una spremuta di limone. – Bevi, questo rimette a posto tutt'cos'. Ma spusatillo! Subbito.

Quella sera Elvira gira il cucchiaio nella zuppa di fagioli bianchi e lucidi come i suoi occhi. Lo sguardo basso, lo stomaco serrato, non riesce a decidersi a mangiare.

– Se non hai fame la finisco io, – dice il fratello, Francesco. A lui l'appetito non manca mai, né corre il rischio di provare l'angoscia che in quel momento ha tolto la fame alla sorella.

La pendola suona le otto di sera. La mamma si alza, tende la mano verso il figlio. – C'è dell'altra minestra in cucina, dammi il piatto, vado a riempirlo –. Ne approfitta per passare vicino a Elvira. – E tu, mangia!

Elvira guarda il padre seduto a capotavola. È triste, assorto in mille pensieri. E stavolta lei è uno di quei pensieri. L'amore è sempre stato un argomento da chiacchiere tra sorelle prima di andare a dormire, qualcosa su cui sospirare e favoleggiare. Con la madre se ne parla solo per negarlo e chiarire i limiti da non superare mai. Elvira ha soffocato i sospiri, si è impadronita della favola e ha azzerato ogni limite.

– Sono incinta, – ha annunciato in piena cena. Il silenzio è calato sulla tavola. Nessuno di loro ha trovato una risposta adeguata a una frase dirompente, violenta, uno schiaffo in pieno volto. Anche quando le sorelle hanno provato a spostare su altro la discussione, nessuno ci è cascato. Tutto ormai è avvenuto, non si torna indietro. La loro è rimasta una conversazione di parole sorde che nessuno ascolta, da trangugiare con la minestra per nascondere l'imbarazzo.

La mamma torna nella stanza con un piatto fumante in mano.

– Alla tua età di figlie ne avevo già due ma non in questo modo. Io e tuo padre ci siamo sposati senza vergogna.

Elvira guarda altrove. La madre può insultarla, offenderla. Può sostenere quello che le pare, lei non si lascerà ferire. Si proteggerà andando a cercare bellezza dove sa di trovarla, nella felicità assoluta dei pomeriggi trascorsi con Nicola, delle sue carezze, dei loro corpi uniti, della potenza di un desiderio impossibile da frenare. È l'amore vero, quello che tutti cercano, invocano, sognano. Non può creare infelicità.

– Bisogna sapersi fermare, – continua la madre come se leggesse nei suoi pensieri. – Prima di quelle cose lí, ci si sposa. Altrimenti sei solo una delle tante donne facili che si vedono in giro. Sai quante altre ne trova lui mentre tu ti sei rovinata per sempre?

Rovinata.

Per sempre.

Perché invece le sembra soltanto di avere per la prima volta scelto qualcosa nella sua vita? E quali altre rovine scatenerebbe se decidesse di non mettere al mondo chi le sta crescendo dentro?

Guarda il padre, vede il suo dolore e tiene le domande

per sé. Non vuole aggiungere altra pena. Diego tormenta con il cucchiaio un pezzo di pane immerso nella zuppa. Quella figlia ha sempre avuto volontà, tenacia. L'ha sempre sentita come una parte di sé. Sí, piú delle altre figlie anche se non è bello da ammettere, e infatti non lo ammetterebbe mai. Riconosce la sua stessa forza, quella che gli ha permesso di lasciare Cava de' Tirreni – il borgo dove è nato – di trasferirsi a Salerno per costruire una vita nuova dal nulla, e poi di cancellare tutto e ricominciare daccapo in una città cosí grande, diversa e difficile come Napoli. Quando Elvira gli ha chiesto di continuare gli studi e di frequentare almeno le scuole Normali, si è fidato, ha detto di sí. E anche ogni volta che gli ha chiesto di uscire da sola si è fidato. Sapeva di correre un rischio, ma una gravidanza senza un matrimonio non era entrata nemmeno nei suoi scenari piú audaci.

Lascia il pezzo di pane a galleggiare nella zuppa. – Ti sposa?

Elvira allontana il piatto. Nessuno le ha chiesto chi sia Nicola. Nessuno le ha domandato se lo ama. Per suo padre e sua madre potrebbe anche essere un malfattore, un assassino, un ladro o comunque un uomo non adatto a lei. Non vedono l'ora di consegnarla a lui come un oggetto scaduto, andato a male, non piú desiderato.

Si alza da tavola. Per lei la cena è terminata.

La famiglia è terminata.

– Sí, ho deciso di sposarlo.

Tre valigie di vestiti e libri. Una cassa colma di ritagli di quotidiani. Ventisette anni di vita e una fuga di notte come una ladra su un carretto. A tenere le redini è Vincenzo, accendiluci, acchiappaturisti, e innanzitutto amico, l'unico davvero fidato, disposto a essere al loro fianco pure in quella notte livida, mentre gli zoccoli del cavallo risuonano sul selciato di una Napoli deserta.

– Nicola dice che sono un amico? Piú esattamente mi definirei socio in affari, – ride. Si gira verso Elvira e Nicola seduti sul pianale di legno tra le valigie. – Io e lui faremo grandi cose insieme. I quadri sono solo l'inizio, vero? Diglielo tu alla tua sposa.

Nicola ride ma non riesce a nascondere la sua inquietudine. Elvira accenna un sorriso, anche lei soltanto per cortesia. È terrea in viso e le gira la testa. Non sa se per colpa dell'andatura del cavallo, per uno sbalzo di pressione dovuto alla gravidanza o per il pensiero di quella fuga verso l'ignoto.

– Uagliu', 'nu poco 'e brio. Domani mattina vi sposate, è festa! – insiste Vincenzo.

Elvira allontana una valigia dalla gamba. – Vince', vabbuo', domani mattina festeggiamo. Ma tu lo sai che non tengo nessuno che mi accompagna all'altare?

Vincenzo si volta di nuovo verso di lei con un sorriso ancora piú ampio. – E dov'è il problema? All'altare ti accompagno io! Stai tranquilla, mi vestirò come un signore e ti scorterò come una regina!

Nicola trova finalmente la forza di tirarsi via dal retro del carretto e dalle cupezze. – Ma la sapete una cosa? Qua non ci sta manco l'altare. Ci sposiamo in comune, al massimo ci dànno un tavolino!

Il suono delle loro risate e lo scalpitio degli zoccoli del cavallo li accompagna nella notte di passaggio da una casa all'altra, da una vita all'altra.

L'appuntamento nell'ufficio del Comune è all'una. È il 25 agosto del 1902, il sole un'onda bollente che tutto acceca, travolge e brucia. Le finestre della sala sono spalancate per creare almeno una fantasia di vento.

Vincenzo è all'ingresso, vestito davvero come un signore, abito scuro, panciotto chiaro e una catena d'oro infilata nel taschino dove si indovina la forma arrotondata di un orologio. Dà il braccio a Elvira e, con il suo passo scanzonato, la guida verso il tavolo della cerimonia.

Nicola l'attende in piedi, visibilmente emozionato. Elvira nota il suo vestito, identico a quello di Vincenzo persino nei bottoni. Manca solo la catena dell'orologio. Si siede accanto a lui e la cerimonia ha inizio. La voce dell'officiante rimbomba nella stanza silenziosa e vuota. Muta anche la strada, una sfilata di persiane socchiuse e porte accostate in ossequio alla quiete imposta dalla controra.

Il sí di Nicola risuona forte e vibrante. Quello di Elvira resta in sospeso. Non è meno convinta, solo confusa, nella domanda di rito l'hanno chiamata Maria. Elvira è il secondo nome, quello usato da tutti da quando ha memoria, ma sui registri dell'anagrafe appare la sua identità ufficiale, Maria Coda. Come aveva deciso suo padre per ringraziare la Madonna alla fine di un parto difficile.

L'officiante solleva lo sguardo dai fogli dove sono scritte le formule di rito. – Quindi?

– Quindi sí, – si affretta a rispondere Maria Coda, l'intrusa delle occasioni ufficiali.

La mano di Nicola si impone su ogni altro pensiero. Cerca il suo anulare. – È di ferro, perdonami. Ti prometto che presto comprerò due fedi d'oro per noi, – le dice sottovoce. Sente le sue dita, la pelle morbida che l'ha conquistata dal primo istante. Chiude gli occhi e pensa che non le importa nulla del ferro o dell'oro. Finalmente lontana da chi aveva in mente altro per lei, la sua vita inizia ora.

Quando riapre gli occhi sono marito e moglie. Elvira è pallida, disperata e felice. Vincenzo si avvicina per un galante baciamano seguito dai testimoni. Nunziata e Nannarella, due vicine di casa di Nicola convocate all'ultimo istante per non lasciare deserta la sala, si dispongono dietro di loro per farle gli auguri, ma l'ufficiale blocca tutti.

– Un momento, mancano le firme sotto l'atto di matrimonio. Prima lo sposo, Nicola Notari. Quindi la sposa, Maria Coda.

Elvira firma, nove lettere in caratteri piccoli e decisi.

Come lei.

Come Elvira. Che assapora il retrogusto di libertà lasciato dal nome di un'intrusa sul suo atto di matrimonio.

5.

Una pioggia di petardi, *raudi, tracchi* e *stambucchi* scuote i muri, fa tremare i pavimenti. Manca poco alla mezzanotte che concluderà l'anno che ha travolto e unito le loro vite. Elvira è al nono mese di gravidanza, cammina a fatica, ma non vuole rinunciare a salutare l'arrivo del 1903 e di tutto quello che ha in serbo per loro. Nicola l'aiuta a indossare il cappotto e a uscire di casa mentre i fuochi squarciano la notte. Due potenti cipolle rimbombano non lontano. Alcune donne su un balcone urlano di finta paura mentre Elvira sente all'improvviso un liquido caldo bagnarle le gambe.

Non adesso, per favore, pensa. Non nella notte piú pericolosa dell'anno, quando attraversare le strade è come andare in guerra. Un'altra cipolla esplode piú lontano, la sensazione di languore è sempre piú forte. Stringe la mano di Nicola. – La commare... – gli dice.

Nicola si volta. Il pallore e la sua mano che si aggrappa a lui gli fanno capire che deve correre. Accompagna Elvira dentro casa, la fa sdraiare sul letto e promette di tornare prestissimo.

Indossa di nuovo il cappotto e sprofonda in un'oscurità percorsa da esplosioni, tuoni, lampi e bagliori. Procede con passo sicuro, è nato in quelle strade del quartiere Stella, dove da quattro secoli si costruiscono case per il popolo, palazzi per i nobili e cimiteri per i morti di peste.

Non hanno segreti per lui né i larghi basoli rettangolari creati con la lava del Vesuvio dove scorrono insieme l'acqua dei maccheroni e quella del bucato, né gli usci sempre aperti dove le donne tirano il collo alle galline quando è tempo di brodo.

Eppure quella notte ha paura. Si trova costretto a cambiare piú volte percorso mentre dai balconi vengono giú sedie, materassi, tavoli condannati a diventare legna per i focolari del giorno seguente. Il tempo scorre ed Elvira non può aspettare.

La casa della levatrice è immersa nel buio, l'unica del quartiere dove stanno dormendo nonostante i botti. Nicola cerca di non pensare alla possibilità che dentro non ci sia nessuno e inizia a battere i pugni sulla porta. I colpi diventano sempre piú forti per sovrastare il fragore dei petardi.

Ha la mano coperta di lividi quando finalmente la porta si apre. Supplica la levatrice di sbrigarsi e corre via.

Quando rientra, trova Elvira febbricitante. Ha la fronte madida di sudore anche se fuori si gela e in casa c'è solo un braciere.

– Bisogna mettere a bollire i panni e preparare gli infusi di erbe. La commare deve trovare tutto pronto. Vai a chiamare le vicine, – sussurra Elvira mentre le fitte le tolgono il fiato.

Nicola le terge la fronte dal sudore e si alza. – Ci penso io, non ti preoccupare. Se la commare arriva quando non sono qui nessuno può aprire –. Accende il fuoco sotto due pentoloni pieni d'acqua e dispone le pezze di stoffa in pila su uno scaffale.

È mattina quando finalmente si sente bussare alla porta. La donna lancia un'occhiata rapida a Nicola. – Siete da solo?

– Sí. Tenete bisogno di aiuto?

La levatrice entra senza rispondere. Apre la borsa, prende il camice immacolato, stringe bene la fettuccia intorno alla vita e si avvia verso la camera da letto. – Portate i pentoloni e i panni e jatevenne, – ordina. Ha rinunciato a preparare il pranzo di Capodanno per la famiglia e ha altre tre donne con le doglie da cui correre. Con un segno di croce dà inizio al parto, con un altro segno di croce lo conclude.

– È un maschio, siete contento? La prossima volta però chiamate un aiuto altrimenti devo lavorare il doppio, – dice in tono brusco quando ormai tutto è finito e le resta solo da chiudere la borsa con il camice e gli strumenti.

– Ecco, per il disturbo. Ce n'è abbastanza per due, – risponde Nicola porgendo una banconota e congedandola.

La sera del primo dell'anno un altro uomo infila un soprabito pesante e un cappello per sfidare gli ultimi fuochi nelle strade. Un ragazzino ha bussato alla porta della famiglia Coda nel pomeriggio portando la notizia che Elvira ha partorito. L'ha mandato Nicola con la raccomandazione di non uscire, avrebbe fatto avere altre notizie. Diego ha resistito per ore, è andato anche a coricarsi dopo aver cenato con l'unico risultato di essere rimasto con gli occhi sbarrati a guardare il soffitto finché non ha deciso di andare. Cammina sentendo la strada che trema a ogni scoppio di petardo. Forse aveva ragione la moglie che lo ha pregato di pazientare ancora, ma lui non è mai stato bravo ad aspettare quando c'è di mezzo Elvira. Fin dal primo istante.

Anche allora capitò in una notte d'inverno. Per la moglie era il terzo parto. Dopo due femmine Diego sperava con tutto sé stesso di diventare padre di un maschio. In casa erano rimaste solo le donne ad assistere la moglie, a lui avevano chiesto di accontentarsi della strada. A poco a poco aveva visto chiudersi le botteghe e spegnersi le luci nelle case. La città andava a dormire e lui era lí fuori a congelarsi. Aveva trovato rifugio nell'unica osteria aperta. Servivano il vino peggiore di tutto il rione, ma solo lí riusciva a stare al caldo e a tenere d'occhio la finestra della cucina. Non voleva perdere il momento in cui qualcuno l'avrebbe aperta e avrebbe gettato in strada l'acqua usata per il primo bagnetto, il segnale che era nato un maschio.

Aveva mandato giú troppi bicchieri di un liquido scuro che sapeva di aceto senza riuscire a infondere nemmeno un lontano barlume di ebbrezza. Ricorda ancora il gusto amaro della delusione quando aveva capito che la finestra sarebbe rimasta chiusa. Ricorda il sapore anche piú amaro di veder crescere Elvira, forte, determinata. Lo costringeva a uno scontro continuo tra le sue idee sulla famiglia e l'amore per quella figlia decisa a vivere senza rinunce.

Anche adesso, mentre arriva finalmente davanti a casa di Elvira, non riesce a fare a meno di lanciare uno sguardo rapido alla finestra e pentirsene un attimo dopo. Chi lascerebbe gli infissi aperti per una giornata intera in pieno inverno?

Elvira sta riposando quando il padre bussa. Nicola va ad aprire. Genero e suocero si trovano di fronte per la prima volta. Piccolo e scattante, Diego. Piú alto e muscoloso, Nicola. Fino a quel momento Elvira ha respinto ogni tentativo del marito di aiutarla a recuperare un rapporto. Non se la sente ancora, ha bisogno di tempo per superare la delusione, gli ha spiegato piú volte.

E invece Diego con la sua corsa nella notte ha annullato all'improvviso ogni distanza e adesso un nuovo legame è davanti ai due uomini, tutto da costruire.

Inizia con uno sguardo dubbioso di Nicola e una mano tesa da parte del suocero. – Sono il padre di Elvira, – è costretto a presentarsi. Nicola lo fa entrare pregando di scusarlo se non l'ha riconosciuto.

Diego appoggia il cappello sul tavolo e il soprabito su una sedia. Si avvicina alla porta chiusa per sentire se dall'interno arrivano rumori.

– Credo che si sia addormentata, è stato un parto lungo e stancante, – spiega Nicola.

– È andato tutto bene? – si informa Diego. La luce accesa nel laboratorio lo incuriosisce. Senza aspettare la risposta entra nella stanza, osserva con attenzione apparecchi e lastre. – Stavi lavorando? È il primo gennaio, sei appena diventato padre...

Nicola sospira. – Devo completare un ordine, don Diego. Sto colorando alcune fotografie. Volete che svegliamo Elvira? – chiede immergendo un pennellino in un barattolo pieno d'acqua per non farlo seccare.

Diego continua a guardarsi intorno, Nicola è stanco e ha ancora da fare, ma asseconda il suocero. Gli mostra i carbonati, i colori e la trementina che usa per ritoccare le immagini impresse sulla lastra. Si dilunga in dettagli tecnici finché si rende conto di non sapere che altro raccontare.

– Vogliamo provare a svegliare Elvira? – chiede di nuovo.

Diego gli fa cenno di no. – Non voglio disturbarla se sta riposando. Era solo per sapere se va tutto bene e se c'è bisogno di qualcosa –. Abbassa la voce. – Ho visto che le finestre sono chiuse. È una femmina? – chiede.

Nicola non capisce. – Che volete dire, don Diego? È il primo dell'anno. La levatrice si è raccomandata che Elvira e il piccolo stiano al caldo.

Il padre di Elvira sembra imbarazzato. – Ah, allora è un maschio? Sai, fino a qualche anno fa c'era l'abitudine di aprire le finestre –. Fa una pausa sperando che il genero capisca.

– Le finestre? – chiede invece Nicola.

– Sí, ma non voglio annoiarti. Era tanto tempo fa. Forse ora non si fa piú, o forse era solo un'usanza di paese.

Nicola dentro di sé sorride per quel suocero piombato in casa di notte per inseguire il desiderio di avere un maschio in famiglia. Lo accompagna all'ingresso, si sta facendo tardi. – Avete un nipote, don Diego. Potete essere contento. Si chiamerà Eduardo, come mio padre.

Diego lo abbraccia con orgoglio e gli infila una busta in tasca. – Per comprare qualcosa al tuo primogenito, mio nipote!

Nicola lo guarda allontanarsi. Gli piacerebbe riuscire a provare la stessa felicità, ma sente su di sé il peso del suo nuovo ruolo di capofamiglia.

È accaduto tutto troppo in fretta, non è sicuro di essere pronto. Se si guarda allo specchio vede solo un pittore fallito che sta tentando di trovare una strada come fotografo. Gli dicono che è molto bravo, una giuria gli ha anche assegnato un premio per alcuni scatti, ma con i complimenti e le medaglie non si dà da mangiare a moglie e figli.

Rientra in casa e si siede. Dovrebbe togliersi il cappotto però ha freddo, il braciere è nella stanza di Elvira e Eduardo. Da settimane pensa di comprarne un altro e ora non è certo di poterlo fare, la levatrice e l'affitto gli hanno già portato via tutto quello che ha guadagnato nell'ultimo mese. Si prende la testa fra le mani, non possono andare avanti cosí. La fotografia non basta. E nemmeno la pittura. Sono arti in crisi in una città in crisi. Elvira aveva ragione quel pomeriggio davanti al venditore di maccheroni. Solo il cinema permette di guadagnare qualcosa, forse è davvero il momento di scommetterci senza altre esitazioni.

Vorrebbe dirglielo, ha bisogno della sua forza, del suo entusiasmo, delle sue idee. Si avvicina alla stanza. Bussa due volte, accosta l'orecchio e resta in ascolto, ma non arriva alcun suono. Torna al tavolo di lavoro, la notte è ancora lunga.

Elvira ha sentito i colpi sulla porta. Non vuole vedere Nicola, non ora. Pensa a quel Capodanno emerso da una giravolta improvvisa del destino. Le viene in mente che dovrebbe festeggiare due, tre, quattro volte per tutte le nuove vite che stanno per iniziare. Invece a malapena trova la forza di bisbigliare una preghiera di ringraziamento alla Madonna e di segnarsi con due dita.

Ha riconosciuto la voce del padre. Non desidera vedere nemmeno lui. Non saprebbe che cosa dirgli né come guardarlo. Si sente tradita, spinta via dal suo mondo. Forzare non serve a nulla, non è pronta a riannodare il filo tra di loro.

Non desidera vedere neppure sé stessa. È stato davvero un barlume di libertà, fugace e subito dissolto, quello assaporato nella primavera del suo amore. Ancora piú ingannevole il brivido di evasione provato al momento di firmare l'atto di matrimonio con il nome di Maria. I mesi successivi l'hanno messa davanti alla realtà della sua nuova vita. Comunque si chiami, ha smesso di esistere.

Secondo la legge è una costola del marito. In ogni atto ufficiale non potrà piú apparire il suo nome. Per avere un lavoro, un reddito o qualsiasi bene di sua proprietà, dovrà chiedere l'autorizzazione. Di tutte le strade che pensava di avere davanti a sé fino a qualche mese prima, in quella sera di Capodanno ne vede solo una. Porta a una vita di figli con nomi dei nonni da perpetuare e case da custodire.

Si volta verso il piccolo Eduardo disteso nella culla dove l'ha lasciato la levatrice. È abbastanza vicino, se stende il braccio riesce a prenderlo. Gli sfiora il gomito, ne accarezza l'angolo appuntito, le sembra di riconoscere l'esserino che dal settimo mese in poi sentiva muoversi dentro di sé e spingere. Hanno diviso il cibo, il sonno, sono stati un unico bozzolo. E ora? Da dove si inizia a essere madri?

«Quando piange mettetelo al seno», si è raccomandata la commare, stupita di dover parlare con lei e non con una sorella, una cugina o una qualsiasi altra parente. «Non avete qualcuno che vi aiuti?»

«Ce la facciamo», l'aveva rassicurata Elvira.

La donna aveva richiuso il camice e i suoi strumenti nella borsa, le aveva dato qualche consiglio ed era uscita.

Sono rimasti soli.

Lei, una madre.

Lui, suo figlio, scuro scuro e già con un accenno di capelli, neri e crespi come i suoi.

Prova a muoversi nel letto, ma ogni movimento le strappa un gemito. Si rimette distesa e si sente perduta. Rivuole la sua forza, le passeggiate con Nicola, i tramonti a Posillipo, la meraviglia davanti ai teli bianchi delle sale cinematografiche.

Guarda Eduardo. Inizia ad agitare le labbra e le manine. Ha fame, e l'unica a potergli dare quello di cui ha bisogno è lei.

Avverte una fitta dentro il cuore. È qualcosa di molto diverso dalle contrazioni di qualche ora prima, una stretta a cui non sa dare un nome. Le labbra di Eduardo si piegano in una smorfia, tra poco piangerà. Lo guarda, si rende conto che da quel momento in poi non avrà requie. Ogni pianto e ogni mano tesa saranno diretti a lei. Ogni suo pensiero dovrà essere anche per lui.

Eduardo scoppia in lacrime. Il suono la travolge. Lo avverte nella pelle, nelle ossa, non riesce piú a liberarsene.

Tende il braccio verso il piccolo. Geme di nuovo, ma il pianto è un'onda che trascina e copre tutto. Prende Eduardo e lo avvicina al seno. Quando vede i suoi lineamenti distendersi prova un sollievo mai conosciuto prima, il suo cuore si allarga.

Forse può imparare a chiamarlo amore.

6.

Quaranta giorni.

La levatrice non ha avuto il coraggio di dirglielo quando è andata via. L'ha comunicato solo a Nicola con il suo tono sbrigativo.

– Quaranta, – ripete ora Nicola, seduto sul letto. – Ha detto che altrimenti non puoi riprenderti completamente.

– Ti sarai sbagliato, – scuote la testa Elvira.

Nicola le accarezza la mano. – Facimm' accussí, a metà febbraio puoi ricominciare a uscire. E poi mo dove vuoi andare? Fa freddo e piove. Quando tornerà il sole riprenderemo le nostre passeggiate.

Il quartiere Stella è un groviglio di vichi, rampe, gradini, piazze, mercati, fondachi e fastosi palazzi nobiliari. È una processione di epoche e secoli molto diversa dalla zona oltre Porta Capuana dove Elvira ha abitato fino a poco tempo prima. Le costruzioni sono antiche, anguste e consumate dal tempo. Servono per dormire, e in piena estate nemmeno per quello. Non appena si scorge la prima luce ci si precipita fuori. Con il caffè offerto ai vicini, i pranzi apparecchiati sui basoli, le conversazioni davanti alle porte, i matrimoni combinati tra un passaggio e l'altro. La strada accoglie tutto e tutti.

La notizia di una puerpera si sparge presto. Elvira non esce, è il quartiere a riversarsi nelle sue stanze. C'è chi lascia un cestino di uova per aiutarla a riprendere le forze e chi si ferma solo per chiacchierare.

Un giorno bussa anche un uomo con un cappello e il giornale sotto il braccio. Elvira sta allattando Eduardo, ad aprire va Nunziata, la vicina di casa che insieme a Nannarella aveva assistito alle nozze. Nella torrida controra dell'estate precedente avevano appena avuto il tempo di scambiarsi un saluto. Elvira le ha conosciute davvero nelle settimane in cui il parto l'ha consegnata definitivamente al loro stesso destino di madri, e sostenersi e frequentarsi è diventata un'abitudine e un prezioso conforto. Nunziata ha poco piú di quarant'anni, i figli già grandi e il volto solcato da rughe profonde.

– Sono venuto per una visita alla signora Elvira, – si presenta l'uomo.

– Un momento, – lo blocca Nunziata chiudendo di nuovo la porta. – Ci sta uno che ti vuole. Tiene il cappello e un giornale sotto il braccio, – dice avvicinandosi al letto dove Elvira sta allattando. Il volto di Elvira si rabbuia. Soltanto una persona può portarle un giornale da leggere. Non può lasciarlo andare via un'altra volta. – Eccomi, – dice rivestendosi.

– Elvi', aspetta, che fai? Il piccolo non ha finito di mangiare. E poi quello è un uomo, non può entrare.

Elvira mette in fretta Eduardo nelle braccia di Nunziata. – Ma no, che vai pensando? È mio padre.

– Non può essere tuo padre. È giovane e pure carino, – risponde Nunziata in tono malizioso.

Elvira è stupita. Si ravvia i capelli, si aggiusta il vestito da casa e va ad aprire. Sorride quando al di là della soglia appare Vincenzo, l'amico di Nicola.

– Che sorpresa! Entra. Non badare alla casa e a come sto.

– Non ti preoccupare, avevo un momento di pausa dal lavoro, volevo portarti un mazzo di fiori. Poi ho pensato che ti avrebbe fatto piú piacere questo, – risponde porgendole il giornale.

Da quella volta Vincenzo passa quasi ogni giorno. Alle donne del vicolo non piace quel giovane che entra in una casa dove c'è una donna sola con un neonato accanto. Nunziata lo difende, all'inizio non lo aveva riconosciuto, ora ricorda la sua allegria contagiosa, capace di alleviare la tristezza di una cerimonia senza parenti. Elvira le ha pure raccontato della fuga di notte su un carretto con lui alle redini. Nunziata ha capito che, anche se le accomuna il destino di madri, l'amica è diversa, ha bisogno di leggere, muoversi, conoscere.

Per Elvira infatti quello con Vincenzo diventa l'appuntamento piú atteso della giornata. La tiene in contatto con il mondo, le consente di parlare di qualcosa che non sia solo l'allattamento o i piccoli disturbi di un neonato. Ormai quando lo vede arrivare gli indica una sedia e lo invita a entrare interrompendo ogni altra conversazione.

Una mattina Vincenzo appoggia il cappello sul tavolo e apre il quotidiano.

– Hai visto qua? Parlano di grandi novità. Lavoro e soldi per le donne con figli!

Elvira si mette comoda. Sa che l'amico sta per esibirsi per lei, con la sua ironia irresistibile, il piglio istrionico da attore mancato.

– Leggi. Sentiamo le novità, – risponde.

Vincenzo piega la pagina per concentrarsi meglio sull'articolo. – Allora, secondo la nuova legge approvata dal Parlamento non puoi lavorare in miniera. Divieto per donne e bambini.

Elvira ride. – Non vedo molte miniere da queste parti…

– Fammi continuare. Puoi lavorare al massimo dodici ore…

Lei ride ancora piú di gusto. – Ma è davvero scritto cosí? Parlano del lavoro dentro casa o di quello fuori casa?

– Elvira, sembri un deputato dell'opposizione. È legge dello Stato, tutto vero e certificato! Stai a sentire, non è finita. Questo governo è talmente generoso che ti concede persino il congedo di un anno per maternità.

– E mi dànno pure il lavoro? O mi congedano e basta?

– Se continui cosí, ti arrestano. Aspetta! Qui scrivono che c'è anche una cassa di maternità. Però non è stata ancora costituita. Prima o poi arriverà. Bello, no?

– Bellissimo. Come si chiama il capo di questo governo?

– Giuseppe Zanardelli. Ma, come? Non conosci il capo del tuo governo?

Elvira smette di colpo di ridere. – E perché dovrei? Questa terra è dei meridionali. Se ne andassero via Zanardelli e tutti i suoi amici del Nord.

Si sta arrabbiando e non dovrebbe. Vincenzo prova a calmarla. – Ma no, ti confondi con qualcun altro, questo governo è vicino al popolo. È la sinistra liberale, governa con l'appoggio dei socialisti.

Elvira solleva la schiena dai cuscini, ancora piú irritata. – I socialisti? Quelli di Enrico Ferri che sostiene che i napoletani nascono tutti ladri?

Vincenzo ripiega il giornale, allarmato dalla reazione di Elvira. – Adesso però rimettiti giú altrimenti Nicola se la prende con me. Non pensare piú al governo.

Elvira obbedisce, senza voglia. – Sí, vabbuo', tanto io sempre qua sto. Con Eduardo da allattare e un lavoro da trovare.

Vincenzo lascia il giornale sul comodino. – Pure io, Elvi'. Non allatto ma adesso mi aspettano al Salone Margherita.

Anche stasera appiccia, stuta, appiccia, stuta. Tutto cosí. È lavoro, questo? Ma vedrai che arriverà il momento mio e di Nicola con cartelloni, proiezioni e grandi serate solo per noi. Mo vado. Mi raccomando, tu fai la brava, non ti alzare. Aspetta Nicola, fatti aiutare da lui.

Quando la porta si chiude Elvira respira profondamente. Arriverà davvero il momento di Nicola e Vincenzo? E il suo? Oppure deve considerare la vita finita lí dove le sembrava che stesse per iniziare? Guarda l'orologio. È mezzogiorno. Le restano da affrontare le ore piú difficili della giornata. Non saranno poche né divertenti. Dovrà fare la brava e aspettare, dice Vincenzo. Nemmeno a scuola ci riusciva, nemmeno la severissima professoressa di italiano ascoltava quando le ordinava di non avere fretta. Una mattina aveva assegnato un tema da svolgere. La traccia era complessa, bisognava immaginare di essere già maestre e di spiegare ai propri alunni il senso di giustizia distinguendo tra la fatalità del mondo pagano e la provvidenza dei cristiani.

Elvira ricorda gli sguardi disperati delle compagne, il silenzio angosciato di chi leggeva piú volte le frasi dettate dalla professoressa per provare a capirle. E poi la raccomandazione dell'insegnante. Teneva moltissimo alla calligrafia. «Ci sarà un voto a parte, – aveva precisato, – e sapete bene che per me ordine e chiarezza contano piú del contenuto del tema. Concentratevi e andate piano».

Elvira si era messa subito a scrivere. Le composizioni non la intimorivano. Anzi. Piú erano complesse piú si divertiva.

Era stata una delle prime ad andare alla cattedra a consegnare. La professoressa l'aveva accolta con freddezza. Aveva preso i fogli e li aveva innanzitutto contati. «Coda! Che fai già qui? La rapidità è nemica della precisione. E hai riempito cinque facciate! Quante volte devo ripeterti che è inutile scrivere tanto?» Poi aveva dato una rapida occhiata allo svolgimento e si era arrabbiata ancora di piú. «Il tuo modo di fare non ti porterà da nessuna parte. Le maestre non sono delle letterate. Basta che sappiano scrivere vocali e consonanti in modo chiaro sul rigo e che siano capaci di insegnarlo ai loro alunni. Non credo che tu sia in grado di educare dei bambini, non con la vanità che traspare da un compito come questo».

Elvira aveva protestato contro quella che le appariva come una profonda ingiustizia. Quel gesto le era costato una nota in condotta e una settimana di sgridate a casa. Si sente avvampare di rabbia ancora adesso se ci pensa.

Le verrebbe voglia di alzarsi e di ribellarsi anche all'ingiustizia che la costringe di nuovo a non avere fretta, ad aspettare a letto senza poter uscire per andare a guadagnarsi il pane ogni mattina come Nicola.

Il pianto di Eduardo la riporta in sé. Chiude gli occhi e allontana ogni altro pensiero. Il suo momento arriverà, lo conquisterà a costo di rimanere sveglia ogni notte per lavorare. Ora, però, c'è innanzitutto lui. Accarezza il figlio, lo allatta, lo culla fino a farlo addormentare e si impone di non muoversi. Prende il giornale, scorre le notizie, legge il racconto dell'ultima pagina, allatta di nuovo, beve un sorso d'acqua da una brocca lasciata sul comodino, prova a non pensare a quello che farebbe se potesse uscire.

Nicola rientra quando le strade del quartiere accolgono soltanto lui e la sua ombra che avanza nel buio della sera. A Elvira basta vederlo per ritrovare il sorriso. Ma è ascoltando le sue parole che riscopre il sogno che l'ha convinta ad allontanarsi dalla famiglia. Nicola le racconta del mondo di fuori, dove l'industria del cinematografo sta crescendo, pullula di piccoli laboratori, artigiani, tecnici, mestieranti delle immagini. I film vengono girati in bianco e nero con grande evidenza di contrasti e grana, ma il pubblico sta diventando esigente, chiede i colori. Per accontentarlo le pellicole vengono corrette a mano, fotogramma per fotogramma.

È il mestiere dei coloritori, una tecnica di pazienza e precisione, un'arte molto richiesta in quei mesi. Nicola sta provando a inserirsi nei giri giusti. È ancora un semplice apprendista, ma sta imparando in fretta. Ogni giorno frequenta le botteghe, osserva i colleghi, riceve bobine da colorare e consegna quelle terminate. E ogni sera, conclusa la cena, mentre Elvira prova a addormentare Eduardo, si chiude nel laboratorio.

– Scusami, sennò non riesco a lavorare, – spiega e scompare fino a tarda notte.

Una sera Elvira ha la testa che le scoppia. Da un mese è bloccata dentro casa tra pianti e panni sporchi. Le tre stanze le sembrano una prigione, l'odore dolciastro di latte materno una condanna. Eduardo inizia a piangere, capita spesso alla fine della giornata. Nulla di grave, qualche problema di digestione, l'hanno rassicurata le donne del vicolo. Elvira lo massaggia e lo culla seguendo il loro insegnamento. Quando Eduardo si calma, lo corica con delicatezza nella culla. Aspetta di sentire il suo respiro assumere un ritmo regolare e profondo, poi si alza.

Spalanca la porta del laboratorio dove Nicola è chiuso da tempo. Il sentore acido della trementina è una cappa irrespirabile. Socchiude la finestra per lasciar passare almeno un filo d'aria anche se fuori si gela.

Su un lato della stanza c'è un grande tavolo di legno. I piedi sono bucherellati dai tarli, ma il ripiano è ampio e comodo, può contenere decine di barattoli di colori, tamponi, pennelli.

Nicola indossa una giacca da casa di lana imbottita e ha la pelle delle mani screpolata dal freddo. È cosí preso dall'esame di una pellicola da non aver fatto caso al suo ingresso.

Elvira prova una gran tenerezza. – Non ti fa bene stare qui dentro troppo a lungo, – dice avvicinandosi.

Nicola si volta, sorpreso, preoccupato. – Che succede?

– Mi fai vedere come si colora?

La risposta di Elvira lo rassicura. Non si è ancora abituato a essere padre di un piccolo di un mese, ogni tanto l'ansia ha il sopravvento. Le fa spazio su uno sgabello e solleva di nuovo la pellicola. – Innanzitutto bisogna imparare a tenerla tesa mentre si osservano le immagini –. Indica i bordi. – Metti le mani soltanto qui e non al centro, altrimenti si rovina.

Elvira prova a prendere la pellicola ma è lunga quattro metri, tra le sue dita si trasforma in un serpente viscido e sfuggente.

– Aspetta. Prova di qua, – dice Nicola scoppiando a ridere. Le porge le estremità del nastro e le insegna un movimento a fisarmonica, uno scorrere continuo di pollice e anulare.

Le sue mani si muovono srotolando, riavvolgendo e scegliendo lo spezzone su cui intervenire. Il lavoro è complesso, noioso, delicato. – Bisogna colorare almeno le parti principali. I vestiti, i volti, cose cosí…

Elvira impallidisce. – Sono quattro metri…

Un pianto nell'altra stanza li interrompe. Elvira si alza e torna poco dopo. – Stava solo sognando. Andiamo avanti.

Nicola ha appoggiato uno spezzone su un rettangolo di legno dipinto di bianco. La luce di una lampada è orientata verso il basso in modo da illuminare la pellicola, il fondo chiaro consente di mettere in evidenza l'immagine. Elvira si siede di nuovo accanto a lui e segue il movimento lento del pennello.

– Va bene anche solo una goccia di colore. E poi bisogna passarci sopra con pazienza, – avverte Nicola mentre continua a stendere le tinte sulla pellicola con un gesto regolare e cadenzato.

Elvira osserva con attenzione. Non è la reazione piú adatta ad accompagnare la delicatezza del movimento ma le viene da ridere. – Vabbuo', non è cosí difficile! Io sto in piedi dall'alba a girare il ragú, mo vuoi vedere che mi faccio spaventare da una pellicola?

Con una luce maliziosa nello sguardo finge di voler immergere un cucchiaio nei colori e di mescolare. Ride, ridono, si toccano. Lei cerca il suo odore tra i capelli, gli accarezza i baffi con un gesto nuovo. Non li aveva cosí folti quando si sono conosciuti. Nascondono in parte il suo sorriso ma le piacciono, gli dànno un'aria da marito, padre, uomo deciso e affidabile.

Suo marito, il padre di suo figlio. Il suo uomo deciso e affidabile.

Si avvicina alle sue labbra, lo bacia a lungo. Nell'altra stanza Eduardo riprende a piangere. Elvira indugia ancora un istante nel desiderio di Nicola poi si decide ad andare. Torna poco dopo con il piccolo in braccio. Chiude la finestra per non farlo raffreddare, prende una sedia per avere piú spazio e si sistema accanto al marito.

– Continuiamo.

Nicola le mostra un contafili.

Elvira si avvicina senza smettere di cullare Eduardo con dolcezza.

– Guarda qui, – dice Nicola appoggiando il contafili alla pellicola.

– È molto importante averne sempre uno a portata di mano. Ha una lente per ingrandire, permette di colorare rapidamente i dettagli.

Nicola passa le setole lungo la pellicola tenendola ferma con una mano. – Si va avanti cosí. Fotogramma per fotogramma fino alla fine del nastro.

Elvira si alza, cammina per la stanza cullando Eduardo e riflettendo. – Accussí è 'nu manicomio, però.

Nicola non l'ascolta, è concentrato sul lavoro, le linee delle figure sono sottili come un filo di seta, deve stare attento a seguirle senza andare oltre e creare sbavature di colore.

Con la finestra chiusa l'aria è diventata pesante. Elvira si allontana verso la cucina. Quando torna ha un bicchiere pieno d'acqua in mano, un tagliere sotto il braccio e Eduardo sulla spalla. Lascia il bicchiere sul tavolo davanti a Nicola e appoggia il tagliere lí accanto.

Nicola termina le ultime pennellate, mette da parte la pellicola e in due sorsate vuota il bicchiere.

– Grazie, respirare cosí a lungo questi colori asciuga la gola.

– Vedi questo? – chiede Elvira indicando il tagliere. – Quando preparo il ragú, taglio le verdure da soffriggere, ma ho bisogno di una base altrimenti le verdure se ne vanno per conto loro e ci vuole il doppio del tempo. Tieni bisogno pure tu di una base.

Elvira passa con delicatezza Eduardo a Nicola, fodera di tessuto bianco l'asse di legno e appoggia la pellicola. Il nuovo odore e la presa incerta disturbano Eduardo. Inizia a stringere i pugnetti e ad agitarsi. Elvira solleva lo sguardo. – Chiano chiano. Come facevo io.

Nicola abbraccia il figlio e cerca il ritmo giusto del dondolio mentre Elvira torna a concentrarsi sul lavoro. Lungo i bordi della pellicola ci sono dei buchi, inserisce una matita e disegna alcuni punti neri nel legno.

– Mi passi un martello e dei chiodi? – chiede al marito.

Nicola indica con lo sguardo il piccolo che si sta calmando. Le mani sono tutte per lui, non può fare altro.

– Vabbuo'. Vado io, – dice Elvira alzandosi.

Torna all'asse di legno e pianta un chiodo nel primo punto nero. Le sue dita corrono rapide. Sono lunghe, ossute, abituate a maneggiare ago, filo e intere pezze di tessuto da tagliare. Prosegue fino a coprire tutti i punti, poi prende la pellicola, la aggancia ai chiodi e osserva soddisfatta il risultato.

– E mo non si muove, – assicura mostrando il nastro fissato all'asse di legno. – Ancora una cosa però, sennò non la finiamo piú.

Lancia uno sguardo a Eduardo per essere certa che sia tranquillo sulla spalla del padre e scompare. Quando torna ha in mano un pezzo di velluto, delle forbici e alcuni fogli di carta. Appoggia tutto sul tavolo e si siede di nuovo.

– Guarda bene, – dice a Nicola mentre sceglie uno spezzone di pellicola. Si assicura che la lampada sia orientata in modo da far emergere l'immagine impressa, una donna in una strada di Napoli. Prende le misure e ritaglia tre pezzi di carta. Uno della dimensione del cielo, un altro del volto della donna e l'ultimo del vestito.

– Non dobbiamo colorare tutto, vero? – chiede a Nicola. Senza aspettare la risposta, appoggia la carta della forma del cielo sul cielo della pellicola. Ritaglia un pezzo di velluto, lo immerge in una boccetta e lo passa rapidamente sulla carta. Ripete gli stessi gesti con il vestito e il volto. In pochi secondi la tinta passa dal velluto alla carta e poi alla pellicola. E le parti essenziali dell'immagine sono colorate.

– E mo prendi un altro pezzo, lo fai scorrere sui chiodi e vai avanti. Accussí facimm nu poco cchiú ambress, jamm ja, – conclude in tono sbrigativo, continuando a colorare.

Nicola la osserva in silenzio.

Eduardo si è finalmente addormentato sulla sua spalla.

Anche lui sta iniziando a capire che Elvira non sarà una madre come le altre.

7.

E poi arriva la primavera di nuovo. Una primavera che sembra fatta apposta per far uscire tutti di casa e addolcire gli animi.

Elvira spalanca la porta. La nuova stagione saluta pure lei, rinvigorita, di nuovo libera di andare dove vuole.

– Ho preparato una pizza rustica. Venite, festeggiamo! – dice alle donne del vicolo appoggiando su una sedia di paglia una teglia con un calzone ripieno di scarole al sapore di olive e capperi.

Inizia a tagliarla a fette mentre le vicine arrivano, attirate dal profumo e dalla voglia di chiacchierare.

Eduardo è il protagonista indiscusso, da ognuna prende una coccola, un sorriso, una carezza, ma non è di figli che finiscono per parlare. La preoccupazione principale lí nel vicolo sono i soldi e un lavoro che ogni giorno è da inventare. Nunziata rammenda vestiti a casa e canta arie napoletane durante i matrimoni. Nannarella va a lavare piatti in un'osteria, le altre intrecciano sedie di paglia o vendono oggetti trovati per strada.

– E tu, Elvi', mo come fai? – chiede Nunziata. – Tuo marito sta in mezzo a quelle cose strane.

– Qualcosa guadagniamo. Mi sono messa a lavorare pure io con lui, va meglio. Lo sapete come sono gli uomini, tengono bisogno di una donna che gli organizzi le cose altrimenti perdono solo tempo.

– Brava! Organizza tutto e poi chiamaci quando fate i soldi, – ride Nunziata e con lei tutte le altre, Elvira compresa.

– Sí, chiamate pure me quando fate i soldi, – dice una voce maschile alle loro spalle.

Elvira la riconosce subito. Si volta e vede il padre. Ha qualche filo bianco in piú nei capelli ma è sempre lui, il fisico piccolo e nervoso, l'espressione sicura che da piccola la faceva sentire protetta.

La rabbia è un grumo di parole mai dette. Le risuonano dentro mentre lo guarda negli occhi, ma non è il momento di rimestare odio e rancore.

– Ciao papà, benvenuto. Vieni a conoscere tuo nipote, – dice andandogli incontro.

Gli mette in braccio Eduardo ed entrano dentro casa mentre le vicine salutano e si allontanano.

Sono sempre le solite tre stanze ma, rispetto alla rapida visita della sera di Capodanno, hanno acquistato calore e disordine.

Elvira prende una bottiglia di vino e riempie un bicchiere. – Resti a mangiare, papà? Ti preparo un sugo semplice semplice, come piace a te.

Il padre beve una lunga sorsata. È un bianco del Vesuvio, il suo preferito. Il gusto fresco lo riporta ai pranzi delle loro estati insieme, è come sentirsi a casa anche tra quelle mura dove è stato soltanto un'altra volta. Guarda negli occhi quella figlia cosí diversa e cosí amata. La trova stanca, pallida ma cordiale, accogliente.

– Vorrei trattenermi, però oggi non posso, devo tornare in negozio –. Si schiarisce la voce, sembra imbarazzato. – Ci farebbe piacere rivederti presto. Margherita si sposa, andiamo a festeggiare a Cava con gli zii e i cugini.

E cosí la sorella piú piccola prende marito. E avrà un

matrimonio vero, in chiesa e con i parenti riuniti, non la cerimonia clandestina riservata a lei.

Elvira si irrigidisce. – Grazie, papà, ne parlo con Nicola. Arrivare con Eduardo fino a Cava non è semplice.

– C'è il treno e alla stazione possono venirti a prendere. Pensateci, farebbe piacere a tutti. Anche a tua madre, – dice Diego.

Sua madre. Non la vede dalla fuga nella notte di quasi un anno prima. Non l'ha avuta accanto durante le nozze né dopo il parto. Ma è anche lei una madre ora, non è piú il tempo di lamentarsi. Ha una famiglia e sta costringendo il figlio a crescere senza i nonni.

– Va bene, – risponde.

L'abbraccio del padre la sorprende e la riporta indietro nel tempo, agli anni in cui era una bambina e lui il suo rifugio. Non è piú cosí, ma per un istante si concede il conforto di quel pensiero.

– Se avete bisogno di aiuto per arrivare fatemelo sapere, – dice Diego quando si guardano di nuovo in viso. Dà un ultimo bacio al nipote e si allontana nel tepore di una giornata di primavera che sembra davvero fatta apposta per far uscire tutti di casa e addolcire gli animi.

Il velo scende morbido sul viso di Margherita. Arriva fino a metà schiena a impreziosire la sobrietà di un abito di lana leggera e di un matrimonio celebrato a fine aprile con pochi soldi.

Nella chiesa risuona la voce di don Pasquale. Chiede agli sposi di amarsi, di rispettarsi, di credere sempre l'uno nell'altra. Non sono solo parole di rito, per la famiglia Coda don Pasquale è piú di un sacerdote. È innanzitutto un cugino, figlio di un fratello del padre. Non ha voluto sposarsi, ha scelto di indossare la tonaca e di dedicare la vita ai parrocchiani della chiesa di San Gaetano nel quartiere Pianesi di Cava de' Tirreni.

Sotto quelle volte si ritrova l'intera famiglia secondo i ritmi scanditi dai sacramenti. Da quando Elvira ha memoria, ricorda i viaggi da Salerno su un carretto per salire al paese, sette chilometri di curve con il mare che si allontana, la strada che si inoltra tra faggi, noci e querce, una grande montagna dalla cima che si spalanca in una profonda fenditura della roccia a sovrastare l'ultimo tratto.

Il trasferimento a Napoli ha aumentato sensibilmente la distanza con Cava e le visite si sono diradate. Ma un matrimonio è un matrimonio e Margherita ci tiene, ha invitato tutti. Tra figli, coniugi e parenti vari, almeno una cinquantina di persone.

Elvira alla fine ha messo da parte il livore. Non si ritrova in un sentimento cosí scuro, solitario, inutile. E Margherita è la sorella preferita. Le ha rubato gli abiti e ha provato a coinvolgerla nelle sue passeggiate nelle grandi vie di Napoli. Le ha soprattutto voluto bene, non vuole mancare.

La mattina delle nozze veste a festa Eduardo, nasconde sotto due linee di bistro la stanchezza di un anno che le ha stravolto la vita, indossa un cappello da cerimonia dalla tesa ampia e morbida ricordando con nostalgia quando aveva il tempo di seguire la moda e copiare i modelli che piú le piacevano, e propone a Vincenzo e Nunziata di accompagnarli. I due amici non si tirano indietro nemmeno stavolta. Salgono sul treno con lei. A testa alta, per chiarire che Elvira non ha nulla di cui vergognarsi.

Il viaggio si rivela piú lungo del previsto. Arrivano a cerimonia già iniziata. Prendono posto in fondo, su una delle ultime panche rimaste libere. Uno dei tanti cugini li vede e la notizia del loro arrivo passa rapidamente di parente in parente. Ognuno si volta spinto dalla curiosità. Nessuno in famiglia ha varcato come Elvira i confini del lecito, la scrutano per cogliere su di lei le tracce dello scandalo, i segni della colpa.

Trovano una donna fiera molto diversa dalla ragazza impulsiva e acerba che ricordavano. La maternità ha aggiunto al suo volto una nota di dolcezza e padronanza di sé. E la vita in città, a contatto con l'unico settore in rapido sviluppo in quel momento, ha accresciuto la sua distanza rispetto a chi è rimasto in provincia a occuparsi delle botteghe ereditate dai padri. Alle occhiate e ai mormorii risponde con una silenziosa indifferenza.

Alla fine della messa, dopo il riso, le lacrime, gli abbracci e gli auguri, appare don Pasquale. Non indossa piú i ricchi paramenti della cerimonia, sono i momenti in cui torna a essere il cugino con cui sono cresciuti. Ha tre anni meno di Elvira e due in piú di Margherita, è stato il compagno di un'infanzia di giochi e ricorrenze, questa è solo la piú recente. Apre le porte e fa strada verso la sagrestia dove è imbandita una lunga tavola per i grandi e un'altra piú piccola per i bambini. Ha una parola e una carezza per tutti, a partire dalla coppia di sposi.

Con una scelta dei tempi ben studiata, lascia per ultimi Elvira e Nicola. L'intera sala si ammutolisce quando va a salutarli. A Eduardo riserva un buffetto sulla guancia. – Quant'è bellillo! Nico', scusate, ma è tutto sua mamma! L'avete battezzato? Io sto qua, sempre a disposizione –. A Elvira, invece, va l'abbraccio piú grande, quello che tutti devono vedere e accettare. – Sono felice che tu sia venuta. Quando vuoi possiamo parlare. Sei nel mio cuore, non te lo dimenticare, – le sussurra.

Dietro di lui appare Diego, dà un bacio a Elvira e prende in braccio il nipote. Anche Agnese si fa coraggio e si avvicina alla figlia e al genero. Le sorelle e il fratello la seguono e cosí anche gli altri. Elvira è di nuovo la cugina e la nipote di sempre, scapestrata e amata.

Il tempo di un piatto di pasta al forno e di un pezzo di pollo ruspante con le patate e i piccoli sono già fuori a giocare ad acchiapparella. I grandi restano seduti al caldo ad aspettare il dolce e il liquore preparato dalla perpetua con le erbe delle montagne vicine. Quando scoprono che Nunziata ha una voce incantevole e che per mestiere intrattiene i commensali durante i banchetti di nozze, ognuno ha il suo brano da chiedere. *'O Sole mio*, *Funiculí funiculà*, *Era de maggio*, *Fenestella 'e Marechiaro*, Nunziata li accontenta in un crescendo di applausi e cori.

Il pomeriggio si sta facendo sera. Cava de' Tirreni non ha il clima di Napoli, è circondata dalle montagne, il freddo si fa sentire. La perpetua aggiunge altra legna nel camino, i ragazzi iniziano a rientrare, le donne fanno gruppo da una parte del tavolo, gli uomini dall'altro.

Don Pasquale vuole avere notizie della vita in città. Diego scuote la testa. – Nei paesi è dura, ma non è semplice nemmeno in un grande centro. Le industrie fanno fatica, il governo non ci aiuta, mandano soldi solo al Nord. Noi meridionali non esistiamo.

– E il porto, i palazzi in costruzione, le manifatture? Tutto questo non porta lavoro? – chiede don Pasquale senza nascondere il suo stupore.

– Non abbastanza. La gente non ha soldi per mangiare, figuriamoci se viene a comprare tessuti, – risponde Diego.

Don Pasquale si gira verso Nicola. – E voi che ne dite? Fate un lavoro nuovo, per voi dovrebbe andare meglio.

Nicola si versa del liquore e si schiarisce la voce, sa che tutti lo guardano e che lui ed Elvira sono la grande attrazione della giornata. – Don Diego tiene ragione. I soldi non girano. Chi ce l'ha se li tiene stretti e chi non ce l'ha non li può spendere. Con i film si guadagna qualcosa, ma noi che coloriamo iniziamo a essere in tanti –. Lancia un'occhiata alla mamma di Elvira. – È come per i sarti. Bisogna faticare fino a notte per essere i migliori altrimenti i proprietari delle pellicole vanno da un altro e nessuno piú ti chiama.

Don Pasquale non è ancora soddisfatto. Si accorge di Vincenzo appoggiato a una parete, lontano da tutti. – E voi che ne pensate?

Vincenzo quel giorno è stranamente taciturno e serio. In treno ha scherzato con Eduardo e ha scambiato qualche parola di circostanza con gli altri. Per il resto del tempo è rimasto sulle sue. Elvira e Nicola erano troppo in ansia per la riunione di famiglia, non se ne sono resi conto. Soltanto in quel momento, davanti allo sguardo imbarazzato dell'amico di fronte alla domanda del parroco, capiscono che qualcosa non va.

– Don Pasquà, – risponde Vincenzo, – non ci conosciamo ma dovete credermi, non è cosa, l'Italia non è per i meridionali. Nicola dice che qualcosa si guadagna con il cinema, io non ne sono piú sicuro. Secondo me nemmeno nei mestieri nuovi ci vogliono. Noi siamo terroni, ce n'amma fuj da qua se vogliamo sperare di trovare un lavoro.

Un lungo silenzio segue quelle parole. Vincenzo si gira verso il fuoco, tende le mani per riscaldarle. Nicola si avvicina, è confuso, non ha mai sentito l'amico cosí disperato.

– Che succede?

Vincenzo resta di spalle. Lui è quello che sorride sempre, non può farsi vedere mentre piange. – Nico', non ce la faccio piú, sono pieno di debiti. I quadri, i film e tutto il resto possono funzionare quando si è ragazzi. Tu ti sei sposato, tieni un figlio, lavori fino a notte e riesci a guadagnare qualcosa perché Elvira si è messa a lavorare con te. È la tua fortuna, tienitela stretta. La mia fidanzata è bella, la amo, ma foto e pellicole non le interessano. Sono da solo.

– Vieni a lavorare con noi. Anche a Elvira farebbe piacere, ne sono certo. E in tre le cose andranno ancora meglio.

Vincenzo scuote la testa. – Grazie, Nico', ma ho già deciso. Ho un cugino negli Stati Uniti, gli ho scritto, ha promesso di aiutarmi.

Don Pasquale si avvicina, lo abbraccia. Diego è impietrito. Al porto di Napoli le file di chi aspetta una nave in partenza per le Americhe sono sempre piú lunghe. Ogni famiglia del Sud ha almeno un parente emigrato e ogni uomo senza certezze economiche sa che lo spettro dell'addio alla sua terra è dietro l'angolo. La maggior parte di loro non tornerà, qualcuno perché riesce a sistemarsi e crearsi una nuova vita, altri perché non hanno il coraggio di ammettere di aver fallito pure nella terra dove tutto sembra possibile.

Elvira affida Eduardo alla sorella e si avvicina a Vincenzo. – Quando parti?

– Fra due settimane.

Le vengono in mente la notte della fuga da casa, l'arrivo con lui davanti all'ufficiale del matrimonio, le chiacchierate dopo il parto. Vincenzo è sempre stato con loro, immaginare una vita senza di lui è come strapparsi di dosso un altro pezzo di famiglia. Lo guarda mentre si fa forza per ricacciare indietro le lacrime.

– Vince', sei il nostro socio in affari, non puoi andartene.

L'amico non riesce a sostenere il suo sguardo. – E i quadri sono solo l'inizio, non l'ho dimenticato. Ma, se resto qui, i quadri sono la fine.

8.

– Eccomi, sono tornato! Dove siete? – chiede Nicola spalancando la porta di casa.

– Papà! – grida Eduardo e gli va incontro con la sua andatura traballante. Un altro anno è passato, il neonato è diventato un bambino che sgambetta ovunque, smozzica parole senza fermarsi mai e ogni sera aspetta il rientro del padre come una festa.

Quella sera è davvero una festa, Nicola è arrivato con un grande involto sotto il braccio. Lo appoggia sul tavolo mentre il figlio si arrampica su una sedia, divorato dalla curiosità.

– Ora vedrai. Aspettiamo mammà.

Elvira è un'ombra sotto la cornice della porta. Cammina lentamente. Nicola le va incontro e le prende entrambe le mani.

Gelate.

Le tiene strette per riscaldarle e nota i suoi occhi stanchi.

– Forse è il momento di riposarsi, basta lavorare, – la rimprovera con dolcezza.

Eduardo approfitta della distrazione dei genitori e si sforza di afferrare il pacco. Ottiene una sgridata dal padre e l'ordine di non muoversi. Il tono è risoluto, il piccolo resta immobile sulla sedia mentre Nicola prende un paio di robuste forbici.

Nascosta sotto diversi strati di carta, appare una grande scatola rettangolare in legno. Dai lati sporgono alcune manopole di ferro mentre, a parte, sono allineati tre bastoni, sempre di legno.

Eduardo allunga di nuovo la mano. La reazione di Nicola è rapida e brusca. Con un'occhiataccia e un buffetto sulle dita, lo allontana per evitare che combini guai. Per piú di due anni ha messo i soldi da parte risparmiando su ogni spesa non necessaria. Ha ascoltato i racconti sulle invenzioni in arrivo dall'estero, ha provato gli apparecchi trovati nei laboratori degli amici e ha accarezzato dentro di sé il pensiero di un istante di gioia perfetta con Elvira, la ricompensa per i compleanni festeggiati arrangiandosi con quello che c'era e per la fede di nozze che ancora non è riuscito a comprare.

– Ce l'ho fatta. Abbiamo una cinepresa, – dice con orgoglio.

Si aspetta un abbraccio, un sorriso. Elvira, invece, prende per mano Eduardo e lo guida verso l'apparecchio. – Questa è per tutti. Per te, per me e per papà. È preziosa. Stai molto attento quando la tocchi –. Accarezza il legno, sfiora le manopole e lo incoraggia a fare lo stesso. – Accussí, doce doce.

Nicola coglie il rimprovero. Sa che ancora una volta ha ragione lei. Sfiora i capelli del figlio con una carezza e si avvia verso il laboratorio.

– Fai come dice mammà, capito? – si raccomanda.

– Dove vai? Aspetta! – lo ferma Elvira. Non è arrabbiata, non ne avrebbe nemmeno la forza. – È bellissima! Racconta, come l'hai avuta? Te l'hanno prestata oppure è davvero nostra?

Nicola si inginocchia accanto alla moglie, al figlio e alla cinepresa. Prende di nuovo la mano di Elvira e la infila sotto il suo panciotto di lana per darle calore e sicurezza. – È nostra. Me l'ha procurata un amico, l'hanno costruita a Napoli ma è identica a quelle francesi che hanno i migliori operatori.

– Sei sicuro? Funziona bene?

– Ne sono certo. Quest'amico è una brava persona, me l'aveva presentato Vincenzo prima di partire. Tutti a Napoli stanno andando da lui. Le sue macchine sono perfette e costano tre volte di meno. Ora possiamo usare metri e metri di pellicola e fare riprese in strada. Proprio come dicevi tu.

Quella sera Elvira si gira piú volte nel letto, fa fatica a addormentarsi. Il campanile ha battuto da tempo la mezzanotte, dalla porta del laboratorio filtra ancora un chiarore. Infila la vestaglia, si assicura che Eduardo stia dormendo e si alza.

In un angolo del laboratorio c'è la cinepresa montata sul cavalletto, pronta per essere utilizzata. Nicola è dietro il mirino, sta studiando un'inquadratura. Quando la vede entrare allontana gli occhi dall'apparecchio con un'espressione stupita.

– È tardissimo, come mai sei ancora sveglia? – chiede mentre si affretta a proteggere la lente con un coperchio e la scatola di legno con un panno scuro. – Se è per lei, non preoccuparti. Non ho ancora finito di pagarla, ma ce la facciamo. È tutto a posto.

Elvira si siede. Si sente troppo debole per resistere in piedi a lungo. È ancora piú pallida di poche ore prima.

– Che succede? Sembri stanchissima. Te lo ripeto, devi lavorare di meno. Ora mi metto a cercare qualcuno che ci aiuti.

Elvira lo interrompe con un gesto quasi ruvido. È un argomento che hanno già affrontato e quella sera non ha abbastanza forze per ascoltare parole vecchie e inutili.

– Soldi per pagare una persona non ce ne stanno, lo sai. E, anche se li avessimo, c'è un altro problema. Sono di nuovo incinta.

– È bellissimo, non è un problema... – inizia a dire Nicola, ma Elvira lo blocca di nuovo. Deve arrivare fino in fondo al discorso che è andata preparando per tutta la sera.

– Nico', stammi a sentire, non possiamo permetterci un secondo figlio. A stento riusciamo ad andare avanti cosí. Vincenzo ha fatto bene a partire, qui è tutto fermo, morto. Hai impiegato anni per comprare una cinepresa e nemmeno sei riuscito a pagarla tutta. E mo vogliamo avere un altro figlio?

– Ce la faremo. Con la cinepresa possiamo lavorare di piú, – dice Nicola sedendosi accanto a lei.

– Tu durante il giorno non ci sei mai, non sai che cosa significa lavorare e tirare su un figlio. Due figli vogliono dire il doppio della fatica.

– Elvira, vieni da una famiglia numerosa. Tua madre e tuo padre ce l'hanno fatta, ce la faremo anche noi.

Elvira pensa alla donna che trascorreva il suo tempo libero dalle faccende di casa china sui vestiti da cucire. Si allontana bruscamente. – Non voglio finire come mia mamma! Voglio una vita diversa. Per me, per te e per nostro figlio!

– Avremo una vita diversa anche in quattro. Te lo garantisco, – dice Nicola prendendola per mano e guardandola negli occhi.

– Per avere una vita diversa tutti quanti devo riuscire a fare qualcosa di piú che crescere figli e colorare pellicole dopo aver passato una giornata a cucinare e pulire.

Lo sguardo di Elvira è una lama, le sue parole uno schiaffo. Nicola non riesce a capire. Hanno finalmente una cinepresa, possono iniziare a realizzare le prime riprese. Era quello che desiderava, era l'intuizione giusta. Con le fotografie si sopravvive, intorno al cinema comincia a sentirsi il fermento di un'industria capace di offrire opportunità ancora tutte da scoprire. Perché non le basta? Ci vorranno tempo e sacrifici, ma Nicola è convinto che ce la faranno. L'abbraccia e le sussurra una promessa: – Lavorerai. Fidati di me.

Fidarsi vuol dire consegnare il suo destino a qualcun altro. Non è la vita che Elvira ha scelto. Non ha litigato con il padre e la madre per annullarsi ancora. Si libera dall'abbraccio. Stavolta non le procura alcun conforto.

Nicola non prova a trattenerla, teme che non serva. – Ti amo, – dice. – Amo te, amo la nostra famiglia e quello che stiamo costruendo insieme.

Le tende la mano, però, come quella prima sera al cinema, Elvira esita, è disorientata. Anche lei ama lui, la famiglia e quello che stanno costruendo insieme. Non vuole litigare e distruggere tutto, vuole continuare a costruire ma in modo diverso.

Prende la sua mano e si lascia abbracciare.

– Come la chiamiamo?

Nicola si è avvicinato al letto. Con lui c'è qualcuno. Sembra Eduardo, Elvira non ne è sicura, ha dei frammenti di ricordi delle ultime ore. Rammenta le doglie, l'arrivo della levatrice, la stessa di due anni prima, e l'inizio delle contrazioni. Il resto è avvolto nella nebbia.

– È femmina? – chiede.

Nicola le accarezza la mano. – Sí, è una femmina, e lo sai come fanno le femmine? Patreano, prendono dal padre. Stavolta assomiglia a me!

– Vuoi dire che ha i baffi? – risponde Elvira che inizia a riprendersi e ad aver voglia di scherzare. Si gira come può per osservare la stanza. – Ma dov'è? E dov'è Eduardo?

– La levatrice sta finendo di fasciarla e Eduardo è con loro, era curioso –. Nicola fa una pausa, poi continua: – Che ne dici se la chiamiamo Ippolita come mia madre?

Elvira spalanca gli occhi, atterrita. – Nico', stavolta troviamo un nome suo? Pensi che a tua mamma dispiaccia?

Nicola accavalla le gambe e continua a pensare. – E che ne dici di Agnese come tua madre? A me sembra un bel nome.

– No, no, intendo proprio un nome suo! – insiste Elvira.

– Che nome ti piacerebbe? – chiede Nicola arrendendosi.

A Elvira vengono in mente le sorelle. Margherita, la piú piccola e la piú amata. E poi Carmela e Marianna. Eppure no, per sua figlia vuole un nome che appartenga solo a lei. Come il futuro che le augura.

Pensa ai momenti di felicità con Nicola, ai loro pomeriggi in riva al mare, alle serate nei cinema della Galleria, alle esplorazioni tra i vicoli quando voleva farle scoprire la città. Ricorda quando erano saliti sulla collina di Posillipo per vedere il tramonto ed erano capitati davanti a uno strano villino in costruzione. Le era sembrato una bizzarria, un capriccio architettonico, una pazzia come immaginava la sua vita con Nicola.

Villa Dora si chiamava quel palazzetto.

Apre gli occhi. – Mi piacerebbe chiamarla Dora, – risponde.

Nicola la guarda senza capire. – Dora?

Elvira prova a tirarsi su. È normale che Nicola non ricordi il villino, anche su di lui quei tre anni hanno lasciato il segno. Un giorno la loro vita sarà davvero la follia che desidera e glielo racconterà. Ora ha un'altra risposta che le è appena venuta in mente e forse le piace anche di piú della prima.

– Sí, Dora è perfetto. Ascoltalo mentre lo pronunci, è un nome di quattro lettere, tutte comprese in Eduardo. È un modo per unire sempre di piú la famiglia che si allarga.

Nicola non è convinto, ma annuisce.

– Dora è un nome bellissimo.

Altri quaranta giorni.

Anche stavolta la sentenza della levatrice è stata implacabile, un mese e mezzo in casa. Se l'aspettava, ma sa pure quanto vale la richiesta di riposarsi per una donna con un bambino di nemmeno tre anni, una lattante e un lavoro.

Nulla.

Nicola esce ancora piú spesso. Ai giri di consegne degli ordini e alla raccolta di nuove commesse ha aggiunto le visite ai laboratori dove porta a sviluppare le sue prime pellicole. È un procedimento lungo, richiede ore di lavoro. Non rientra a casa prima di sera.

Il quartiere ricomincia a riempire il piccolo appartamento. Manca Vincenzo con il giornale, ma le vicine e i vicini ci sono tutti. Con la spesa, le chiacchiere e la gara a chi coccola di piú Eduardo, e adesso anche Dora.

Elvira potrebbe rimanere distesa nel letto per gran parte del giorno. Invece non sta ferma un secondo. Il sistema di tamponi che ha inventato funziona, il lavoro è piú veloce. Diventa difficile resistere alla tentazione di accettare nuove richieste. Le bobine si accumulano sul tavolo. Non riesce a terminarne una, che ce ne sono già due nuove da iniziare.

– Chiano chiano, – le dice Nunziata quando si affaccia al mattino per salutarla. Se non è davanti ai fornelli o con uno straccio per lavare il pavimento, la trova sempre con i colori accanto e uno spezzone di pellicola tra le dita. Ha affinato cosí bene il gesto di far scorrere il serpente di celluloide sull'asse di legno da riuscirci anche mentre culla

Dora. Eduardo, invece, è stato arruolato come assistente. L'aiuta tenendo fermo il nastro o porgendo un pennello quando lei glielo chiede.

I giorni passano, Elvira aumenta il ritmo.

Nunziata ha avuto troppi figli per non capire che cosa si nasconde dietro lo sguardo acceso dell'amica. – Chiano chiano, – ripete con dolcezza girandole intorno mentre lavora. Elvira interpreta a modo suo l'invito. Le affida Dora che si è addormentata tra le sue braccia e continua a passare il tampone sulla pellicola.

– Nunzia', la metti tu a dormire?

Nunziata fa scivolare con disinvoltura la piccola dalle sue braccia al letto e torna subito nel laboratorio. – Ma chi te lo fa fare? Sient' a mme, ti muovi troppo, la levatrice ha detto che devi riposarti.

– Nunzia', non vuoi capire. Quando coloro, mi riposo. Lavorare mi fa bene.

– Elvi', sei tu che non vuoi capire che ti stai facendo fare fessa. Due figli sono una fatica che già basta. Lascia a tuo marito il lavoro delle pellicole.

Il pianto di Dora sorprende e blocca le due donne. Non si era ancora addormentata del tutto o forse ha bisogno della mamma. Elvira si rassegna a posare il tampone. Guarda Eduardo fermo con un pezzo di pellicola in mano. Abbassa la voce per non farsi sentire. – Il lavoro mi serve. Non voglio occuparmi solo dei figli.

L'amica si avvicina e la guarda negli occhi. – Allora devi uscire come fa lui. Sinò, sia che colori sia che tu faccia i panni, sei come tua mamma. Sempre dentro una casa resti!

9.

La stanza è illuminata a giorno. Tre lampade sono appese alle pareti. Nessuna finestra. Quando Nicola spalanca la porta viene investito da un forte odore di petrolio e canfora. Appoggia una scatola rotonda di latta su un bancone di legno coperto di graffi e macchie di umido.

Un uomo dai baffi poderosi e le maniche della camicia arrotolate fino ai gomiti la apre, srotola la pellicola, la esamina fotogramma per fotogramma.

È uno dei tanti agenti che si stanno facendo strada nel ricco mercato del cinema napoletano. È il tramite tra manovalanza e nuove società di produzione, offre alle masse di operai nascoste nel sottobosco della celluloide la possibilità di entrare in contatto con sfere alte, potenti e altrimenti irraggiungibili.

Nicola attende con ansia e l'attesa gioca a suo favore. L'interesse con cui l'uomo sta osservando le immagini è un segnale di apprezzamento. Se avesse presentato un lavoro mediocre sarebbe già stato cacciato fuori dalla bottega.

L'agente arriva in fondo alla pellicola, la riavvolge e fissa Nicola. – Uaglio', tieni una bella mano. E poi sei preciso, corretto, veloce. Mi piacciono quelli che lavorano cosí –. Ripone la pellicola nella custodia e lascia alcune monete sul bancone. – Oggi ti pago di piú del solito e domani ti aspetto con la prossima pellicola. Dalla successiva mi fai pure i titoli oltre ai colori.

Il sole di un inverno già mite illumina le vie del centro di Napoli. Nicola risale da porta Medina verso i Quartieri Spagnoli. Non è la strada di casa, non ancora. Vuole godersi quello sprazzo di felicità con le monete che risuonano nella tasca, l'incarico di andare oltre i colori, e chissà che cosa arriverà dopo. Basta crederci, mettere un piede davanti all'altro come sta facendo in quel momento.

Supera Port'Alba, si inoltra nei dedali di Spaccanapoli dove dai vicoli sale il richiamo dei friggitori di strada. Si ricorda che l'ora di pranzo è passata da un pezzo e non ha ancora mangiato. Conta le monete, dovrebbero bastare per comprare due pizzelle al sugo. Si avvicina a un ambulante che ne ha appena vendute di croccanti, bollenti, insaporite da una spruzzata di parmigiano e basilico. Mentre sta per mettere i soldi sul bancone pensa a Elvira a casa con Eduardo, Dora e la pellicola da terminare entro quella sera.

Dimentica la fame e passa oltre la chiesa del Gesú con la facciata di bugnato che ricorda il tempo in cui era un palazzo nobiliare. Arriva a San Domenico Maggiore dove si è trasferito da poco Giovanni Scaturchio, uno dei migliori pasticceri in città. Anche lí la sua bottega continua a essere affollata a qualsiasi ora perché una pasta di mandorle soffice e profumata come la sua è difficile da trovare.

Nicola apre la porta, viene accolto da un odore lieve di acqua di rose e zagare. Indica alcuni dolcetti ovali ricoperti di glassa rosa. Si chiamano Divinamore, sono una delle specialità del locale. – Quattro, per favore.

E mette sul banco tutte le monete che ha in tasca.

In inverno la sera cala quasi con violenza a portare via la luce e il tepore di una giornata di sole. È buio quando Nicola giunge a casa.

– Sono qui, – annuncia entrando.

Eduardo arriva di corsa, come sempre. È piccolino, magro, svelto, gli si mette subito accanto. Elvira lo segue poco dopo. Ha la voce affaticata. – Dora non voleva addormentarsi, la stavo cullando. Com'è andata?

Nicola si siede, è esausto dopo una giornata intera in giro per le strade della città. Prende Elvira per mano e sposta una sedia per averla accanto. La guarda con orgoglio. – Funziona, Elvira! Sei bravissima, ci hanno pagato di piú. Vogliono che facciamo anche i titoli.

Mostra il pacchetto dei dolci, lo scarta con allegria. – Per festeggiare insieme. Sono passato a prendere i Divinamore –. Eduardo lancia un urlo di gioia. Nicola tende il vassoio. – Solo uno, eh! – si raccomanda. Poi si rivolge alla moglie con tutto l'amore che ha.

– Per te.

Elvira lo guarda, nei suoi occhi Nicola non vede solo fatica ma anche un dolore che non riesce a decifrare.

– Sono felice per il lavoro. I Divinamore però mangiateli voi, io non ce la faccio, scusami. Ora mi riposo un attimo, poi riprendo a lavorare.

Lenta come è arrivata, si volta e si allontana verso lo studio.

Nicola la segue.

Le toglie il pennello già in mano anche se aveva detto di volersi riposare.

– Che succede?

Elvira scoppia in un pianto disperato, lei che non ha pianto nemmeno quando ha abbandonato la sua casa e i genitori.

– Un altro, Nicola. Aspetto il terzo figlio. Tre in tre anni e mezzo. Non ce la faccio, non ce la faccio proprio.

L'amore è tutto quello che ha Nicola per calmare quelle lacrime. L'avvolge nel suo abbraccio, cerca di farla sentire al sicuro. Elvira vorrebbe rifugiarsi nel suo calore, fidarsi della sua promessa di conforto. Non può, lo deve allontanare. E stavolta senza ripensarci.

– Credimi, non posso, – ripete liberandosi.

– Ora trovo qualcuno che ci dà una mano.

Basta promesse, attese, chiacchiere. Adesso Elvira vede la trappola spalancata davanti a lei. Manca soltanto un ultimo passo per cadere e non avere piú la forza di ritrovarsi.

Non c'è malizia, è un inganno ordito con l'amore di ogni giorno.

Ma sempre inganno resta.

Sempre una trappola pronta a chiudersi su di lei resta.

Deve scappare.

Subito.

– Non servirebbe, tre sono troppi. Nicola, basta, mi sto uccidendo di fatica. Ho deciso.

Nicola la guarda negli occhi. – Non vorrai...

Non riesce a completare la frase, ma Elvira capisce che cosa intende. – No, i figli sono sempre figli, non si ammazzano mai.

10.

Il boato arriva prima del tremore. È l'8 aprile del 1906, notte fonda, Elvira è sveglia. Da giorni il sole è nascosto dietro una nube grigia e spessa, non c'è brezza in grado di allontanarla. Da giorni il Vesuvio romba e sputa fumo. I napoletani si affollano ai suoi piedi, affascinati dalla fornace incandescente. Non colgono appieno i rischi, sono abituati ai movimenti della loro montagna. Ma la terra è nervosa, le scosse si sono susseguite – lievi eppure costanti – agitando il sonno di Elvira, aggiungendo ansia alla sua inquietudine, lasciandola per ore a occhi spalancati nel letto a tormentarsi per la vita che si sta formando dentro di lei.

Quella notte il fragore dell'esplosione è troppo potente, il sussulto delle pareti troppo incalzante per sperare che tutto torni tranquillo. In tanti si stanno riversando in strada. Le voci concitate e il frastuono precipitoso di carri e cavalli scuotono la casa, qualcuno bussa alla loro porta per avvisarli del pericolo. Elvira si infila il cappotto, avvolge Dora in una coperta ed esce seguita da Nicola e Eduardo.

Le vie sono piene di gente, tutti intontiti dal sonno bruscamente interrotto e spaventati da quella terra che non sembra volersi fermare. Eduardo è avvinghiato al padre ma cerca anche la mano della mamma.

– È 'a muntagna, adesso andiamo a vedere, – gli sussurra Elvira. Si mettono in cammino mentre i primi chiarori del giorno illuminano la strada. Seguono il fiume di napoletani, scendono fino a Santa Lucia. È l'alba quando arrivano, un'alba senza sole. Elvira ha il cuore in tumulto. La cima del Vesuvio è un'immensa colonna di fumo, il cratere è crollato, valanghe di detriti incandescenti colano lungo i fianchi, scivolano a valle come serpenti di fuoco.

Dora si è addormentata in braccio alla madre, Eduardo invece non perde un istante di quelle scene apocalittiche.

I profughi appaiono nelle ore seguenti, i volti coperti, il respiro affannoso, i capelli pieni di cenere. La lava è scesa fino a Boscotrecase, ha lambito la periferia di Torre Annunziata, ha avvolto le strade e interrotto la ferrovia. Gli abitanti dei paesi vesuviani sono fuggiti a piedi. Hanno camminato per ore e adesso riempiono le strade nei dintorni della stazione ferroviaria con i loro miseri fagotti di vestiti e qualche oggetto caro, tutto quello che sono riusciti a salvare. Raccontano la paura, la corsa per non essere raggiunti dalla lava, il dramma di parenti e amici dispersi. Nicola ed Elvira ascoltano con angoscia, vorrebbero rendersi utili, ma non sanno come fare, nessuno è preparato a un esodo di quelle proporzioni.

Quando inizia a calare la sera riprendono la strada verso casa. È la domenica delle Palme, ondate di persone invadono le piazze con i crocefissi e i rosari in mano per chiedere la grazia di far calmare la furia della montagna. I carabinieri con i loro eleganti pennacchi provano a disperderli finché sono costretti ad arretrare. – Servi del re! – li apostrofano le moltitudini di disperati nelle strade.

Le ondate diventano una marea. Nell'aria piove ancora cenere, sui lati del vulcano scende ancora lava. Elvira ha due cerchi profondi intorno agli occhi e Dora sempre in braccio. Si ferma a comprare una pagnotta di pane per tutti.

– Bisognerebbe andare a vedere, fare qualche ripresa, – dice. È solo un pensiero pronunciato ad alta voce, sa bene di non essere in grado. La nausea le toglie ogni energia, anche soltanto la strada verso casa è una fatica immensa, non potrebbe mai affrontare una salita a piedi tra i paesi distrutti.

Per un'altra giornata intera i sussulti fanno tremare la terra e la lava arriva fino a valle. Molto di piú dura la pioggia di cenere che copre palazzi, tetti, terrazze, strade, carri, tram. Si accumula in mucchi di lapilli e granelli cosí spessi da far crollare anche la tettoia del mercato di Monteoliveto nel centro di Napoli. Ci sono 11 morti e 30 feriti che portano il totale delle vittime a 226. Elvira ha il giornale aperto davanti, legge ogni articolo a voce alta mentre Eduardo ascolta.

Si interrompe quando sente aprirsi la porta di casa e vede Nicola entrare di corsa.

Appoggia sul tavolo un volantino. Annuncia la proiezione alla sala Iride del film *Eruzione del Vesuvio*. Elvira e Nicola si guardano, nei loro occhi passa un lampo di stizza. È un'idea perfetta. La cenere è ancora nell'aria, nelle strade non si parla d'altro, migliaia di persone riempiranno la sala.

– Avranno montato delle immagini riprese da Napoli, forse avremmo potuto fare qualcosa anche noi mettendo insieme delle scene. Siamo stati lenti, – commenta Elvira. Si ferma, ci pensa un istante. – No, io sono stata lenta. Avevo avuto l'idea, avrei dovuto insistere.

Nicola scruta la moglie. Vorrebbe rispondere di essere stato lui a sbagliare, ma sa che non è cosí, sa che non gli era nemmeno venuto in mente di andare sulla montagna. Il suo unico pensiero era di riuscire a tornare a casa senza correre rischi. E, comunque, se anche fosse andato, davvero sarebbe riuscito a ottenere quelle immagini? Non ne è convinto.

– Non tormentarti, – le dice, – insistere sarebbe stata solo una perdita di tempo. Questo film è di Roberto Troncone, il fotografo piú bravo di Napoli. Lui e il fratello sono saliti fino in cima al Vesuvio quando l'eruzione era terminata da poco. Hanno ripreso i paesi, la gente in fuga. Hanno fatto uno splendido lavoro. Noi non ci saremmo mai riusciti.

Elvira si alza per aprire la finestra, ha una vampata di calore, forse uno scherzo della pressione, ma non le importa. Guarda il cielo oltre le case del vicolo. Una rondine si è posata nell'angolo di un tetto, resta lí qualche secondo, poi si alza in volo e si allontana, libera. La segue con lo sguardo finché non scompare. – Stavolta è andata cosí, fra qualche mese però sarà diverso. Ho tante idee, non ci faremo piú trovare impreparati.

11.

Elvira apre gli occhi.

Le bacinelle colme di acqua fumante sono scomparse, i panni sporchi di sangue sono stati raccolti e messi a lavare. Se non fosse per il forte odore di malva e camomilla, potrebbe non essere accaduto nulla. Ma lei sa che non è cosí. Sfiora la pancia, la sente vuota e prova a guardare davanti a sé.

La bimba è in fondo alla stanza. Dorme nella culla.

Serena, ignara.

Elvira torna a distendersi. Al terzo parto in meno di quattro anni il suo corpo è stremato. Prova a non pensare ma, se chiude gli occhi, le immagini la travolgono. Le viene in mente il sollievo improvviso, la gioia profonda, indicibile di sentire il primo pianto.

«È una femmina», aveva detto la levatrice.

Elvira l'aveva guardata mentre erano ancora attaccate attraverso il cordone e aveva pensato che era bellissima, ancora piú di Dora e di Eduardo quando erano nati. Non aveva resistito, le aveva accarezzato la mano e aveva sentito le dita minuscole catturare il suo indice e stringerlo mentre la levatrice protestava perché doveva ancora lavarla e staccarla.

Ha obbedito, si è sfilata dal pugnetto della figlia. È stato un gesto dolce e penoso, uno strappo, una ferita che si è aggiunta alle altre del suo corpo dolente, ma piú profonda.

Nessun medico riuscirà a individuarla, nessun impacco di malva o camomilla a guarirla.

Di quello che sta per accadere dovrebbe sapere tutto fin nei dettagli. Non ha piú bisogno di istruzioni o di consigli. Ricorda la spossatezza, lo straniamento, la tristezza. Si rende conto di non essere preparata, invece, a una separazione.

Si tira su nel letto per osservare di nuovo la piccola. La culla è ancora la stessa. Gliel'ha regalata Nannarella qualche anno prima. Con alcuni scarti ha costruito una piccola cesta dove hanno dormito Eduardo e Dora finché non sono cresciuti troppo e hanno avuto bisogno di un vero letto.

Attraverso le fessure tra le strisce scorge un paio di occhi chiusi e un ciuffo scuro. Ai dolori si aggiunge un bruciore nel petto. Le sfugge un lamento. Si rassegna, torna a distendersi e allontana lo sguardo. Ha visto abbastanza, lo stesso incarnato suo e di Eduardo, gli stessi capelli che promettono di diventare ricci e intrattabili.

Il cigolio della porta allontana i pensieri. Il profilo di Nicola si insinua tra i battenti. Gli fa segno di entrare.

– Dove sono i bambini?

Nicola le sfiora la fronte con un bacio e si siede sulle coperte. – Ho chiamato Nunziata. Stanno andando con lei a vedere uno spettacolo di marionette.

Sulla stanza cala il silenzio.

– Ci hai pensato bene? – prosegue Nicola dopo qualche istante.

In quei mesi Elvira si è nascosta dietro la fatica di una gravidanza, due bambini piccoli e un lavoro per sostenere con convinzione di non potersi occupare anche di un terzo figlio. La stretta disperata della bimba appena nata intorno alle sue dita sta facendo vacillare le sue certezze. Chiude gli occhi e cerca la risposta tra i ricordi. Se la solitudine avesse un odore, per lei sarebbe quello della trementina e della canfora che le hanno fatto compagnia mentre colorava le pellicole. Se il dolore ne avesse uno, sarebbe quello dolciastro delle poppate. Se anche la felicità avesse un odore, per trovarlo dovrebbe tornare indietro alla fragranza di gelsomini e pini marittimi della fugace primavera del loro fidanzamento.

– Nicola, questa non è vita, – risponde. – Non è giusto. Abbiamo diritto ad avere qualcosa di piú di una montagna di pellicole da colorare dalla mattina alla sera. Lí fuori ci stanno tutte le possibilità che vogliamo, chiedo solo di uscire e andare a prenderle per il bene di tutti noi. È troppo?

Nicola guarda la bambina. Dorme, gli occhi chiusi, i pugni serrati. – Non voglio abbandonarla. È figlia nostra.

– I figli hanno bisogno dei genitori altrimenti sono soltanto degli orfani.

– Lei li ha, i genitori.

– I figli hanno bisogno di genitori e di cure altrimenti fanno una brutta fine comunque. Non ce la posso fare, Nico', te lo ripeto. Non adesso. Tu te la senti di badare a lei senza di me?

Nicola sposta lo sguardo dalla figlia a Elvira. Dovrebbe dirle di stare tranquilla, che troverà il modo di sistemare tutto. Che anche senza il suo aiuto riuscirà a rispettare gli ordini almeno per i primi mesi e che non la lascerà da sola a crescere anche l'ultima figlia. Ma nulla di tutto questo è vero. Di reale nella stanza ci sono solo il pallore di una donna che ha appena partorito, i suoi occhi stanchi, la quiete innocente di una neonata e la disperazione di un padre che ancora stenta a far quadrare i conti.

Elvira si lascia andare sul cuscino, il silenzio di Nicola vale piú di ogni altra risposta. Vorrebbe non parlare anche lei e riposarsi finalmente dopo il terzo, lungo parto. Non può ancora. – Stammi a sentire, – sussurra con le poche forze rimaste, – mo avimma fatica' tutti quanti. Ai nostri figli dobbiamo dare un'attività sana, ben avviata, non voglio che debbano soffrire quello che abbiamo sofferto noi –. Prende fiato e guarda verso la culla. – Ho chiesto informazioni, le suore della Madre di Dio hanno un istituto dove ospitano orfane ma anche bambine con genitori, come in un collegio. Vivrà con loro ma la riconosceremo. Avrà il tuo cognome, saprà chi sono i genitori e i fratelli. La seguiremo mentre cresce e le garantiremo il nostro sostegno. Non l'abbandoneremo, te l'assicuro. Quando avrà l'età per uscire dall'istituto verrà a stare con noi e avrà tutto quello che le spetta. La chiameremo Maria, come me, e speriamo che la Madonna sia con noi e con lei per aiutarla a crescere e trovare la sua strada.

Il mattino dopo la porta di casa si apre ed esce Nicola, il cappello già ben calcato sulla testa e il cappotto abbottonato fino al collo. Il vicolo ha abbastanza occhi per vedere che Elvira non ha cambiato idea. Nunziata è la prima ad avvicinarsi. Dietro di lei si scorgono alcuni volti. Non c'è quello di Nannarella né di altre meno assidue nel frequentare la loro casa. Mancano soprattutto gli uomini. Nei giorni precedenti hanno salutato con una stretta di mano Nicola in segno di solidarietà. Nessuno di loro ha dubbi, la vittima è lui perché quando una donna cresce due figli ne può crescere anche tre, e di questo passo chissà dove si andrà a finire.

La carrozza prenotata la sera prima è ferma qualche metro piú in là. Nicola fa segno al cocchiere di arrivare davanti alla porta. È novembre e il sole ancora non si è levato sul vicolo, vuole essere prudente con una bambina di pochi giorni e una donna che dovrebbe restare a riposo dopo aver partorito.

Mentre la carrozza si avvicina, Nunziata scivola dentro casa. Sa che Elvira non può farcela da sola. La aiuta a finire di vestirsi, prende in braccio Dora e per mano Eduardo.

– Vai, penso io a loro, – dice mentre Elvira avvolge Maria in una coperta.

Dora ha poco piú di un anno, non può rendersi conto. Ma Eduardo ne ha quasi quattro, segue i gesti della madre e scoppia a piangere. Elvira si china per abbracciarlo e ha un istante di esitazione. Sente il dolore del figlio mescolarsi al suo, lo vede avvicinarsi alla sorella per una carezza e capisce di doversi allontanare altrimenti non sarà piú capace di uscire. Gli dà un bacio e corre via.

La luce e il freddo del mattino la sorprendono dopo i lunghi giorni chiusa in una stanza. Stringe ancora di piú a sé Maria e si affretta a salire nella carrozza. Le donne del vicolo agitano la mano in segno di saluto, qualcuna si asciuga una lacrima. Elvira sa che molte di piú sono nascoste dietro le finestre. Sono quelle che racconteranno la scena portandola di casa in casa finché la notizia diventerà di pubblico dominio. Non le importa. C'è chi queste cose le fa in fretta e di notte, chi si allontana per mesi e torna soltanto quando può riprendere la vita di prima come se niente fosse. Elvira non si è mai nascosta. Ha scelto di dare a sua figlia una vita, di riconoscerla e di sostenerla, senza segreti né sotterfugi. Si appoggia allo schienale, lancia un ultimo sguardo fiero a chi è ancora in strada, si assicura che Maria sia ben coperta e fa un cenno a Nicola. Possono andare.

Il vetturino prende con dolcezza le briglie, la carrozza inizia ad avanzare lentamente per evitare scossoni. Oltre il vicolo, attraverso il finestrino scorre il panorama della città. Uno scorcio di mare, i palazzi alti e grigi di basalto e lava del vulcano, i venditori ambulanti con i loro richiami. Elvira non si accorge di nulla. Nemmeno dello sguardo turbato di Nicola. Avverte soltanto il cuore di sua figlia accanto al suo, il battito rapido e sicuro di una vita giovane che ha fretta di formarsi.

Dopo circa mezz'ora di marcia, con un fischio il cocchiere dà ordine ai cavalli di fermarsi. Elvira chiude gli occhi e Nicola trattiene il respiro. Non ha mai smesso di sperare e anche adesso, con il portone dell'istituto a pochi passi, si augura che la moglie ci ripensi e chieda di tornare indietro. Tutti e tre.

– Vai, – dice invece Elvira staccandosi dalla figlia. – Ti aspetto qui.

Nicola apre lo sportello con uno scatto irritato, prende in braccio la piccola e si allontana.

Elvira abbassa lo sguardo per non vedere. Si sente sola, vuota. Torneremo a prenderti, pensa, mentre aspetta nel buio della carrozza.

12.

Eduardo tira un calcio alla palla e colpisce la parete. Piove da ore, piove come di rado accade a Napoli, con l'acqua che scende giú a cascate dalle pedamentine, dai gradoni, dalle scale scavate nel tufo o intagliate negli antichi basoli. Eduardo non ne può piú di stare chiuso nelle tre stanze di casa. Laboratorio, cucina, camera da letto per tutti.

Tira un altro calcio alla palla. Stavolta colpisce una sedia.

– Quante volte ti devo dire di non giocare qui! – lo rimprovera Elvira. – Stiamo lavorando e tua sorella dorme.

Eduardo prende la palla e si siede sul pavimento.

– Mammà, dov'è Maria?

Nicola lancia uno sguardo severo al figlio, poi torna a concentrarsi sulla pellicola, una veduta del golfo di Napoli. Interviene con due tratti rapidi di pennello lungo i bordi prima che i colori si asciughino.

Elvira finge di non aver sentito la domanda. – Edua', alzati. Non prendere freddo.

– Hai detto che saremmo andati a trovarla!

Elvira prende un paio di forbici. Sei mesi sono trascorsi dalla mattina in cui hanno accompagnato l'ultima figlia in istituto. Eduardo non ha dimenticato. Nessuno di loro ha dimenticato.

– Non ho mai detto che saremmo andati da Maria, – risponde Elvira, – sai che non si può. Bisogna aspettare che diventi grande. E ora vieni, aiutami a tagliare qui, –

dice stendendo la pellicola sul tavolo per distrarre il figlio. – Metti la mano, tieni bene fermo!

Nicola dà le ultime pennellate, osserva l'effetto finale e si alza. Un timido raggio di sole entra dalla finestra.

– Jamm, 'ca schiove! Andiamo tutti a fare una passeggiata? Voglio farvi vedere un posto.

È quasi ora di pranzo, le nuvole si stanno davvero aprendo e le pozzanghere presto si asciugheranno. Le strade si popolano in fretta. I carretti carichi di merci riprendono ad attraversare la città senza preoccuparsi di sollevare schizzi d'acqua sui passanti, i garzoni a correre saltando da un lato all'altro dei vicoli per evitare le buche traboccanti di melma e rifiuti.

Una nuova primavera sta riempiendo l'aria di profumi, una nuova Pasqua si avvicina. Stavolta l'aria è tersa, il pennacchio sulla montagna nulla di piú che uno scarabocchio nel cielo.

Nicola si avvia. – Andiamo a piedi? Non è lontano.

Elvira lo raggiunge. L'ultima gravidanza è stata la piú difficile. Il suo corpo, già debole quando è iniziata, ha avuto bisogno di piú tempo per recuperare, ma quella mattina i suoi passi sono agili, sciolti.

Prende per mano Eduardo. L'osserva mentre cammina accanto a lei. Compunto. Con i pantaloncini al ginocchio e una giacca stropicciata e abbondante ma molto simile a quella del papà. Il suo sguardo è intenso, pieno, come se avesse vissuto e visto già molto piú di quanto ci si aspetterebbe da un bambino.

Elvira rallenta il passo. – Ho portato il tortano. Hai fame?

Eduardo si illumina e anche Dora tende la manina. Elvira si ferma, apre un involto di panni e tira fuori una fetta per ciascuno. È la torta della Resurrezione, gliel'ha regalata Nunziata quando è andata a farle gli auguri. Lo strutto unge le dita, il salame pizzica in gola, il provolone addolcisce il sapore. Eduardo la finisce in pochi secondi e Dora la sbocconcella con gusto. Nicola fa appena in tempo ad avvicinarsi e prenderne una fetta prima che scompaia.

– Quanto manca? Le creature iniziano a essere stanche, – chiede Elvira.

– Deve essere qui, ci sono venuto l'altro giorno. Queste strade però sono tutte uguali!

Chiedono aiuto ai passanti, camminano ancora scansando postiglioni, barbieri, fabbri, schizzi di schiuma e secchiate d'acqua. Infine Nicola si ferma davanti a un cancello di ferro con una finestrina al piano ammezzato.

Entrano in un androne buio. Dora e Eduardo si stringono a Elvira. Nicola prende una chiave dalla tasca, apre una porticina. Dall'interno arriva un odore di stantio, di muffa e aceto. Elvira si affretta a spalancare la finestra che affaccia su un cortile interno.

Nicola si passa una mano fra i capelli, con un gesto imbarazzato. – C'è una piccola scala e un'altra stanza al piano inferiore. Mi fanno un buon prezzo, può essere il nostro nuovo laboratorio. Abbiamo lo spazio anche per una piccola sala cinematografica dove proiettare dei film. E nella stanza di sotto posso attrezzare la camera oscura.

Guarda i figli. – E voi due avrete finalmente una camera da letto tutta per voi se liberiamo quella dove finora abbiamo colorato le pellicole.

Quella sera Dora va a dormire subito dopo cena, la passeggiata è stata lunga e impegnativa per una bimba di due anni. Anche Eduardo si infila nel letto, ma non riesce a addormentarsi. Si alza di continuo, incapace di tenere a bada l'eccitazione. Scalzo e in pigiama, raggiunge i genitori in laboratorio, ogni volta con una domanda diversa.

– Mammà, mettiamo il letto qui? E quello di Dora andrà accanto all'altra parete? E quando facciamo il trasloco?

Sono le dieci passate quando finalmente dall'altra stanza sembrano non arrivare piú rumori. Elvira guarda l'ora e non riesce a trattenere uno sbadiglio, ma la notte si annuncia lunga, ci sono diversi riquadri da colorare ancora sul tavolo. Si mette al lavoro. La mano procede lenta, quella che nel figlio era un'eccitazione difficile da contenere, in lei diventa un'onda di pensieri. Completa uno spezzone, lo stende ad asciugare e si alza per sgranchirsi le gambe.

– Nico', come stiamo messi con i conti? Siamo a posto con il nuovo affitto?

Nicola è di fronte a lei, dall'altra parte del tavolo, immerso nella coloritura. – Che cosa? – chiede senza alzare gli occhi dal tratteggio.

– Il laboratorio. Riusciamo a pagarlo?

Lui completa le pennellate, stende con cura la pellicola e si alza per prendere alcuni fogli da un cassetto. – Sono gli ordini per le prossime due settimane. E ancora ne arriveranno. Roberto Troncone mi vuole affidare la coloritura di un intero film. Ormai siamo conosciuti. Veloci e precisi, dicono tutti di noi.

Elvira esamina le commesse con attenzione. – È 'o vero, però 'amma fa le cose per bene. Che sono questi foglietti? Ci vogliono gli ordini scritti come si deve. Ci vuole un libro dei conti. E dobbiamo iniziare a farci pubblicità sui giornali e sulle riviste. Per ogni produttore che è amico tuo ce ne stanno almeno altri due che non conosci. Con la pubblicità li dobbiamo convincere a venirci a chiedere un lavoro. E poi ci vuole un nome per la nostra impresa.

Nicola detesta i conti e la parte amministrativa.

– Fai tu, – dice tornando a sedersi. Intinge il pennello nel colore e riprende a tratteggiare i bordi delle immagini.

Elvira piega i fogli e li mette nel cassetto dal suo lato del tavolo. Il giorno seguente, quando andrà a fare la spesa, comprerà anche il registro dove segnare con precisione le spese e le entrate.

Manca soltanto il nome.

Deve essere bello. E deve parlare di noi, pensa riprendendo a colorare.

Il tram avanza tra strepiti e cigolii su corso Umberto, il Rettifilo lungo e dritto che sembra creato apposta per quei nuovi mezzi destinati a sostituire carrozze e cavalli. Dicembre è iniziato da poco, il freddo si fa sentire. I passanti camminano veloci, affiancandosi ai muri dei palazzi nell'illusione di essere piú riparati. Nicola ed Elvira procedono con prudenza, tengono i bambini per mano e si stanno rendendo conto di non aver scelto il pomeriggio piú adatto per arrivare a piedi fino a Chiaia.

– Ferma! – urla Nicola al conducente del tram.

Il primo a salire è Eduardo mentre la vettura è ancora in movimento. Elvira si affretta a seguirlo, terrorizzata all'idea di perderlo. Nicola è l'ultimo con Dora in braccio. Monta appena in tempo prima che il tram riprenda la corsa.

C'è un posto libero. Elvira si siede, un po' a disagio, mentre la carrozza dondola e scricchiola, balla e cigola. Cerca con lo sguardo un sediolino anche per Nicola che sembra in difficoltà, ma sono tutti occupati. – Prendo io Dora in braccio, – dice per aiutarlo.

Nicola si china per lasciarle la bimba e si appoggia a un palo. L'andatura è un continuo alternarsi di brusche frenate e altrettanto brusche ripartenze. Persone, animali e veicoli sono ovunque. In strada, sui marciapiedi, sulle rotaie. La vettura avanza a fatica, tra scampanellii e lamentele.

Troppo per Elvira. – Fra quanto scendiamo? – sbuffa. La sua inquietudine contagia Dora. Elvira prova a calmarla, ma la piccola si agita ancora di piú e insiste per liberarsi dalla stretta della madre.

Nicola la prende di nuovo in braccio. Le canta una canzone sottovoce, un motivo dolce solo per lei. La piccola lo osserva incantata e a poco a poco si rasserena. Alla fermata successiva due donne passano accanto a loro mentre si avviano all'uscita. – Al posto suo mi vergognerei, – dice la prima guardando Elvira. – Pure io, – conferma la seconda. – Sono sempre riuscita a calmare i miei figli da sola senza chiedere aiuto. Figuriamoci costringere mio marito a farlo!

La porta del tram si richiude dietro il loro sdegno. Nicola, imbarazzato, smette di cantare. Elvira volta la testa dall'altra parte. Soltanto Eduardo non si è accorto di nulla. È tutto preso da un suo gioco. Imita le espressioni dei passanti, finge di sbandare quando il tram imbocca una curva, ride quando lo sferragliare sulle rotaie mette in fuga lo struscio delle signore su via Toledo. E accenna un sussulto quando il suono del campanaccio costringe i carri ad allontanarsi dai binari.

Elvira teme un nuovo rimprovero da parte dei passeggeri. Dovrebbe sgridare il figlio, dirgli di smetterla, ma dentro di sé prova la stessa emozione. Da troppo tempo non varca gli angusti orizzonti della Vicaria. Negli ultimi anni ha vissuto di cinematografo senza il cinematografo, di scene costrette in un rettangolo di celluloide senza la magia della stanza immersa nel buio e delle immagini distese sugli schermi. Quella sera finalmente sta tornando in una sala con il pubblico, il ronzio del proiettore, e, per la prima volta, con due figli e un marito accanto.

Il tram si ferma all'inizio della Riviera di Chiaia. Girato l'angolo con via Poerio, sentono il vociare della gente in attesa. Dopo pochi passi si ritrovano immersi nel multiforme pubblico napoletano. Bambini e anziani, fidanzati e coppie sposate, volti da tagliagola e artigiani con l'abito buono, sartine e donne senza alcuna occupazione se non quella di far girare la testa agli uomini.

Eduardo li osserva incuriosito e inizia a tempestare la madre di domande. Vuole sapere tutto sulla locandina, sul titolo del film e sulla storia. Nel frattempo la folla rumoreggia. Quando si arriva alle urla e agli insulti, l'addetto ai biglietti si decide a mettersi seduto in cassa e a dare il via all'ingresso in sala.

A Elvira torna in mente un'altra lunga attesa per un film. Sono passati sei anni, il tempo di perdere la gioventú, la libertà, la spensieratezza. Le restano i sogni, affilati dalle rinunce e rinvigoriti dall'attesa ma chiari dentro di lei. Vuole ancora la scatola delle meraviglie e intende conquistarla con marito e figli.

La sala è quasi piena quando riescono a entrare. Elvira scorge alcuni posti vuoti nelle ultime file.

– Jamm, Nico', – dice mentre sul palco due attori intrattengono il pubblico con battute e scherzi. C'è un sediolino anche per Eduardo ma, quando si mette seduto, i grandi coprono tutto lo schermo davanti a lui. Finisce sulle ginocchia della mamma mentre il suo posto viene subito occupato.

– State comodi? – chiede Nicola.

– Sí, molto meglio che sulle panche della sala di via Foria, – ride Elvira ricordando lo spazio ricavato dentro una baracca di legno dove avevano visto insieme le prime immagini proiettate su uno schermo. Anche allora era stata un'impresa trovare posto e le viene in mente che non gli ha mai chiesto se aveva organizzato tutto per trovarsi al suo fianco o se era stato un caso. Glielo domanderà anche se crede di conoscere già la risposta.

– Mammà, perché sulle panche? – chiede Eduardo interrompendo i suoi ricordi.

– Perché era tanto tempo fa, tu non eri ancora nato. Ora le sale sono piú belle. Guarda le decorazioni sui muri!

Eduardo osserva i disegni, le colonne sul fondo, il lenzuolo candido sul lato opposto, il pubblico che mangia e chiacchiera.

– Ne esistono anche di piú belle, – interviene Nicola, avvicinandosi. – La prossima volta andiamo in una sala qui vicino, hanno una porta con gli arabeschi. E ce n'è un'altra verso Toledo dove gli arredi sono tutti in stile giapponese.

– Che sono gli arabeschi? – chiede Eduardo. Ma la domanda si perde nel frastuono generale mentre le luci si spengono e sullo schermo cominciano a scorrere i titoli di testa.

Quando appare il nome di Roberto Troncone a Nicola viene spontaneo applaudire. La sala lo imita subito senza nemmeno sapere bene chi sia, all'inizio degli spettacoli c'è sempre grande eccitazione.

– Bravo Roberto! Hai visto dov'è arrivato? – esclama girandosi verso Elvira. – È il primo a produrre un film a Napoli. E sai di chi è la sala? È sua. Sta diventando potente e se lo merita, è sempre stato il migliore. Con le riprese non lo batte nessuno. Ti ricordi l'eruzione del Vesuvio? Chiunque abbia provato a realizzare un film su quei giorni ha dovuto chiedere a lui le immagini. In giro non ce n'erano altre cosí vere.

– Vediamo ora che è stato capace di fare, – risponde Elvira, con meno entusiasmo.

Il fotografo napoletano si è lanciato in una sfida ancora piú difficile, un modo di fare cinema completamente nuovo. Non si accontenta piú di mettere una accanto all'altra delle immagini straordinarie, vuole anche raccontare una storia. Ha scelto un episodio di cronaca molto seguito in quelle settimane, un tentativo di truffa contro un nobile della città. Alcuni criminali gli hanno dato appuntamento al cimitero delle Fontanelle a Napoli e hanno provato a sequestrarlo senza riuscirci. I quotidiani hanno scavato fin dove potevano sulla spinta del grande interesse popolare, ma non sono riusciti a ricavarne di piú.

– Non avrei scelto questo caso, se ne sa poco, – commenta Elvira. – Come lo mostri in una pellicola? Puoi anche essere potente e avere una sala di proprietà, ma il film deve far tremare i muri per gli applausi. Altrimenti si sparge subito la voce che non funziona e la gente va a vedere qualcosa di diverso. E tu come paghi gli attori, la pubblicità e tutto il resto?

Nicola non risponde. Mentre le immagini continuano a scorrere aspetta gli applausi. Ne arriva qualcuno ma non tanti. Sente delle urla di spavento sulle scene girate dentro il cimitero e dei mormorii di sollievo quando il protagonista riesce a sfuggire al sequestro. Avverte la trepidazione della platea. Nulla di travolgente, però. Dopo l'eccitazione degli inizi pure i bambini sbadigliano. Dora si è addirittura addormentata. Il buio e il caldo della sala affollata hanno avuto la meglio sulla paura, sul frastuono e sull'emozione. Solo Eduardo ha gli occhi spalancati e chiede spiegazioni a ogni scena. Elvira gli racconta daccapo la storia della truffa, il ruolo dei personaggi e legge per intero il testo di ogni didascalia.

I titoli di coda la sorprendono mentre ancora sta parlando. Improvvise, si accendono le luci della sala scatenando le proteste del pubblico.

– Chessò 'sti lluci? Spegnete tutto! – grida un uomo seduto accanto a Elvira e Nicola.

– Fateci vedere qualcosa di nuovo! – chiede un altro.

– Ricominciate dall'inizio, non abbiamo capito! – urlano dal fondo.

Dopo qualche secondo di confusione sul palco sale un giocoliere. Fa roteare in aria delle sfere e intanto chiede a tutti di sedersi. Annuncia altri due film. Nell'attesa, chiama a esibirsi un attore con una chitarra. Canta, scherza, aiuta gli spettatori ad allontanarsi dalle immagini, a rientrare nella realtà della sala, della notte che li aspetta fuori, dei problemi di ogni giorno.

Elvira resta per qualche secondo a osservare la reazione del pubblico, quindi fa un cenno a Nicola. Prendono per mano Eduardo e Dora e si avviano verso l'esterno.

Il figlio continua a fare domande, ma Elvira risponde in modo distratto. Un'idea sta iniziando a prendere forma.

13.

La tramontana ripulisce le strade, spazza il cartone dei petardi squarciati, spegne le micce inesplose, cancella i resti di un altro Capodanno. Elvira non ama i botti. Le ricordano l'ansia di una notte intera in preda alle doglie. In quel mattino terso che fa venire voglia di andare a sentire il profumo del mare giú alla Marina, si affaccia un istante per gli auguri alle vicine e si affretta a rientrare, contrariata dagli spari che rimbombano anche in pieno giorno.

– Devo fare gli auguri a mio nipote e a questa bella famiglia! – la blocca il padre quando sta già per chiudere la porta di casa. Dietro di lui appare la madre, avvolta in un cappotto chiaro, un pacchetto tra le mani. Elvira è stupita, è la prima volta in cinque anni che i genitori arrivano per festeggiare il compleanno di Eduardo. Li fa entrare nell'unica stanza adatta a ricevere ospiti, la cucina arredata con alcune sedie di paglia e un tavolo al centro.

– Che bella sorpresa! – esclama mettendo su il caffè mentre i figli accorrono, felici di vedere quei nonni che a malapena conoscono.

Agnese le porge il pacchetto. – Per loro.

Ha cucito un completo per Eduardo, giacca e pantaloni di stoffa pesante, calda. Per Dora ha scelto un tessuto piú leggero e ha creato un vestito con le maniche a sbuffo. – Sono andata a occhio, però dovrebbero andare bene, – dice appoggiando gli abiti sulle spalle dei bambini per controllare le misure. Poi li prende per mano e va a visitare il resto della casa. Dà un'occhiata al laboratorio in disordine per il trasloco e alla stanza da letto dove ancora dormono in quattro.

– È bello ma ormai siete in tanti, dovreste cercare qualcosa di piú comodo.

– Abbiamo preso in affitto un laboratorio, stiamo spostando lí il materiale per lavorare, cosí i piccoli avranno la loro stanza, – risponde Elvira.

– Molto bene, – commenta la mamma, compiaciuta. – Allora potete anche riprendere Maria con voi.

Il silenzio cala sulla stanza. I genitori di Elvira sapevano della decisione di far entrare l'ultima nipote in istituto, ma fino a quel mattino non c'era stata la possibilità di parlarne. Tuttavia nessuno si illudeva che una donna come Agnese, che aveva cresciuto cinque figli senza lamentarsi mai, avrebbe capito e accettato.

– Che c'entra Maria? – chiede Elvira, infastidita.

– L'hai abbandonata perché non ce la facevi. Ora che le cose vanno meglio, sarà di sicuro piú semplice.

– Nessuno l'ha abbandonata. L'abbiamo affidata alle suore, abbiamo scelto l'istituto migliore, paghiamo in modo regolare quello che serve per crescerla con le stesse attenzioni che avrebbe in famiglia, – risponde Elvira. I mesi passano, il pensiero di Maria che sta imparando a pronunciare le prime parole e a conoscere il mondo senza di loro è l'ombra che le cammina accanto in ogni istante, ma è troppo presto per parlare di ritorno a casa.

– Se è un problema di soldi possiamo darvi una mano. Siamo qui anche per questo, – insiste la madre quasi leggendole nella mente.

Il caffè è diventato gelido nella tazzina, Elvira non ne ha toccato nemmeno un goccio. Non vuole il denaro di chi l'ha cacciata di casa. – Vi ringrazio ma ce la faremo. Ho bisogno di lavorare di piú e non avrei il tempo di occuparmi di Maria. In questo momento sta benissimo dalle suore.

Agnese si gira verso il marito in cerca di sostegno. Diego si è allontanato verso il laboratorio con i nipoti e con Nicola. Madre e figlia sono rimaste da sole a fronteggiarsi. – Appunto! – va avanti Agnese, decisa. – Con un aiuto potresti evitare di lavorare e occuparti di lei.

Elvira si alza, non riesce piú a sopportare la conversazione. – Mamma, non puoi capire. E ora, scusateci, abbiamo un trasloco da terminare.

Anche Agnese si alza, negli occhi la stessa espressione fiera di Elvira. – La mia vita è stata tutta per voi e per la famiglia. Hai ragione, di quello che vuoi fare o essere non ho mai capito nulla e ormai la mia opinione non conta piú. Ti auguro che ti capiscano i tuoi figli.

Il nuovo laboratorio diventa in poco tempo una seconda casa. Non c'è piú odore di muffa né di stantio. Elvira ha pulito e fatto arieggiare a lungo gli ambienti. Insieme, lei e Nicola hanno scelto come dividere gli spazi. Nella stanza piú grande ha trovato posto il tavolo con pennelli e colori. Un'altra camera è ancora vuota, ospiterà la sala dove proiettare i film. Al piano inferiore ci sono il magazzino e la camera oscura. È il regno di Nicola, un'area larga e lunga che lui ha subito riempito. In un angolo ha disposto le bacinelle con gli acidi per sviluppare le pellicole, un altro è occupato dalle scorte di colori e nell'ultimo – il piú sacro – ha messo al sicuro la cinepresa per evitare che qualcuno ci inciampi.

Con Elvira – quando è possibile – ci sono anche Eduardo e Dora. Le piace che respirino l'aria della bottega, vedano i gesti, sentano i discorsi e, a modo loro, partecipino all'attività. Era stato cosí anche per lei quando era piccola. Da sola, o con qualcuna delle sorelle, si fermavano spesso nel negozio a imparare il mestiere e dare una mano al padre. Per lei era naturale, e ora vuole che lo sia per i suoi figli.

Con Eduardo è piú semplice. Passa il tempo a giocare con personaggi immaginari e a seguire i genitori. Dora, invece, si spazientisce presto. Bisogna farsi sempre venire in mente qualcosa per tenerla impegnata. In quel momento è accanto al padre, vorrebbe sistemarsi sulle sue ginocchia anche se Nicola sta colorando e avrebbe bisogno della massima concentrazione per non rovinare le immagini.

– Vieni, aiutami a tenere questo foglio, – prova a distrarla Elvira.

Dora obbedisce. Sale su una sedia e osserva il tavolo pieno di bobine e colori. La madre le indica come reggere il pezzo di carta e riprende a lavorare. La bimba resiste qualche secondo poi si lascia attirare da un pennello immerso in un barattolo. Allunga la mano, ma è ancora troppo piccola, non controlla bene il movimento. Urta il manico di legno, l'acqua si sparge sul tavolo e sui rettangoli di pellicola.

– Nooooo! – urla Elvira cercando di fermare quello che non si può fermare. Ogni suo gesto finisce solo per spaventare la figlia che scoppia a piangere. Nicola raddrizza il barattolo per evitare che scorra altra acqua e si affretta a raccogliere gli spezzoni macchiati. – Non ti preoccupare, faccio io. Tu pensa a Dora!

Eduardo è in un angolo della stanza perso nei suoi pensieri. Le urla della mamma e le lacrime della sorella lo fanno correre verso il tavolo.

È lui a prendere Dora per mano.

– Che è successo? Vieni, ti faccio sentire una cosa.

Inizia a cantare una canzone e improvvisa una strana danza tutta piroette e inchini. Dora lo segue incantata, di colpo dimentica il pianto e lo spavento.

Elvira segue la scena senza intervenire. Dentro di lei è tutto chiaro. Si avvicina a Nicola, abbassa la voce per non farsi sentire dai figli. – Corri! Prendi la cinepresa!

Mentre Nicola si allontana, chiede a Eduardo di continuare. – Bravissimo Edua', jamm, Dora aspetta a te! – È vero, la piccola si è seduta sul pavimento in attesa che il fratello ricominci.

Eduardo assume un'espressione pensierosa e si dirige verso la finestra. Guarda fuori, solleva le braccia e finge di essere impaurito. Elvira applaude e Dora prova a battere anche lei le mani nello stesso modo.

Eduardo si sforza di non notarle. Si volta verso qualcuno che esiste solo per lui, gli parla di trucchi, ricatti e soldi. Sono pezzi di frasi pronunciate qualche sera prima durante il film e lui ora le sta ripetendo a modo suo. Riesce a restare impassibile anche quando il padre arriva con la cinepresa e inizia a montare il cavalletto.

– Presto! Non dobbiamo perderlo! – ordina sottovoce Elvira.

Nicola termina di fissare il treppiede, inquadra e comincia a girare la manovella, ma non c'è pericolo di perdere qualcosa. Eduardo sembra inarrestabile. Inventa espressioni e situazioni, finge di avere mal di testa, di sbadigliare per il sonno e rabbrividire per il freddo, di mettersi a dormire e di inginocchiarsi per pregare. A ogni gesto Dora ride e batte le mani.

Quando non gli viene piú in mente nulla, Eduardo si ferma al centro della stanza, si volta verso l'obiettivo, accenna un inchino e un saluto con la mano. – Arrivederci e grazie!

Elvira e Dora lo festeggiano con un grande applauso. – Bravissimo! Sei un attore nato! Nico', spegni! Hai ripreso tutto per bene? Queste scene ci servono.

Eduardo si guarda intorno con l'aria imbambolata, come se si svegliasse da un lungo sonno. – A che servono?

– Ci servono, ci servono, – assicura Elvira. Fa una carezza al figlio e riprende in mano il pennello. – Edua', hai visto il film dell'altra sera? E mo facimm i film pure noi!

Nicola si blocca con la cinepresa ancora in mano. – I film? Noi?

Elvira intinge il pennello in un barattolo di colore rosso. – E perché no? Che tengono i fratelli Troncone piú di me e di te? Ti pare che non sei capace di fare le riprese pure meglio di loro? Io mi occupo di tutto il resto e Eduardo fa l'attore. Hai visto quant'è bravo?

– Ma che vuoi che faccia un bambino? Come può lavorare? È difficile controllare i suoi movimenti! – si oppone Nicola.

Elvira fissa uno spezzone di pellicola al supporto di legno. – E che avimm 'a controllà? Tu devi solo tenere la cinepresa accesa e riprendere quello che fa. Senza dire nulla, come stasera.

– E che te ne fai di una ripresa come quella di stasera?

Elvira abbandona la pellicola e si gira verso Nicola. – Ti ricordi l'altra volta al cinema? Alla fine erano tutti arrabbiati. La gente chiedeva ancora immagini perché il film era terminato in modo troppo brusco. Prima di accendere le luci ci vuole una pausa, un saluto. Mandare dei cantanti o dei ballerini è un errore perché interrompono la proiezione e creano disturbo. È meglio far uscire alla fine del film un bambino che saluta e invita tutti a tornare presto.

Eduardo guarda il padre con un'espressione carica di speranza in volto. Dora si insinua tra di loro, incapace di comprendere che cosa stiano combinando.

Elvira intuisce il suo disagio. Si avvicina e la prende per mano. – Ascoltami bene! Eduardo sarà l'attore e tu darai il nome all'impresa. Film Dora, senti quant'è bello? E mo faciteme lavora'!

14.

Il ragazzo entra senza bussare. Fanno tutti cosí, la porta del laboratorio è sempre aperta.

– Mi manda la Vesuvio film. Ho portato le pellicole da colorare. Il direttore si raccomanda come sempre la puntualità. E abbiamo bisogno di due «Arrivederci» per le sale.

In laboratorio hanno una scrivania nuova. Elvira non vedeva l'ora di comprarne una tutta per sé. L'ha sistemata accanto al tavolo dove fino ad allora ha lavorato con Nicola. E l'ha riempita subito di fogli, penne, matite.

– Gli «Arrivederci» sono pronti, posso consegnarteli pure adesso. Le pellicole per quando devono essere pronte? – chiede Elvira andando incontro al ragazzo.

– Domani, signo'!

Accanto all'ingresso non c'è ancora il nome Film Dora, ma la decisione di ampliare l'attività ha immediatamente portato nuovi ordini. Gli «Arrivederci e grazie» con i saluti del piccolo Eduardo si iniziano a vendere bene e sono rapidi da realizzare. La coloritura, invece, richiede ancora molto lavoro.

– Domani? Due pellicole intere? Nun pazziammo. Almeno fra una settimana.

– Non sono io a decidere. Vi lascio le pellicole.

– Aspetta! – lo ferma Elvira. – Di' a chi ti ha mandato che, o si consegna fra una settimana, o niente. E riportagli le pellicole. È meglio per te, se non accetta non devi tornare a prenderle.

Il ragazzo arretra, imbarazzato.

– No, non posso tornare con le pellicole se non me lo dice il titolare della vostra impresa, il signor Nicola. È con lui che i miei padroni parlano.

– Uaglio', qui chi colora da anni sono io insieme con mio marito. Vai dal tuo padrone e non tornare piú. Lo dice Elvira Notari, riferisci questo!

Il ragazzo scompare mentre si sente un rumore di passi sulla scala. Nicola sta salendo dal magazzino.

– Che succede? Perché gridavi? – chiede posando la cinepresa sul pavimento.

Elvira si avvicina.

– Dobbiamo rallentare con il colore. Ci porta via troppo tempo e io ho bisogno di lavorare di piú sugli annunci pubblicitari e sui testi. Devo parlare con i giornali, farmi dare lo spazio, trovare le sale dove distribuire le nostre pellicole.

Nicola scuote la testa. – Quello è pane sicuro. Il resto non lo sappiamo, stiamo iniziando ora.

Elvira è di fronte a lui, gli appoggia una mano sul braccio. – Lascia fare a me.

È un ordine, non una richiesta.

Nicola sente la sua stretta ferma, decisa, ma ha paura. Le spese sono tante, non possono permettersi il lusso di rifiutare delle commesse.

– Elvira… – inizia a dire.

Ma lei non ha ancora lasciato la presa. È il suo modo per ricordargli il patto non scritto che li lega da quando è rimasta incinta di Dora. Nicola ha affrontato i suoi dubbi sulla seconda gravidanza promettendole lavoro e spazio per costruire un'azienda in grado di garantire un futuro a tutta la famiglia. Ora non ha scelta, deve accettare le sue richieste.

Si libera con gentilezza, prende la cinepresa e si dirige verso la porta. – Ricordi che fra due ore dobbiamo essere a casa? Le suore ci hanno convocati per un colloquio in istituto. Eduardo e Dora hanno chiesto di venire per vedere dove vive Maria, lo sai che ci tengono. Io mi avvio, ho alcune riprese da fare lungo la strada. Ci vediamo dopo.

Elvira torna a sedersi alla scrivania. Sta preparando un testo per un augurale, una breve immagine animata da proiettare prima e dopo i film nei periodi di festa. Manca un mese alla Pasqua, deve sbrigarsi. L'annuncio va pubblicato al piú presto su tutti i quotidiani per dare alle sale cinematografiche il tempo di presentare gli ordini.

Accende la stufa e si mette a scrivere. – Per la Pasqua. La Film Dora annunzia alla sua estesa clientela... – ripete fra sé.

– È permesso?

Dietro la porta si affaccia una coppia. Da figlia di commercianti Elvira nota i vestiti di ottimo taglio, le mani curate. Clienti da non farsi sfuggire, pensa.

Recupera delle sedie e li fa accomodare dall'altro lato della scrivania.

Il marito sembra a disagio. – Non c'è il titolare?

La moglie è piú disinvolta, quasi felice di aver trovato una donna a cui rivolgersi. Chiede se è possibile realizzare un filmato della famiglia. Hanno dei parenti in America, vorrebbero mandarglielo per ricordo.

– Ca facimm' tutt'cose. Mi dovete solo dire come volete le riprese. Semplici, con le cornici, colorate o in bianco e nero. Poi ci mettiamo d'accordo per il prezzo e il luogo dove farle.

La signora si informa sui costi, sui tempi. Non smette di parlare e fare domande. Elvira pensa ai figli che la stanno aspettando, alle suore in istituto che avranno di sicuro qualcosa di importante da comunicare, a Nicola che sarà convinto che se ne sia dimenticata. Ma come può mandare via una cliente che ordina un film intero e non batte ciglio di fronte al prezzo? Sta persino offrendo ospitalità in una villa a Capri e la possibilità di realizzare riprese di luoghi fino ad allora mai mostrati su una pellicola.

Quando finalmente riesce a tornare a casa non c'è nessuno. Si ritrova a vagare da sola nelle stanze vuote. Le sembrano enormi e quiete, cattedrali destinate a un'altra vita, diversa dalla sua. Per la prima volta immagina i figli e il marito senza di lei. E, pensiero quasi proibito, lei senza i figli e il marito. È uno strappo, una lacerazione di sé inattesa, del tutto sconveniente. Una tentazione da dimenticare in fretta.

L'aspettano i clienti che hanno chiesto un preventivo per il giorno seguente. A mezzogiorno deve essere pronto, hanno sottolineato, facendo capire di aver contattato anche altre imprese e di voler scegliere tra diverse proposte. L'aspettano il marito e i figli che volevano andare insieme all'appuntamento. L'aspettano le suore che hanno chiesto anche a lei di essere presente all'incontro, per ascoltare le comunicazioni improvvise, e semmai anche per avere informazioni sui progressi di Maria, mandarle saluti e un piccolo regalo come una madre deve fare.

L'aspettano tutti ed Elvira rallenta. In quella casa per la prima volta soltanto sua, le viene voglia di centellinare ogni attimo di quell'insperato spazio di solitudine e riposo.

Due Elvire si sfidano nel segreto della sua anima, la costringono a distendersi sul letto, gli occhi spalancati a cercare sull'intonaco bianco delle pareti un consiglio di cui non ha bisogno. Sa che non può mancare.

Li incontra in strada. Eduardo preoccupato. Dora imbronciata e seria. – Mammà, dov'eri?

Elvira la prende per mano. – Ho dovuto lavorare, sono arrivati dei signori con un ordine importante, non potevo mandarli via.

Alza lo sguardo, incontra quello di Nicola. Fa fatica a sostenerlo. E ancora di piú a subire il rimprovero racchiuso nelle sue parole: – Maria ha una brutta febbre. Hanno chiamato un dottore, ma per ora le medicine non sembrano aver fatto effetto.

Maria. La sua piccola Maria sta male. Elvira prende per mano anche Eduardo e affretta il passo. Ora deve sbrigarsi. – Hanno detto altro? – chiede.

– Di aspettare, – risponde Nicola stringendosi nelle spalle.

Se c'è qualcosa che di sicuro Elvira non intende fare è rimanere ferma in attesa di notizie. Li riaccompagna a casa, raccomanda ai figli di stare buoni ed esce di nuovo. Che significa che le medicine finora non sembrano aver fatto effetto? E perché chiamare i genitori se non per ammettere di essere in difficoltà? Deve trovare rapidamente un dottore, il migliore in circolazione. Soltanto una persona conosce tutti nel quartiere, e non solo.

Nunziata sta lavando i panni al lavatoio pubblico. Quando Elvira le racconta di Maria appoggia le mani ancora piene di sapone sul ripiano di marmo e si fa seria in volto. – Non avrebbero dovuto dirvelo, non è nelle regole. Hanno il dovere di occuparsene loro. Mia cognata ha da anni una figlia in istituto, se la sono sbrigata sempre da soli.

Elvira sbuffa, ha fretta. – Nunzia', se ci hanno avvertito avranno avuto i loro motivi. Qui ci vuole un medico bravo, che sappia davvero come curare Maria.

Ma Nunziata sembra esitare. – I genitori non c'entrano. Gliel'avete affidata, è compito loro farla crescere sana.

Non è per parlare di regole che Elvira si è rivolta all'amica né per essere informata sui suoi diritti. Maria non vive con loro ma, anche per questo, Elvira si sente ancora piú responsabile. Ha insistito per mandarla in istituto, se le accadesse qualcosa mentre è lí se lo rimprovererebbe per tutta la vita.

Il campanile batte le sei di sera. Solo tre ore prima si era distesa pochi secondi sul letto e combatteva con la tentazione di fermarsi un istante. Le sembra trascorsa un'eternità. E non c'è un attimo da perdere.

– Nunzia', ho bisogno di un dottore, – dice.

La donna strizza i panni con forza, li mette in un catino e si avvia verso casa. – Va bene, aspettami qui. Torno subito.

Quando riappare ha uno scialle sul vestito e una cuffia a coprire i capelli. Camminano a lungo nei vicoli della Vicaria fino a raggiungere una casa con la porta aperta. – Il medico sta qui. Riceve a qualsiasi ora, – spiega.

Luigi Montella è un omino basso e pelato. Indossa una giacca spiegazzata e ascolta con attenzione la richiesta. – Signo', ho capito ma non si può fare. Le suore sono gelose, tengono i loro dottori. Portate pazienza e aspettate.

In lontananza si sente un altro campanile battere le sette. – Dottore, dovete trovare un modo per entrare nell'istituto e controllare se la stanno curando bene. Fingete di fare un'ispezione, inventatevi quello che volete, ma vi prego di andare –. Allunga una banconota su un tavolo. – Questo per iniziare.

È una notte di tuoni e inquietudine. Scariche potenti di fulmini riempiono l'aria di elettricità e annunciano il temporale in arrivo. Nicola è da solo nel letto, vorrebbe fermare i pensieri, ma il sonno non arriva. Elvira è seduta in cucina. Ha preparato la cena e rassicurato Eduardo e Dora. Non ha raccontato del suo incontro con il medico della Vicaria, ha soltanto spiegato che si è informata, i dottori sono al lavoro, la cura arriverà presto. Ora è china sui fogli a scrivere il preventivo e vorrebbe che qualcuno trovasse le parole per consolare anche lei. Prova a distrarsi pensando alle voci di spesa da elencare e a come ridurre il piú possibile i costi per non perdere la cliente. Si addormenta con la testa sui fogli e il pensiero di Maria che non l'abbandona.

La sveglia nel cuore della notte il rumore di alcuni colpi sulla porta. Corre ad aprire. Sta iniziando a piovere, il dottore entra in casa appena prima di un forte tuono. – Ho raggiunto il medico che se ne sta occupando, ci siamo consultati ma c'è bisogno di tempo per capire se la terapia sta facendo effetto. Vi farò sapere io.

Elvira lascia scivolare un'altra banconota nella sua mano e lo accompagna alla porta. La chiude con delicatezza per non svegliare nessuno e si sforza di aggiungere alle parole del dottore il tono di conforto di cui ha bisogno. Maria non è fuori pericolo, ma almeno non è da sola, si dice.

– Chi era?

Nicola è in piedi sulla porta della stanza, i capelli arruffati, il volto gonfio di sonno.

Elvira lancia un'occhiata distratta ai fogli sul tavolo che fino a poco prima le hanno fatto da cuscino. È troppo stanca, terminerà il mattino seguente. Prende la lampada e si avvia verso di lui. – Ero preoccupata. Ho chiesto notizie. Nei prossimi giorni ci diranno qualcosa.

– Adesso ti preoccupi? E ti intrometti pure? Eri cosí sicura di aver scelto l'istituto migliore, – risponde lui in tono brusco.

Elvira appoggia la lampada sul tavolo. Nicola non le ha mai parlato cosí. È sfinita ma deve affrontarlo. – Abbiamo scelto di seguirla e di sostenerla. E quindi la seguo e la sostengo. Tu fai quello che vuoi.

– Ma se non hai trovato nemmeno il tempo di venire a parlare con le suore l'unica volta che ci hanno convocati!

– I clienti che mi hanno costretta ad arrivare in ritardo ci faranno guadagnare quanto basta per pagare un anno di istituto. E ora sono stanca. Se permetti vado a letto. Con te o senza di te.

15.

Che cos'è quella pioggia che non smette di cadere? Che cosa sono quei mattini bui? Il sole sembra essersi dimenticato di Napoli. I temporali arrivano a scacciare altri temporali e le nuvole a gonfiare altre nuvole. Elvira da tre notti dorme poco o nulla. Ha consegnato il preventivo alla scadenza concordata e si è rimessa subito al lavoro.

Cucina, mette a posto casa, si occupa di Eduardo e Dora e si dedica agli impegni piú urgenti. Tra i nuovi progetti c'è anche l'apertura di una sala cinematografica nella piccola stanza finora rimasta vuota. Deve terminare le locandine dell'inaugurazione e acquistare gli spazi sui giornali per pubblicizzare la loro idea.

Mentre rilegge per l'ennesima volta il testo dell'inserzione provando a concentrarsi, la porta si spalanca e una folata di aria fredda invade la stanza. Avvolta in una mantella grondante acqua c'è Nunziata. Elvira e Nicola le vanno incontro. Lei tira fuori una busta da una tasca interna e ben protetta e la porge a Elvira. – L'hanno portata poco fa. Per te.

Elvira la apre e legge ad alta voce. – Situazione in miglioramento. La nuova terapia sta facendo effetto, la febbre sta calando.

– Quale nuova terapia? – chiede Nicola.

Elvira scrive qualcosa su un foglio, lo chiude in una busta e lo consegna all'amica.

Quando rimangono da soli si avvicina al marito. L'intervento del dottore deve rimanere un segreto, è stato una forzatura e non vuole discutere se sia servita o se abbia invaso un campo non suo. Ora ha bisogno di sorridere, di riprendere la vita da dove si era interrotta. – Nico', non lo so. Era scritto nuova terapia, non ho approfondito, – risponde in tono evasivo. – Ma che importa? A noi interessa che Maria stia meglio.

– Sei sicura che stia meglio? Erano le suore?

Elvira appoggia con dolcezza un dito sulla sua bocca. Lo abbraccia e affonda il volto sul suo petto dove nessuno vedrà le lacrime che non riesce a frenare. – La febbre che cala è la notizia che stavamo aspettando. Vuol dire che, se c'era un'infezione, le medicine la stanno sconfiggendo. È il segnale che finalmente è fuori pericolo.

Un tuono squarcia l'aria ad annunciare un temporale piú forte. Nicola sente Elvira stringersi di piú a lui. Respira a fondo, ha capito che la moglie è intervenuta. E ancora una volta è stata la scelta giusta.

– Scusami per l'altra sera, – le dice.

Sente le mani di Elvira cercare le sue. – È tutto passato, Maria guarirà presto. Ora vieni, ricominciamo. Abbiamo tante cose da fare insieme.

La segue fino alla scrivania dove ha lasciato il lavoro per l'inaugurazione della sala e la ascolta mentre gli illustra come intende procedere. L'inserzione per il giornale è pronta, devono prendere tempo e aspettare che spiova. La stanza non è grande ma deve essere riempita, potrebbero prevedere un'esclusiva almeno per il primo giorno di proiezioni. Soltanto in seguito penseranno a vendere la pellicola agli altri cinematografi. È l'unico modo per aumentare spettatori e guadagni, sostiene Elvira.

– Puoi portare tutto al tipografo? – aggiunge. – Se domani ci prepara le locandine dovremmo riuscire ad attaccarle prima di sera. E, se finalmente smette di piovere, dopodomani possiamo fissare la proiezione. E mo mi metto a scrivere, ho promesso a Nunziata di raccontare una brutta storia. Sua sorella è nei guai.

– Che succede? – chiede Nicola prendendo il quaderno.

Elvira non sa da dove iniziare. Non sa nemmeno se riuscirà a farsi capire. Quando ha incontrato Nicola le è sembrato naturale amarlo ed essere amata da lui allo stesso modo, con rispetto. Anche tra il padre e la madre non c'è mai stato un gesto che potesse far pensare a una violenza, un abuso. Da quando è andata a vivere nel vicolo del quartiere Stella si è resa conto che non è sempre cosí, che per le donne l'amore e il matrimonio possono trasformarsi in una prigione, una gabbia senza uscita.

– Ha due uomini innamorati di lei, – risponde.

Nicola non riesce a trattenere uno dei suoi sorrisi irriverenti. – E allora?

– Nico', nun pazzia', è una cosa seria. Questi due non le piacciono. Dice che uno non vuole fare niente dalla mattina alla sera e un altro è un mezzo mariuolo. Però sono andati dal padre a chiederla in moglie e lui ha detto di sí a uno dei due. Lei l'ha dovuto sposare e ora questo la riempie di botte. Il padre non ne vuole sapere di aiutarla. Dice che, quando le figlie si sposano, i mariti possono fare quello che vogliono.

Nicola si infila un lungo mantello. Gli stivali sono accanto alla porta. – E che storia vuoi scrivere? A chi interessa? Capita in tante case.

Lo sguardo di Elvira si accende. – Appunto, quindi interessa a tante persone!

– Mah, a vedere i film ci sono molti uomini, non vogliono sentirsi accusati.

Elvira torna a sedersi alla scrivania. – Se non vogliono sentirsi accusati basta che lascino in pace le donne. Per amarsi bisogna essere in due, è cosí difficile da capire?

– E allora scrivi la storia di due che si amano, – replica Nicola.

– Mio padre quando deve vendere una stoffa innanzitutto cerca di capire chi sono i suoi clienti. Noi dobbiamo fare la stessa cosa, capire e raccontare quello che abbiamo capito. Dimmi la verità, quante coppie che si amano davvero conosci nel quartiere?

Il pomeriggio seguente il ticchettio delle gocce di pioggia non ha piú lo stesso impeto, è una presenza regolare, continua, senza un inizio né una fine.

Elvira guarda fuori. Anche le nuvole non sono piú cosí basse, forse la proiezione è salva.

Un rumore di passi strusciati e tonfi ripetuti si confonde con gli ultimi schizzi tra le pozzanghere. Dietro la porta Nicola si sta liberando del mantello e degli stivali fradici. Quando entra ha addosso la sua giacca da lavoro, zuppa pure quella. – Le locandine sono tutte affisse. Ora non resta che aspettare che spiova e che la gente arrivi, – dice appoggiando con delicatezza la cinepresa sul tavolo.

Elvira solleva gli occhi, stupita. – Sei andato in giro con le locandine e con quella roba enorme sotto la pioggia? E non si è bagnato tutto?

Nicola si toglie la giacca e la mette accanto al braciere. Un tenue odore di lana bagnata copre il sentore perenne di petrolio e oli sintetici di cui è impregnata la stanza. Resta in maniche di camicia e con una luce particolare negli occhi.

– Ho incontrato un vetturino, un amico. Mi ha portato in giro tutto il pomeriggio in cambio di un ingresso al cinema. Gli ho parlato dello spettacolo di domani, probabilmente verrà.

– Speriamo che non sia l'unico, – sorride Elvira.

– Andrà benissimo e per il prossimo film ho delle riprese incredibili, – continua Nicola rimboccandosi le maniche.

Elvira dovrebbe lavorare sulla storia della donna picchiata e lasciata al suo destino, ma lo sguardo acceso del marito e le sue spalle continuano ad apparirle davanti. Cammina e racconta, sembra incapace di rimanere fermo. Ha la frenesia di un cacciatore rientrato con la preda. Ha la prepotenza di un invito.

Lei abbassa il capo, non vuole vederlo, non vuole cedere ora che ha i minuti contati. Nicola passa di nuovo, si sbottona il colletto. Il suo richiamo diventa un desiderio insolente, piú forte di ogni altro pensiero. È lo stesso richiamo di tanti anni prima, quando ha sentito per la prima volta le sue mani morbide sulla pelle. Sapeva di doverle fermare, invece ha lasciato che scendessero fino al seno e poi piú giú. Le sue mani che non è mai riuscita a bloccare. Le sue mani che ora stanno sfilando dai pantaloni la camicia umida di pioggia per lanciarla in un angolo.

Nicola resta a torso nudo tra lei e il braciere. Elvira vede la sua schiena forte, i muscoli delle braccia ancora tesi dopo le lunghe ore con la cinepresa in spalla. Lascia il quaderno aperto sul tavolo e va a chiudere a chiave la porta.

Nicola la sta aspettando.

Il pomeriggio della proiezione dalle nuvole filtra qualche raggio di sole. La sala non è molto piú di una stanza con una trentina di sedie, ma Elvira si dice che sarà comunque difficile riempirla, che piova o no. I locali nuovi hanno bisogno di tempo per farsi conoscere. Non basta la locandina bene in vista accanto all'ingresso per attirare gli spettatori, ci vorrebbe l'imbonitore con la sua pelle d'orso della baracca in legno di via Foria oppure uno dei suonatori di campanacci e trombe delle sale nella Galleria Umberto. Invece davanti alla sala ci sono lei e una strada con piú pozzanghere che passanti.

Arrivano in sei. Sono Pino il calzolaio, Domenico il garzone, il vetturino amico di Nicola e altri tre che Elvira conosce solo di vista e che incontra ogni giorno nelle vie del quartiere. Al momento di staccare i biglietti non ha il coraggio di chiedere i dieci centesimi. Pino ha una lista di debiti lunga quanto una via Crucis, Domenico con il suo povero stipendio divide la fame con genitori e figli, e gli altri non se la passano di sicuro molto meglio. Li fa entrare e amen, cosí è andata.

Nicola sistema la pellicola nell'apparecchio e dà il via alla proiezione. I sei spettatori si riempiono gli occhi della bellezza di Posillipo, immaginano il caldo del sole e il profumo del mare e ridono tutti insieme quando, dopo il film, sullo schermo appare il piccolo Eduardo a togliersi il cappello, far finta di andare a dormire e augurare «Arrivederci a tutti!» Quando poi si accendono le luci vanno a stringere la mano a Nicola con tanti complimenti per aver portato uno spettacolo nel quartiere, accennano un saluto a Elvira e lasciano qualche spicciolo in un piattino. La grande serata finisce lí.

Nicola inizia a riavvolgere la pellicola, Elvira ad accatastare le sedie con gesti bruschi per sfogare la rabbia. Ha sbagliato qualcosa – e vorrebbe capire che cosa – ma ormai è buio, sarebbe tempo di tornare a casa. Eduardo e Dora avranno fame e saranno stanchi di stare con Nunziata. Elvira si sta avviando a spegnere i lumi quando sente due colpi sul battente della porta.

Lancia uno sguardo a Nicola, entrambi sanno che a

quell'ora, in quella parte di città, la gente rientra a casa per la cena senza fermarsi a ordinare riprese o proiezioni. I colpi continuano. – C'è qualcuno?

Nicola va ad aprire. Si trova davanti due signori con cappello e bastone. – Siamo i fratelli Amodio. Abbiamo bisogno di parlarvi. Affari.

Non possono fare altro che lasciarli entrare. Nicola si sposta di lato per accoglierli, mentre Elvira fa apparire alcune sedie. – Stavamo per andare via, abbiamo avuto una giornata lunga, ma diteci pure che cosa possiamo fare per voi.

Gli uomini si siedono, rigidi, severi nei loro abiti scuri e i colletti alti e ben inamidati. Si guardano intorno, soppesano la stanza, il tavolo ingombro di colori e pellicole, i mobili essenziali.

– Volete un caffè? – chiede Elvira mentre Nicola occupa una delle due sedie rimaste libere.

– No, grazie, signora. Siamo qui per parlare con don Nicola.

– Per servirvi, – risponde Nicola.

– Don Nico', i vostri colori sono i migliori di Napoli. Non ci sta nessuno che ha la stessa delicatezza, – inizia a dire il primo dei due.

– E la stessa rapidità, – aggiunge il secondo.

Nessuno finora lo ha mai chiamato «don». Non sa se è un segno di rispetto o un modo per conquistare il suo favore. Il tono di Nicola diventa guardingo. – Vi ringrazio della stima, io e mia moglie lavoriamo giorno e notte, – risponde mentre Elvira si siede accanto a lui.

– Produciamo film, vorremmo affidarvi delle pellicole. Tante pellicole, – spiega il primo dei due con una pausa tra le parole per sottolineare il valore dell'offerta. – Sappiamo che sarebbero in ottime mani.

– Vi garantiamo che sarà nostra cura mantenere alto lo

standard del lavoro. Conoscete i nostri prezzi o volete il catalogo? – interviene Elvira.

– Non credo che avremo problemi a metterci d'accordo, – risponde il primo dei due fratelli continuando a guardare Nicola.

Gli affari sono sempre affari. Ma non esistono affari senza rispetto. Il tono di Elvira si indurisce. – Ne sono convinta, gentili signori. È mia abitudine riuscire a trovare sempre un accordo conveniente per tutte le parti. Quando ci porterete il prodotto ne parleremo in dettaglio. I prezzi dipendono anche dal tipo di immagini da colorare o dalla lunghezza delle pellicole. E ora si è fatto davvero tardi. Potreste tornare domani in mattinata?

I due uomini si guardano, spiazzati. Dopo alcuni secondi di silenzio il primo dei due si alza. – Signo', infatti forse a quest'ora dovreste stare a casa a preparare la cena per vostro marito che mo torna e non trova nulla di pronto. Però teniamo famiglia pure noi e togliamo il disturbo. Volevamo solo aggiungere una cosa. Abbiamo visto che avete aperto una sala per le proiezioni e sappiamo che volete fare pure voi dei film. Possiamo trovare dei modi per collaborare.

Umiliare. Solo questo sanno fare certi uomini.

Elvira sente montare dentro di sé la voglia di mandare via i due fratelli senza perdere altro tempo, ma sa di essersi spinta già troppo in là. Frena l'irritazione dietro un sorriso tirato. – Quali modi?

Anche il secondo dei due si alza. Ormai entrambi sono costretti a rivolgersi a lei. – Signora, teniamo diversi cinema in città, si possono organizzare lí le proiezioni. Teniamo una rivista, sottoscrivete un abbonamento e ci stanno fior di critici pronti a parlare bene dei film che escono. Teniamo una sala di posa, può essere comoda per le riprese all'interno, – elenca il primo mettendosi il cappello.

L'altro lo imita subito e porge la mano a Nicola. – Insomma, don Nicola, di possibilità ce ne stanno tante. Vedete voi. E mo vi auguriamo una buona serata.

Nicola si alza e stringe la mano ai due fratelli. – A vostra disposizione.

Elvira si avvia verso la porta. Per aprirla e per sottolineare ancora il suo ruolo. – Domani sto tutto il giorno qua in laboratorio. Vi aspetto.

I due uomini promettono di tornare, salutano e scompaiono nella sera.

Elvira corre a mettersi il soprabito. – Jamm, Nico', chiudiamo tutto e andiamo a casa. Quelli tengono ragione, io la cena ancora la devo preparare!

Nicola l'attira verso di sé. – E vabbuo', vuol dire che ceniamo piú tardi. Prima di andare voglio farti vedere una cosa.

Scendono nel seminterrato. Nicola accende il proiettore e l'orienta verso una parete bianca.

– Ora guarda. Sono le riprese sotto la pioggia di due giorni fa.

Sulla parete prende forma una tempesta. Le onde sbattono sugli scogli di Mergellina, arrivano fin quasi a coprire il palazzo Donn'Anna sulla punta di Posillipo. Le immagini hanno la purezza e la precisione di un cristallo, sembra di sentire il gusto salmastro degli spruzzi d'acqua e il fragore assordante dei cavalloni.

– Che ne pensi? – chiede Nicola.

Elvira è senza fiato. Non ha ancora visto una riproduzione cosí perfetta di una mareggiata. Gli sfiora la mano. Ricorda l'incontro di Nicola bambino con lo strano signore armato di un fucile per creare immagini e la sua sfida per catturare il movimento. Capisce l'eccitazione di due sere prima, lo sguardo rapace. La preda adesso è sul muro, nessuno può portargliela via.

– Ci sei riuscito, – esclama, abbracciandolo. – E io ho finito la storia.

Lo trascina al piano di sopra. Rovista tra i fogli sul tavolo. Trova il quaderno e inizia a scrivere.

– Che cos'è? – chiede Nicola.

– Il film sulla sorella di Nunziata costretta a subire due uomini che non ama. Useremo la forza delle tue scene del mare per raccontare la violenza su di lei. Lo vedo già. Un successo assicurato. Nunziata, la sorella e tante donne saranno contente.

Riempie in fretta una pagina di appunti, li rilegge e chiude il quaderno nel cassetto.

– E mo jammuncenne!

La strada è quasi deserta. Nel silenzio si sente soltanto il suono rapido dei loro passi e il rumore di qualche vettura in lontananza. Elvira prende Nicola sotto braccio. – Mi è venuta un'idea. Quei due fratelli sanno il fatto loro. Ascoltiamo il loro consiglio, lasciamo perdere la sala di proiezione, non è mestiere nostro. La facciamo diventare un altro laboratorio per colorare pellicole. E, se davvero ne hanno cosí tante come dicono, chiamiamo ad aiutarci tutta la famiglia. Mia mamma, le mie sorelle, le nipoti, tutte insieme a lavorare per la Film Dora.

– Tua mamma? A lavorare con te?

Nicola ride. Delle decine di idee che finora ha ascoltato questa gli sembra la piú assurda. Da quando si è sposata, Elvira ha incontrato la madre due volte e l'ultima è finita in un litigio.

– Dici che non funzionerebbe? – chiede Elvira. – Secondo me invece sí, – aggiunge come sempre senza aspettare la risposta. – E poi che costa chiederglielo? Se vogliono il lavoro c'è.

16.

Si fa in fretta ad apparecchiare la tavola in strada durante un'afosa sera d'estate. Bastano poche stoviglie, cibo leggero e tanta acqua.

E poi le sedie.

Nicola chiede a Eduardo e Dora di andare a prenderle.

– Vanno bene sei? – si informa Eduardo.

– Ne servono molte di piú. Almeno una ventina. Le trovate nella nuova stanza dei colori.

Eduardo e Dora si guardano, meravigliati. Da anni ogni estate si incontrano con i vicini nel vicolo dove abitano. Arrivano verso il crepuscolo e aspettano il buio per non perdere l'unico eventuale alito di aria in un'intera giornata. È tutto molto casuale e libero, chiunque può portare una sedia e sistemarsi dove trova posto.

Quella sera l'atmosfera è diversa. L'appuntamento è davanti al laboratorio e nell'aria si avverte l'eccitazione dei momenti di festa, l'emozione delle occasioni speciali con invitati, tavole da imbandire e spazi da assegnare con cura. È Nicola a occuparsene.

Elvira appare quando tutto è ormai pronto, seguita dalla mamma, dal padre e da una ventina di persone tra sorelle, fratelli, generi, nuore, nipoti, zii, cugini. Con un'espressione decisa in volto li guida verso il laboratorio.

La stanza, la stessa dove pochi mesi prima i posti erano rimasti vuoti in attesa di un pubblico mai arrivato, è occupata da un enorme tavolo in legno e alcune sedie. – Qui potete lavorare comodamente in sette-otto, – spiega Elvira. – Anche in dieci, stringendosi un po'. Ecco i pennelli e tutti gli strumenti per colorare, ma domani mattina, con calma, parliamo di lavoro. Adesso andiamo a prendere un po' di fresco e a mangiare qualcosa insieme.

– Aspetta –. La mamma osserva la stanza, valuta l'ambiente, calcola gli spazi. – Portatemi le sedie, – chiede.

I nipoti si affrettano a obbedire. Agnese le dispone intorno al tavolo e scuote la testa.

– Non funziona. Bisogna spostare tutto e ci vuole un altro ripiano di lavoro.

I nipoti trasferiscono tavolo, sedie e strumenti e ribaltano la sistemazione pensata da Elvira.

Elvira osserva senza intervenire. A nessun altro avrebbe lasciato la libertà di stravolgere una sua idea anche se si tratta solo di un tavolo e poche sedie. Con la madre è diverso. Per la prima volta non la vede col capo chino ad accettare una decisione presa da altri. Non sperava di riuscirci. Non cosí presto, almeno.

Le due donne escono dal laboratorio camminando una accanto all'altra e parlando del lavoro da organizzare. Da sole, senza uomini, senza figli. Nemmeno quando vivevano sotto lo stesso tetto erano mai state cosí vicine e d'accordo.

Nicola e Diego si scambiano un cenno d'intesa quando le scorgono. Anche se in quegli anni si sono incontrati poco, suocero e genero sono legati a doppio filo, uniti dalla stessa battaglia. Subiscono il fascino di Elvira, sono attratti dalla sua energia e rassegnati di fronte alle sue rigidità. Hanno capito di dover smussare e addolcire quello che madre e figlia nel tempo hanno acuito ed esacerbato.

Un'imponente melonessa ovale è immersa in una tinozza lasciata accanto a una fontana all'angolo della via.

Eduardo, Dora e i cugini portano piatti, coltelli, fiaschi di vino rosso del Vesuvio, pagnotte di pane cafone cotto nei forni a legna della collina dei Camaldoli, salami delle campagne di Nola.

Quando tutti sono seduti, Nicola si avvia verso la fontana. – Accuort! – avverte, tornando con la melonessa su una spalla.

Lo scricchiolio delle fette recise con un colpo netto di coltello si mescola alle voci dei commensali. Qualcuno tira fuori una cesta di fichi verdi. Dal picciolo sgorga un latticello bianco e colloso, la prova che sono stati raccolti da poco.

Diego osserva la tavola piena di ogni ben di Dio. Si alza con un fiasco di vino in mano, fa il giro per riempire i bicchieri vuoti. Sta per compiere settant'anni e il passo inizia a essere incerto, ma i suoi occhi brillano come quelli di un ragazzino. Da anni sognava una riconciliazione.

– E ora brindiamo! – esclama.

Tutti rivolgono lo sguardo verso di lui.

Con un bagliore si accendono uno dopo l'altro i lampioni nella strada. Diego solleva il bicchiere, il vino si carica di riflessi scarlatti. – Pe' mille anni.

I bicchieri si toccano, le guance si sfiorano, gli occhi si incrociano. Quelli di Elvira si specchiano nello sguardo orgoglioso di Nicola.

– Sei stata bravissima, – le sussurra avvicinandosi.

Elvira lo prende sotto braccio e abbassa la voce anche lei per non farsi sentire. – Era davvero contenta dentro il laboratorio, non l'ho mai vista cosí.

Nicola potrebbe dire lo stesso di Elvira e raccontare il suo cammino seguendo sempre le tracce lasciate dalla madre. Anche quando si sono scontrate è stata la sua bussola, sia pure per orientare altrove la direzione della sua vita.

Poi osserva Dora, seduta fra le cugine, una fetta di cocomero in mano, gli occhi grandi cosí simili ai suoi. Prova una tenerezza infinita, una lunga strada attende anche lei e non si annuncia piú semplice di quella di Elvira.

– Da domani tutti a colorare! – urla Diego, brillo e felice.

Nicola si unisce agli altri, solleva di nuovo il bicchiere pieno fino all'orlo e lo tiene in alto qualche istante di piú pensando alla piccola Maria. Chissà quale sarà il suo percorso, invece. E chissà dov'è in una sera cosí afosa, se ha un cortile o un vicolo dove prendere un po' di fresco con le compagne di istituto e se le capita di pensare senza troppo rancore ai genitori che l'hanno abbandonata.

Chissà se riuscirà mai a perdonare.

– Un brindisi anche per te! – mormora tra sé.

Dal mare arriva la brezza della sera, primo respiro e conforto a una giornata umida e appiccicosa. La tavolata l'accoglie con un applauso.

Elvira si alza. Intorno a lei cala il silenzio. Non ha bisogno di chiederlo, è un moto spontaneo. Adulti e bambini, zii, sorelle e nipoti la scrutano con il rispetto e l'attenzione dovuti a una capofamiglia. Lei abbraccia tutti con gli occhi e si rivolge innanzitutto alla madre.

– Un brindisi per la Film Dora, che da domani avrà una sala dove colorare sempre di piú e sempre meglio. E che avrà la persona migliore che ci possa essere a guidarla.

Fa una pausa. Guarda i parenti riuniti davanti a lei. Le fratture, i rimproveri e l'imbarazzo appartengono al passato. Ora è il momento di dare nuovo vigore al loro legame e di camminare insieme su una strada che nessuno ha ancora percorso, nemmeno lei che la sta solo immaginando. Solleva ancora piú in alto il bicchiere. – E un brindisi per la Film Dora anche perché sta per produrre la sua prima storia. Non un Augurale, un Arrivederci o un documentario. Un vero film!

Non solo la famiglia, l'intero vicolo si è zittito. Da qualche parte arrivano uno scalpitio lontano di cavalli e un fremito di voci. Elvira continua: – Si chiamerà *Ritorno all'onda*, è una vicenda accaduta davvero a una donna, il racconto delle violenze che ha dovuto subire. Le immagini sono incredibili, solo Nicola poteva riprenderle. Il soggetto e la direzione sono mie, con nome e cognome, Elvira Notari –. La voce si incrina, Elvira solleva il bicchiere per nascondere l'emozione. – Alla salute di tutti!

I primi ad applaudire sono Eduardo e Dora. Subito si unisce Nicola e un attimo dopo gli altri con qualche incertezza.

– Che vuol dire il soggetto? E che cosa dirige? – chiede una cugina. Dora ha sei anni, non sa bene come rispondere.

– Significa che mammà è la piú brava, – le va in aiuto Eduardo.

Significa che è arrivato il momento, pensa Elvira.

L'ufficio dei fratelli Amodio si nasconde tra i bassi del quartiere Sanità. Elvira lo trova dopo aver chiesto informazioni a mezzo rione. Sulla porta un cartello elenca la lunga lista di servizi offerti dalla loro versatile agenzia. Si ferma a metà, non le serve leggere altro, sa che cosa sta cercando. Non c'è campanello, bussa con due colpi convinti sul legno dell'uscio. Il piú giovane dei due fratelli arriva ad aprire. La riconosce e la lascia entrare, ma sembra perplesso. – E suo marito?

– Aveva da fare, spero che non sia un problema per voi.

Si siede su un lato della scrivania mentre i due agenti prendono posto di fronte. Il telefono inizia a squillare, nessuno risponde.

– Prima le belle signore, – sorride uno dei due fratelli con un'espressione maliziosa.

Elvira sente la sicurezza vacillare. Forse avrebbe dovuto davvero farsi accompagnare da Nicola, ma è andata fin lí per parlare del suo film. Ne ha scritto la storia, ne cura la parte amministrativa, soltanto lei sa che cosa chiedere e come condurre la trattativa. Dopo un istante di esitazione inizia a raccontare la trama, i due uomini decisi a conquistare la stessa donna, i rifiuti della protagonista, l'obbligo di sposare il prescelto dal padre, le violenze. Mostra alcune foto della potente mareggiata ripresa da Nicola per dare l'idea delle immagini che saranno proiettate sullo schermo.

I fratelli si scambiano un'occhiata scettica.

– Bene. E come finisce? – chiede uno dei due fingendo interesse.

– La donna si suicida, – risponde Elvira.

– E perché? Il pubblico verrebbe piú volentieri a vedere un film con una fine piú gioiosa. Un figlio, una bella famiglia... – interviene l'altro.

Elvira prova lo stesso fastidio della sera in cui i due imprenditori avevano fatto irruzione nel laboratorio per proporre i loro servizi. Come allora cerca di mantenere la calma, è lí per vendere il film, non per litigare. Spiega che è il racconto di una ribellione. Rinunciare alla vita è una vittoria, una forma di libertà e di rifiuto definitivo degli obblighi imposti dalla società.

I fratelli Amodio si scambiano un'altra occhiata, perplessa come la precedente.

Elvira prende la locandina del film, mostra con orgoglio il titolo, *Ritorno all'onda*. La considera un'immagine carica di poesia. I due fratelli però sembrano apprezzare soprattutto la figura di donna seminuda tra i flutti. Annuiscono con un certo compiacimento finché non leggono il nome scritto in basso.

– Che vuol dire «di Elvira Notari»?

– È mio. L'ho scritto e diretto.

– Ma l'impresa è di vostro marito, – obietta uno dei due uomini. – Non si è mai sentito di una donna che dirige film. Forse all'estero, qui in Italia non mi sembra proprio.

Elvira richiude la locandina. Ha avuto fin troppa pazienza. – La legge non impedisce alle donne sposate di scrivere libri, film o altro. Vi interessa o no? Napoli è piena di distributori a cui andare a proporre la mia storia.

È un azzardo. Napoli è piena di distributori a cui proporre la sua storia, ma con ognuno di loro dovrebbe affrontare le stesse domande e combattere contro la stessa diffidenza.

Per togliersela di torno i fratelli Amodio le propongono due sale di periferia, pubblicità in tre diverse riviste e le recensioni incoraggianti di alcuni giornalisti sulla loro busta paga.

Non è molto, ma l'affare viene chiuso con una stretta di mano ed Elvira torna a casa soddisfatta, nonostante tutto.

È la prima storia scritta da lei, la prima delle donne che intende raccontare. Da qualche parte deve pur iniziare.

17.

Mai si era assistito allo spettacolo di una nave da guerra carica di cannoni e lunga quanto venti carri armati messi in fila, china su un fianco, sconfitta senza che nessuno avesse sparato anche solo un proiettile. Il 12 agosto del 1911 a migliaia accorrono davanti a Posillipo. La nave incrociatore *San Giorgio*, una delle ammiraglie della Marina del re, il fiore all'occhiello della flotta italica, si è incagliata su una secca e sta ingloriosamente colando a picco davanti agli sguardi e ai commenti impietosi di mezza Napoli.

Anche il piú sprovveduto dei tanti pescatori della zona conosce la secca della Cavallara nella baia di Trentaremi. Nessuno riesce a capire come sia potuto succedere che il possente incrociatore, il difensore supremo delle coste italiane, si sia arenato su una roccia di tufo a sei metri di profondità. Tornava da una placida esercitazione, si è trovato a irrompere con la sua mole guerriera in una delle cartoline piú suggestive dello specchio d'acqua davanti alla città.

– Jamm, Nico', – dice Elvira facendosi largo tra la torma di facchini, operai, vetturini di passaggio e sfaccendati di ogni genere assiepati in strada. Verso il mare frotte di scugnizzi a piedi nudi sono appostati sulla spiaggia. I piú agili si sono arrampicati fin sugli scogli o hanno tentato di raggiungere a nuoto il gigante inclinato facendosi cacciare dai militari del servizio di guardia allestito in tutta fretta. Solo la buona borghesia si è tenuta lontana dalla confusione. Dai balconi dei palazzi e dalle terrazze delle ville arrivano un fitto vociare e i rapidi lampi di luce di chi sta osservando con il binocolo l'intero spettacolo.

All'alba del nuovo decennio la Film Dora è una delle piú attive manifatture cinematografiche di Napoli. La prima pellicola diretta da Elvira ha avuto un discreto successo, ma è solo una parte dell'impresa di famiglia. Nel nuovo laboratorio nonna e nipoti colorano pellicole, tante pellicole. Nelle altre stanze Elvira e Nicola producono cortometraggi di ogni genere in base alle richieste. Riprese di panorami con l'ansa del golfo, il pennacchio della *muntagna*, la chioma dei pini protesi verso il mare, un richiamo irresistibile per emigrati, nostalgici e appassionati della città. E poi réclame, cerimonie, feste private e qualunque altro momento da conservare e rivedere.

Basta chiedere, Elvira e Nicola girano.

Se poi capita un evento come una nave da guerra che affonda davanti agli occhi di una città intera, non c'è bisogno di chiedere, si precipitano in strada senza dover creare scene d'effetto, sanno perfettamente dove andare a cercarle.

– Di qua, – dice Elvira girando in un vicolo, il primo di quei viottoli battuti mille volte. Ci passavano da fidanzati per ammirare il tramonto piú bello della città. Ci sono tornati piú volte da coppia del cinematografo a caccia di panorami. – Il punto migliore per inquadrare la nave è dalla curva. Ci sarà tanta gente, in qualche modo proveremo ad arrivare sulla punta. Ora giriamo a sinistra e ci siamo, – afferma Elvira, sicura.

Nicola la segue con cappello, giacca, cravatta, cavalletto e cinepresa.

Un professionista.

Voltano a sinistra, la curva della strada è davanti a loro,

protesa verso il mare e traboccante di curiosità e attesa. Davanti all'isolotto della Gaiola si vede la nave in agonia. Intorno all'incrociatore inclinato, un brulicare di imbarcazioni per mettere in salvo l'equipaggio.

La strada diventa uno sterrato, un'ansa di polvere e persone, un muro di teste e corpi, tutti accalcati, impazienti di assistere alla vergogna dei militari. – Sabaudi, tornatevene sulle montagne! Il mare è roba nostra! – si sente gridare.

Nicola si ferma per prendere fiato. Elvira cerca un varco, ma non c'è spazio per due adulti e una cinepresa. Decide di provare comunque. È piccola, sguscia tra le persone fino a raggiungere il bordo del sentiero. Oltre ci sono solo rocce di tufo a picco sul mare.

– Signo', statev' accuort'! – grida qualcuno.

Elvira si volta. Se anche Nicola trovasse il modo di infilarsi rischierebbero di danneggiare l'apparecchio. Agita il braccio e chiede silenzio per un istante. – Ci fate una cortesia? Stiamo girando un film. Potete far passare mio marito con la cinepresa? Ci mettiamo poco, vi restituiamo subito lo spazio.

La folla ammutolisce. Elvira è una signora, veste in modo distinto e realizza quelle diavolerie proiettate nelle sale cosí alla moda in quei tempi. Non sanno che è lei a cucirsi gli abiti, vedono solo la stoffa e il taglio realizzati con cura e hanno sentito che da qualche parte alle loro spalle ci sono una cinepresa e un marito.

Elvira approfitta del silenzio e del disorientamento per insistere. – Jamm bell', la nave là sta. Come la vedete mo, la potete vedere pure tra un quarto d'ora. È bloccata sulla secca. Se non viene qualcuno a portarla via, fra un anno sempre là la trovate.

Un bisbiglio accoglie le sue parole. Qualcuno si sposta, gli altri non sanno decidersi e restano in attesa.

– Facit' passa' 'o cinema, – grida la stessa voce di prima. È il segnale. La folla si apre.

Elvira e Nicola tornano anche il giorno dopo davanti all'isolotto della Gaiola. E la nave è davvero sempre lí, e la folla anche. Ancora gli stessi, si ricordano bene di loro.

– Ci sta 'a signora r'o cinematografo. Facit' passa'! – avverte la solita voce.

Nicola sceglie un'angolazione diversa e prova tutte le variazioni possibili. Con i pescatori, senza i pescatori. Con la folla in primo piano, senza la folla. Con l'isola sullo sfondo, senza nulla.

Alla fine ringraziano per l'aiuto e si allontanano. Le persone tornano ad assieparsi e aspettare.

Al rientro in laboratorio, Nicola ripone la cinepresa in un angolo e si siede al tavolo di lavoro. Guarda le pellicole da sviluppare e montare che si stanno accumulando. – Finché la nave resta lí, andare a fare altre riprese è solo una perdita di tempo, è sempre la stessa immagine. E io qui ho dell'altro lavoro da terminare.

– Ne parliamo stasera, – risponde Elvira e va a casa.

Saluta rapidamente Nunziata e le lascia sul tavolo una guantiera di sfogliatelle per ringraziarla del suo aiuto con i figli. – Sono stati bravissimi! – la rassicura lei andando via.

Entra nella stanza da letto immersa in un silenzio interrotto soltanto dalla voce di Eduardo.

– «Ei fu. Siccome immobile, | dato il mortal sospiro… | Stette…»

Quando vede la mamma il bambino lascia perdere la poesia e corre ad abbracciarla.

– Mammà, mi hai assegnato una poesia troppo lunga e difficile! Poi quello muore, – si lamenta Eduardo.

Elvira si toglie il cappotto e lascia un cartoccio sul tavolo. – Tieni otto anni. Tutta tutta no, ma almeno la prima parte la devi recitare bene.

Gli suggerisce il tono e la posizione del corpo e gli chiede di ricominciare mentre va a cambiarsi.

– Sei peggio della maestra! E poi è estate e non tengo scuola.

– Edua', io sono una maestra, – ride Elvira. Nel frattempo ha indossato un abito da casa e si avvicina a Dora.

– E tu che hai fatto?

Dora è seduta al tavolo, un quaderno aperto davanti. Mostra alla mamma una paginetta piena di vocali. – Ho finito. Ora posso disegnare?

Elvira solleva il quaderno, esamina le lettere e indica le correzioni.

– Va bene, disegna. Però quando arriva papà mi date una mano ad apparecchiare?

In dispensa non c'è molto. Le riprese sono durate tutto il giorno, tornando a casa Elvira ha avuto solo il tempo di comprare i dolci per Nunziata e delle uova da una contadina incontrata lungo la via. Prende una ciotola di pasta avanzata dal giorno precedente e versa un filo d'olio in un tegame. In poco tempo nella stanza si sente il profumo di una frittata di maccheroni.

Una foglia di basilico e tutti a tavola.

Ringraziano la Madonna per il cibo e quando arriva Nicola iniziano a cenare.

Elvira aspetta che il marito abbia vuotato il piatto per riprendere il discorso interrotto nel laboratorio. – Tieni ragione, basta riprese da Posillipo. Domani andiamo a parlare con il capitano della Marina.

Nicola aiuta Dora a finire la sua porzione mentre Eduardo si illumina. – Il capitano della Marina? Mammà, posso venire pure io?

Non è solo la voglia di evitare un'altra poesia da imparare, Eduardo ama il lavoro dei genitori, li seguirebbe ovunque. Sul palco, dietro la cinepresa, e pure nelle trattative con le autorità.

Elvira cerca di coinvolgerlo sempre, ma stavolta non è possibile. – Edua', tu stai con tua sorella e studiate. Quando torno ti racconto tutto.

Quella sera, quando rimangono soli, spiega la sua idea a Nicola. Vuole ottenere il permesso di salire su una delle barche dei militari che dovranno intervenire per disincagliare la nave. È l'unico modo per avvicinarsi e ottenere delle immagini esclusive.

– Da due giorni i napoletani sono fermi davanti a quell'incrociatore. In piedi, sotto il sole e senza vedere nulla. Ci pensi a quante persone entrerebbero in una sala dove potersi sedere comode e finalmente guardare lo spettacolo che stanno aspettando?

Nicola ha poca dimestichezza con il mondo militare, ma gli sembra del tutto improbabile che degli alti ufficiali della Marina possano accettare di averli a bordo con loro. Scuote la testa. – È impossibile. I soldati dell'esercito del re si stanno preparando a combattere in Libia, dovrebbero mostrare di essere potenti e pronti a tutto e invece hanno una delle loro migliori navi che sta affondando su una secca. Pensi che vogliano attirare ancora l'attenzione su questa vergogna?

L'ufficio della Reale Marina a Napoli si trova vicino al porto.

Nicola si presenta a un usciere, spiega di essere il titolare di una fabbrica di film e di voler parlare con il comandante.

Elvira è al suo fianco, in silenzio. L'usciere si scusa, il comandante non c'è. Se vogliono aspettare possono accomodarsi. Indica due sedie confinate nell'ingresso.

Dopo due ore un suono di tacchi e i saluti di tutti i sottoposti annunciano l'arrivo del gran capo.

Nicola si alza, il comandante non lo degna di uno sguardo e si chiude nella sua stanza.

Non resta che tornare a sedersi.

Il tempo passa, ogni tanto si sentono delle urla.

Quando la porta si apre, il comandante indossa il berretto e si avvia in fretta verso l'uscita seguito da un gruppo di persone.

Nicola si alza di nuovo. – Non ora, non ora, – lo allontana il comandante con un gesto brusco.

Sta per andare via, ma Elvira lo precede e blocca l'uscita. – Signor comandante, volete che tutti vi ricordino come quelli che hanno fatto incagliare la *San Giorgio* o come quelli che l'hanno recuperata? Noi facciamo film. Ci vedono migliaia di napoletani e le nostre pellicole arrivano in tutt'Italia. Siamo a vostra disposizione, abbiamo solo bisogno di un permesso per fare delle belle riprese da vicino. Non chiediamo altro.

Il comandante non è abituato a interrompere una signora, ma nemmeno a doverla affrontare in discorsi di quella portata. – Aniello, segnate un appuntamento con il signore per domani mattina alle otto, – ordina all'appuntato e corre via.

La mattina seguente il comandante arriva all'incontro con tre condizioni per il rilascio dell'autorizzazione. Visionare il film prima che sia distribuito, poter intervenire liberamente con eventuali modifiche e indicare Nicola come autore.

– Prendere o lasciare, – conclude.

Nicola guarda Elvira, teme la sua reazione, le richieste del comandante condizionano il loro lavoro e umiliano innanzitutto lei. Elvira ha sentito l'ultimatum dell'ufficiale, l'intimazione tassativa di un uomo abituato ad avere il suo posto nel mondo fin dalla nascita, senza dover combattere ogni giorno per poi vedersi negare anche il diritto ad avere un nome accanto al suo lavoro. Se dovesse dar retta al suo orgoglio rovescerebbe il tavolo e andrebbe via, ma la determinazione che l'ha condotta a un passo dall'accordo le suggerisce di avere pazienza. Ha già firmato il suo primo film, accettare di mettersi da parte stavolta è solo una parentesi necessaria. Se la Marina ha bisogno di un uomo a dirigere una pellicola, conviene accontentarli. – La ringraziamo per la fiducia, signor comandante. Non se ne pentirà, – risponde.

È settembre quando Nicola si imbarca con la cinepresa sulla nave che guida il salvataggio. Elvira lo vede allontanarsi verso la Gaiola e prega che tutto vada bene. Il recupero non avrà repliche, ognuno degli istanti di quella giornata sarà unico e irripetibile. In caso di errore non ci sarà modo di rimediare.

Le operazioni si annunciano lunghe e complesse, Elvira potrebbe tornare a casa e mettersi tranquilla ad aspettare il rientro di Nicola, ma non riesce ad allontanarsi dalla riva. Finisce per assistere al recupero della nave in piedi sotto il sole in un'ansa di Posillipo, come tutta Napoli. Mentre aspetta si tormenta, passa in rassegna ogni inconveniente, ogni ostacolo. Potrebbe bloccarsi la pellicola, gli schizzi del mare potrebbero danneggiare le lenti. Oppure la manopola, quella che qualche giorno prima si era sganciata, potrebbe finire tra le onde. Nicola potrebbe sbagliare a impostare l'apertura del diaframma o la messa a fuoco. Le variabili le sembrano drammaticamente infinite.

Le ore passano. La corazzata *Sicilia* si avvicina all'incrociatore, dalla poppa vengono lanciati i cavi. Qualcuno in mare li afferra e inizia a immergersi per completare l'aggancio alla prua della *San Giorgio*. Elvira è troppo lontana per distinguere le figure e i movimenti a bordo e, quindi, per sapere che cosa stia riprendendo Nicola. Resta a macerarsi di dubbi finché uno spruzzo d'acqua a prua e una serie di onde sempre piú larghe fanno capire che la nave sta emergendo dalla secca. La *San Giorgio* prende finalmente il largo e viene trainata verso Castellammare mentre un lungo applauso segna la fine dello spettacolo che per un mese ha occupato le giornate della gente di Napoli.

Nicola rientra a casa molto tardi. Sa di sale e di vento. Ha il volto scottato dal sole e lo sguardo sfinito. Dora e Eduardo lo riempiono di domande. Riesce a malapena a rispondere e a mangiare un boccone. Si butta sul letto per recuperare le forze prima di affrontare l'ultima fatica.

Per tutto il giorno seguente resta chiuso nel seminterrato del laboratorio. Tra le trasparenze di un secchio pieno di acido per lo sviluppo vede riemergere lentamente la sagoma delle navi, il volto del comandante e il profilo dell'isola sullo sfondo.

– Ci sono! Ci sono! C'è tutto! – grida.

Il suo urlo si sente anche al piano di sopra, dove Elvira è in attesa.

Quando le pellicole sono pronte si siedono uno accanto all'altra per montare le scene. Le riprese iniziano con il coordinatore dell'intervento, Nicola lo ha seguito mentre indossava gli abiti da palombaro, si immergeva in mare e dava il via al recupero. Ha immortalato i dettagli dell'aggancio dei quattro cavi di rimorchio alla nave *San Giorgio* e il momento del distacco dalla secca. Infine il saluto delle autorità schierate sul ponte, il grande scafo che si raddrizza e il rientro verso Castellammare quando è finalmente in grado di navigare, anche se al traino.

È l'intera operazione, dall'inizio alla fine. Le immagini sono persino troppe per un unico film.

– E noi di film ne facciamo tre, – suggerisce Elvira. – Lavoriamo tre volte di piú e moltiplichiamo per tre gli incassi.

Prima però devono rispettare le condizioni poste dal comandante. Sigillano le pellicole nelle bobine e le inviano alla Marina per farle esaminare.

I militari hanno fretta di riscattarsi della vergogna subita. Il via libera definitivo arriva rapidamente insieme con la richiesta di dare alla visione l'enfasi necessaria. Per la proiezione vengono scelte le due sale dedicate al pubblico piú raffinato, *le Salon Parisien* in piazza Municipio e *le Salon Gaité* in via De Pretis.

Una sfilata di gioielli, cappelli, profumi nobilita la sera dell'inaugurazione. Il bel mondo della Napoli che conta accorre all'evento organizzato dai gradi piú alti dell'esercito del re. Per molti si tratta di una sorpresa, non hanno ancora sentito parlare della Film Dora né dei coniugi Notari. Fino a quel momento le loro pellicole sono state proiettate in sale frequentate da un pubblico meno altolocato e Nicola ed Elvira non hanno l'abitudine di intrattenersi nei luoghi di ritrovo dei ceti piú esclusivi.

Nicola ha impiegato una decina di minuti a capire come annodare il papillon, e lo smoking lo impaccia, ma alla fine del film saluta gli uomini con una stretta di mano ferma e sicura e le signore con il piú irresistibile dei suoi sorrisi. Si emoziona quando vede avvicinarsi Roberto Troncone, il fotografo ormai diventato produttore, titolare di una delle due maggiori case di produzione napoletane, la Partenope Film. – Magnifiche riprese, bel colpo! – gli dice.

Piú sobrio, Gustavo Lombardo, l'altro grande produttore emerso in quegli anni: – Continua cosí, farai strada.

Sono i protagonisti dell'industria del cinema che a Napoli sta correndo piú che altrove in Italia. Sono i suoi modelli, le figure a cui si ispira in un mestiere che ha imparato in strada, senza maestri.

Per ultimo arriva anche il comandante della Marina.

– Ottimo lavoro, signor Notari, – commenta, quando gli applausi, i complimenti e i volti distesi dei suoi superiori l'hanno rassicurato sull'effetto prodotto dalla pellicola. – Faremo arrivare questo film ovunque, sarà di grande aiuto per il nostro Paese, – promette. Con un colpo di tacchi e un inchino appena accennato verso Elvira esce dalla sala.

Nicola risponde mettendosi goffamente sull'attenti.

La sala si è svuotata, l'unico rumore è il tramestio degli inservienti che si preparano a pulire e chiudere.

– Contento? – chiede Elvira rompendo un lungo silenzio.

Nicola la guarda con un'espressione radiosa. – È andata benissimo!

Elvira indossa il cappello e si prepara ad andare. È scura in volto. Pensa al suo primo film, proiettato in due sale di periferia, in un'atmosfera molto diversa. Gli uomini nelle prime file, perplessi, pronti a fischiare ogni volta che la protagonista provava a ribellarsi al padre e al marito. Le donne, defilate e con gli occhi lucidi quando alla fine la sposa sceglieva il suicidio, l'unica libertà concessa. Guarda i candelabri della sala e le ultime signore ingioiellate che stanno guadagnando l'uscita.

Sarà andata benissimo, ma non è il suo cinema.

18.

– Mammà, posso andare a casa di Carmine?

Eduardo guarda la mamma, speranzoso. Elvira si sta preparando. Ha terminato di cucinare e riassettato la casa, tutto di corsa per raggiungere Nicola e mettersi al lavoro. Guarda fuori. Un'altra primavera sta arrivando, la dodicesima da quando vive a Napoli. La sente nei profumi dell'aria, nelle voci delle persone che restano piú a lungo in strada, nei cinguettii degli uccelli in alto sui tetti.

– Dài, posso? Oggi è domenica, non c'è scuola, – insiste Eduardo.

Elvira distoglie lo sguardo dalla finestra e dal cielo azzurro. – Vado in laboratorio. Pensavo che saresti venuto anche tu a dare una mano. Ci sono le cugine, le zie e la nonna e abbiamo una pellicola da consegnare domani.

– Un'altra volta. Oggi Carmine mi aspetta.

Sta crescendo, Eduardo. Il fisico mingherlino appena nascosto sotto la camicia bianca troppo larga e lo sguardo buono possono ingannare. A nemmeno dieci anni è un ragazzino svelto, ormai un veterano di platee e cineprese. Studia e lavora. Elvira si rassegna a lasciarlo andare. – Va bene, non fare tardi.

Anche Dora si fa prendere dalla morbidezza di quella mattina, non ha voglia di seguirla né di colorare pellicole. Elvira l'affida a Nunziata e finalmente esce di casa.

In laboratorio sbriga in fretta i lavori in sospeso e convince Nicola ad andare a fare una passeggiata. Non è domenica anche per loro? Prendono una vettura e si fanno lasciare nella zona dei Ponti Rossi. Rossi come i mattoni utilizzati per rivestire l'acquedotto costruito al tempo dei romani. Si scorgono già dal fondo della strada con i loro oltre due metri di altezza e i quattro archi affacciati verso il mondo di là, le terre che salgono al convento della Madonna ai Monti e al bosco di Capodimonte.

Delimitano l'ultima periferia, marcano un confine altrimenti impercettibile. Dopo gli archi la città si spegne del tutto e la strada torna un sentiero di campagna. Di rado passa qualche carrozza, piú frequenti sono carretti e barrocci carichi di verdure di ritorno dal mercato di Porta Capuana. È quello che cercano Elvira e Nicola, un po' di quiete. Si inerpicano sulla collina tra rare ville, oleandri, profumo di pini in estate e cespugli di ciclamini in autunno.

A metà strada incontrano una decina di ragazzi scalzi e dai vestiti raffazzonati. Stanno giocando alla guerra. Urlano, si tirano pietre, ridono, simulano la campagna di Libia lanciata dal Regno d'Italia contro l'Impero ottomano. Elvira si ferma ad ascoltare. Li sente litigare, vogliono creare due eserciti, ma non riescono a mettersi d'accordo su come dividersi. Tutti vogliono arruolarsi fra gli italiani, nessuno tra i turchi. A modo loro hanno deciso di ricreare il trionfo dei soldati del re nella battaglia delle Due Palme riportato con grande enfasi su tutti i giornali di quel marzo del 1912.

– All'attacco, – ordina uno dei monelli con il cappello ben calcato in testa per fingere una divisa che non ha.

Non c'è un secondo da perdere, pensa Elvira. – Nico', ora! – ordina.

Nicola ha portato la cinepresa come sempre, ma non è convinto. – Lasciamoli giocare, non è nulla di che come immagine.

Elvira non è d'accordo. I film sulla guerra in Libia stanno avendo un successo enorme, ma sono noiosi, tutti uguali, una lunga serie di omaggi, celebrazioni, trionfi. Guarda i ragazzi, la freschezza e la genuinità della loro battaglia. Sono spontanei, veri, piú semplici e immediati da seguire su uno schermo.

– Riprendi! – insiste.

Nicola obbedisce e inizia a montare l'apparecchio. Quando i ragazzi vedono il treppiede e la cinepresa si bloccano.

– Vi mettiamo in un film, – spiega Elvira per spingerli a continuare.

– E che dobbiamo fare?

– Niente. Giocate!

– Tenimm 'o cinematografo! Jamm uagliu'! – ridono i ragazzi. Ricominciano la battaglia con piú vigore ancora. Si provocano, si infervorano, si incitano a vicenda. Dovrebbero trasmettere allegria, ma Elvira avverte una profonda amarezza. Nemmeno mentre giocano appaiono quello che sono, dei bambini che provano a divertirsi. Hanno occhi grandi quanto la loro fame, sorrisi impregnati di malinconia. Sono quello che si sforzano di sembrare, degli esseri disperati.

A un certo punto tirano fuori alcuni bastoni di rami e fronde, le loro armi. Elvira le indica a Nicola.

– Lí, Nico', non farti scappare quella scena.

Mentre lo dice nota un ragazzetto nascosto tra i cespugli. Non ha partecipato agli scontri né si è unito alla mischia durante i preparativi. I capelli crespi e ricci sono inconfondibili e pure la camicia bianca troppo larga.

– Eduardo, che fai? Vieni subito qua! – gli urla. Lui non risponde, si accuccia ancora di piú tra le foglie. Elvira non osa attraversare la strada per non rovinare le riprese. Lo lascia stare, faranno i conti piú tardi.

La battaglia continua a infuriare, qualcuno si finge

ferito. Uno dei ragazzi si lascia cadere al suolo e non si rialza piú. Alla fine, tra pugnalati, accoltellati e colpiti, i turchi ancora sul campo di battaglia restano in pochi. Abbandonano le armi in segno di resa mentre gli italiani festeggiano il loro trionfo correndo in strada e urlando: – Viva l'Italia e viva il re.

Nicola ha catturato tutto, pure il sangue vero uscito dalle ferite. Elvira si avvicina alle giovani truppe, nota gli sguardi ancora accesi per l'emozione. Ha sempre delle caramelle in tasca, ne prende una manciata. I ragazzini dimenticano i lividi e le sbucciature. Si affollano e spingono per aggiudicarsene una, e anche piú di una.

Elvira fa attenzione a riempire le mani di tutti. Non vorrebbe creare disparità, ma uno degli scugnizzi ha il braccio coperto di graffi e i segni di un calcio sul viso. Elvira lo riconosce. Durante il combattimento è stato uno dei piú scatenati, soprattutto quando notava la cinepresa puntata su di lui. Gli amici lo chiamano Ciro. Di nascosto gli ficca quattro o cinque caramelle nella mano insieme con un bigliettino. «Sei stato molto bravo. Vieni a questo indirizzo, qualcosa da fare per te c'è sempre».

Quando tutti sono andati via si avvicina al cespuglio dove è ancora nascosto il figlio. – Esci subito fuori! – ordina con uno sguardo severo.

Eduardo si alza. Nicola lo osserva stupito. – Che fai qua? Chi ti ha dato il permesso? Corri subito a casa e non ti azzardare a farlo mai piú.

Quella sera, terminati i rimproveri, a Elvira resta l'irritazione. Eduardo, il figlio che fino ad allora l'ha seguita ovunque, le ha mentito. Si è rifiutato di dare una mano in laboratorio, le ha raccontato di voler andare a casa di un amico ed è fuggito con un gruppo di ragazzini mai visti né sentiti prima. Non riesce ad accettarlo. Alla fine della cena lui viene mandato a letto e lei esce di casa. Ha bisogno di Nunziata, deve sfogarsi.

– È un ragazzo, lascialo fare, – è il consiglio dell'amica. Il buio è calato portando via con sé le voci del vicolo, gli schiamazzi dei monelli, il fragore dei carri. Pochi passanti si affrettano verso le loro abitazioni. Nunziata è in piedi davanti alla porta di casa, rintanata in un angolo. Elvira la intravede appena.

– Stare in strada gli fa bene, lo tieni troppo sotto controllo. Ha bisogno dei ragazzi della sua età, – continua Nunziata senza spostarsi dal suo angolo. Elvira ascolta, l'amica parla a voce bassa, sembra affaticata. Si avvicina per sentire meglio.

Nunziata la blocca. – Resta dove sei!

Elvira intuisce qualcosa e avanza, decisa. Nunziata si copre il viso con le mani, ma non riesce a nascondere una macchia scura intorno all'occhio.

– Che è successo? – chiede Elvira. E all'improvviso la bugia di Eduardo le sembra una sciocchezza.

Nunziata non risponde.

– Tuo marito? – insiste Elvira.

– E chi sennò?

A Elvira viene da piangere. È la sua vicina, la sua amica. Da anni vivono una accanto all'altra e non ha capito che cosa doveva subire. Nunziata l'ha aiutata a crescere i figli e conosce bene Nicola, entra ed esce di continuo dalla loro casa, per lei la porta è sempre aperta. Soltanto in quel momento Elvira si rende conto di non avere mai ricevuto un invito ad andare a trovarla. Anche del marito ha un'idea vaga, l'ha incontrato qualche volta in strada, si sono a malapena salutati. È la sua vicina, la sua amica, ma non sa nulla di lei.

– Mi hai parlato di tua sorella e non di te. Perché? Avrei potuto aiutarti. Da quanto tempo va avanti?

– C'è stato qualche schiaffo in passato, ma non mi sembrava importante. Da una settimana ha perso il lavoro, sta sempre a casa e si sfoga su di me –. Nunziata fa una pausa. Quando riprende a parlare la voce suona ancora piú incerta. – Elvira, mi dispiace, non posso piú tenere i tuoi figli. Lui la mattina non sta uscendo, non voglio che siano presenti. Quando si arrabbia diventa una furia.

– Vieni a stare da me. Se non vuoi piú vivere con lui troviamo un modo, – dice Elvira accarezzando la mano con cui l'amica continua a nascondersi.

Una voce dall'interno della casa chiama in tono imperioso. Nunziata appoggia le dita sulla maniglia lasciando scoperto il volto e un vistoso livido che si sta gonfiando. – Non posso, ti porterei solo problemi e non ne hai bisogno. Devo scomparire in fretta. I miei figli sono abbastanza grandi per cavarsela da soli. Tu pensa a Eduardo e Dora. Sono bellissimi ma hanno bisogno di te, ci sei stata troppo poco. Ricordatelo.

Le parole dell'amica le risuonano in testa per tutta la notte e la mattina seguente. Il rimprovero l'addolora, ma l'idea di non vederla piú la getta nello sconforto. Prova a bussare, la porta della casa di Nunziata è sbarrata e le finestre sono abbassate. Batte forte i pugni sul legno, incapace di rassegnarsi. Tutto troppo improvviso, troppo ingiusto. Come si dice quando ci si sposa? Si giura di amarsi per sempre, ma che amore è quello che annienta la vita di una moglie?

Elvira va a chiamare le vicine, nessuno risponde. Il vicolo quella mattina è insolitamente deserto, come se Nunziata ne fosse l'anima e, senza di lei, avesse smarrito il senso.

Torna sui suoi passi, pensa alla giornata che l'aspetta e si sente persa anche lei. Sola. Incerta.

Prima di fuggire l'amica le ha chiesto di stare piú a lungo con i figli, ma non può permetterselo mentre sta avviando l'impresa. Nicola non è in grado di scrivere un soggetto né di occuparsi delle mille beghe amministrative o di condurre una trattativa per chiudere un contratto per la distribuzione o la pubblicità. Dev'esserci una soluzione, se Nunziata fosse lí ne parlerebbe con lei. Si affaccia di nuovo sul vicolo, le basterebbe anche solo chiederle come sta. Dalla sua casa, però, non arriva né un rumore né una voce.

A metà mattinata Nicola torna con una bobina sotto il braccio. L'appoggia sul tavolo. – Ecco qua. Le prime immagini della battaglia dei ragazzini. Mi sembrano venute bene.

Elvira apre la scatola, ma si ferma sentendo delle urla in strada. Sta per alzarsi quando la porta si apre all'improvviso.

– Mammà! Papà! Ci stanno delle persone assai arrabbiate. Vogliono a voi! – esclama Eduardo entrando di corsa.

Nicola ed Elvira vanno all'ingresso. Decine di uomini e donne li aspettano in piedi, gli sguardi torvi. Gli uomini dietro, le donne in prima fila. Quando li vedono uscire li affrontano minacciosi, risentiti.

– Colpa vostra!

– Vi siete approfittati di quei poveri piccirilli!

Elvira e Nicola vengono investiti da una folla di recriminazioni confuse. Riescono a stento a capire di avere davanti i genitori dei ragazzi ripresi nel film sulla finta guerra. Ognuno urla piú forte degli altri finché si mettono d'accordo per far parlare solo una madre.

La donna si pianta davanti a Elvira. – E che vi pensavate di fare? Il cinema con delle creature? Quelli per farsi belli davanti a voi invece di giocare si sono fatti male e alcuni sono pure finiti in ospedale. Dovevate stare attenti, mo ci dovete pagare!

Elvira non si aspettava le accuse. Fino ad allora le riprese nei vicoli non hanno creato problemi. Quando lazzari e monelli vedono Nicola con la cinepresa, sono felici di trovarsi al centro dell'attenzione anche se per pochi istanti. Spiega di aver incontrato per caso i loro figli, di essere rimasta sorpresa. Conoscevano ogni dettaglio dei combattimenti avvenuti al di là del mare, sul suolo libico. Ricordavano i nomi dei capitani, dei reggimenti, delle armi.

– Abbiamo proposto di filmarli, erano entusiasti. Ma aspettatemi qui, ora ne parliamo, – dice entrando in casa.

Eduardo e Dora sistemano alcune sedie nel vicolo. Dopo pochi secondi Elvira appare di nuovo sulla soglia portando una bobina. – Qui dentro ci stanno i figli vostri, – dice mostrando la pellicola. – E ci sta pure mio figlio che ieri giocava con loro. Non mi è sembrato pericoloso, altrimenti vi pare che avrei permesso a mio figlio di rimanere?

Le donne osservano le immagini, disorientate. Elvira ne approfitta per sussurrare qualcosa a Dora e Eduardo. I figli scompaiono in casa, quando tornano hanno in mano un pezzo di pane cafone, un coltello e un vassoio con una forma di provolone ancora intera. Elvira appoggia tutto su un muretto, taglia una fetta di pane e una di formaggio e le offre alla donna piú vicina.

– Venite, favorite! – dice continuando a tagliare. Le madri mangiano, chiacchierano, si guardano intorno ancora incerte.

Arriva anche Nicola con un fiasco di vino rosso. Alla fine Elvira le saluta lasciando una moneta a ognuna e ringraziando per la visita.

– Ci vediamo al cinema? Vi invito io, andiamo insieme a vedere il film! – propone.

Le madri borbottano un sí, infilano la moneta nel reggiseno e vanno via seguite dai mariti.

– Mammà, hai visto che ho fatto bene ad andare con i miei amici? – commenta Eduardo mentre aiuta a portare dentro il pane avanzato.

– Stavolta ti salvi cosí, ma d'ora in poi cambiamo tutto, – sibila Elvira lanciando ancora uno sguardo alla casa di Nunziata.

Chiusa, muta come mai prima di allora.

19.

C'è silenzio e penombra. Elvira accosta il cancello dietro di sé e si appoggia al muro intonacato da poco. Il mondo resta fuori con le urla dei venditori di stracci, i bambini che tirano calci alle pietre sognando una palla, i mendicanti che chiedono l'elemosina agli angoli delle vie, gli strozzini che vanno di casa in casa a esigere soldi e posare le loro avide mani sui beni di una vita.

Nicola è già nel cortile. – Vieni, è bellissimo qui, – la chiama.

Elvira risponde qualcosa ma resta nell'androne. Non c'è nulla di particolare in quella palazzina costruita da poco nel quartiere dei Ponti Rossi, eppure tra le sue pareti anonime le sembra di aver trovato la risposta che sta cercando, il luogo dove riunire famiglia e lavoro, l'unica soluzione possibile per non rinunciare né ai figli né ai film. Da quel quartiere che sta trasformando la dolcezza delle pendici delle colline di Napoli in selvagge distese di cemento intende partire per dare una nuova forma anche alla sua vita.

Dieci anni prima non sapeva nulla di cinema, pellicole, colori, cineprese. Ora si batte in un mestiere popolato da uomini. Ha prodotto decine di cortometraggi, quattro documentari, ha scritto e diretto un intero film firmato da lei. Rispetto a tante coetanee sa di aver osato e ottenuto già molto.

Non le basta.

Del suo settore ha capito la regola piú importante. Si vince quando si rischia, quando non ci si accontenta, quando non si resta fermi. È cosí che è arrivata fino a quell'androne di periferia. In poco tempo ha fatto della Film Dora una delle manifatture piú richieste per la coloritura delle pellicole, per i film di attualità e per le brevi scene da proiettare all'inizio o alla fine degli spettacoli.

Non le basta.

Dà lavoro a una decina di persone e ha un laboratorio sempre piú grande alle sue dipendenze.

Non le basta.

Pretende di andare piú in fretta, vuole inseguire il cinema nella sua corsa sfrenata verso un imprecisato futuro. Le immagini da cartolina del Vesuvio e delle strade della città sono diventate subito vecchie, sostituite e dimenticate di fronte all'avanzare dei documentari e dei primi kolossal. L'iniziale meraviglia è svanita come uno sbuffo del Vesuvio nelle giornate di tramontana. Il cinema è industria, una delle poche in grado di portare soldi e occupazione a Napoli. Ed Elvira intende esserci. Lei e la sua famiglia.

La parete dell'androne è anonima e morbida sotto le sue lunghe dita. L'intonaco bianco è una pennellata in economia, polvere facile da scrostare. Il cancello mostra i primi graffi di ruggine. In un angolo del soffitto l'umidità inizia a propagarsi tra i mattoni. Elvira scopre di amare la ruggine, la polvere e le macchie di umido. Dopo un lungo peregrinare tra case e laboratori striminziti e improvvisati, le sembra di essere arrivata, di essere lí dove vuole trovarsi.

– Ma che aspetti? Vieni, ti faccio vedere.

Nicola è tornato indietro, la prende per mano e la guida verso il cortile. Non ancora, pensa Elvira. Gli sfiora i baffi con le labbra, lo bacia. Nicola adora la sua prepotenza. La stringe in un abbraccio.

Un rumore di passi all'esterno li costringe a separarsi. Elvira si aggiusta il cappello, Nicola prende il bastone abbandonato in un angolo.

Qualcuno sta aprendo il portone. – Don Nicola Notari? – chiede un signore vestito di scuro con una cartella sotto il braccio. È un sensale con competenze ampie, dai matrimoni alle proprietà immobiliari. È lui ad aver procurato quei locali al numero 15 di via Leonardo Di Capua dove i Notari intendono trasferire la fabbrica di film, la casa e tutta la loro vita.

– Prego. Di qua, – fa strada l'uomo aprendo la prima porta.

L'appartamento è un enorme spazio al piano terra, una successione di stanze, una dentro l'altra. Ospitava un opificio emigrato altrove qualche settimana prima per motivi che nessuno ha voglia di approfondire. Sono rimasti qualche macchinario impolverato, alcuni tavoli e tanto spazio vuoto che Elvira sta già riempiendo con la fantasia.

Vede dove nascerà lo studio di posa per le scene di interno dei loro film o di altri che vorranno affittarlo. Ci saranno il laboratorio per sviluppare e montare le pellicole e quello da riservare alla coloritura. Un'intera stanza dove la mamma, le sorelle e le nipoti avranno sedie, tavoli e pennelli in abbondanza e libertà totale su come arredarlo. Immagina gli uffici con il telefono per le ordinazioni e la distribuzione delle pellicole. E poi la casa, la cucina, le stanze da letto, lo studio, in un'attenta costruzione del loro futuro di impresa e famiglia riunite sotto un unico tetto.

– Che ne dici? – La voce di Nicola la riporta nelle stanze vuote e polverose. Sembra aver fretta di concludere. – Firmo? – chiede. E infila la mano in una tasca dove ha nascosto un piccolo corno rosso.

Il sensale tiene vicina a sé la borsa di pelle con il contratto da stipulare. Svita il tappo della penna per essere sicuro di non perdere nemmeno un secondo quando la dovrà usare. Nella sua decennale esperienza, mai gli è accaduto di attendere le parole di una moglie per concludere un affare.

Elvira indugia ancora. Ha corso fino a ieri, tornerà a correre domani. Oggi vuole prendere questo tempo e scrutarlo come ha imparato a osservare le pellicole in controluce, fotogramma per fotogramma, per cogliere ogni dettaglio di quello che non è ancora. Sfiora i tavoli abbandonati. Sono grandi, solidi, si possono utilizzare. Si avvicina ai macchinari. Sembrano dei telai, si troverà di sicuro qualcuno interessato. Apre le finestre. La luce entra di taglio, svela angoli e recessi altrimenti ignorati, le mostra dove prenderà vita l'impresa che vuole creare.

Solo dopo aver esaminato tutto con calma si gira.

– Va bene. Firma.

Si alza presto Elvira. Ha bisogno di essere la prima a entrare nelle nuove stanze, ad aprire le imposte, a dare luce. Le piace far passare l'aria ancora pulita del mattino e sentire le voci dei venditori ambulanti che arrivano dalle terre oltre i Ponti Rossi. Respira il giorno che nasce, cerca di capire che cosa le porterà.

Quella mattina le nuvole corrono alte nel cielo, trepidanti e inquiete come lei. È il giorno del debutto, il film sulla finta battaglia dei ragazzi di strada arriva nelle sale, il secondo firmato da lei. Elvira mette su la cuccuma del caffè e inizia a prepararsi. L'aroma invade la casa con il suo richiamo. Per primo arriva Nicola, poi Eduardo e Dora.

Li accoglie con un rapido bacio, già vestita di tutto punto e pronta ad andare.

– Mi avvio. Ci vediamo lí.

Nicola guarda l'orologio. – Alle nove di mattina? Chi trovi a quest'ora?

Ma Elvira è già nel guardaroba, ferma davanti a un lungo attaccapanni in legno dove sono appesi i suoi cappelli. Scarta le velette, i colbacchi, le tese larghe e i turbanti. Sceglie una cloche scura, sobria. È agitata e non riesce a nasconderlo.

– Dài, aspettaci, – dice Nicola che non vorrebbe lasciarla andare da sola.

Uscire, camminare senza fretta e senza una meta è invece l'unico desiderio di Elvira per calmare l'ansia. Stavolta il nome sui titoli sarà il suo, non quello di Nicola. E sua è l'idea di un film girato in strada con una banda di ragazzini come protagonisti per raccontare l'evento del giorno, la guerra di cui tutti scrivono e parlano. È di nuovo una scelta diversa, non sa come sarà accolta, il pubblico ha bisogno di tempo per accettare le novità. E lei quella mattina ha bisogno di solitudine per placare i suoi timori.

Prende il soprabito e inventa una scusa. – Ho dato appuntamento alle mamme dei ragazzi e devo comprare qualcosa per cena. Mi fermo lungo la strada, il figlio del fornaio è sempre molto gentile, porta a casa anche quello che non prendo da loro. È meglio se restate qui finché non arriva –. Gli sfiora la guancia con una carezza e apre la porta sul lungo giorno che l'attende.

Le nuvole continuano a correre verso sud, portate dallo stesso vento che fa volare le lenzuola stese e i giornali venduti agli angoli delle strade.

Elvira porge una moneta a uno strillone e si rifugia in un vicolo per sfogliare il quotidiano al riparo dalle folate. Arriva rapidamente alla pagina che sta cercando, scorre la colonna degli spettacoli.

Nulla.

Nemmeno mezza riga sul suo film.

È un giornale letto da avvocati, professionisti, intellettuali affermati e aspiranti tali, nobili veri, decaduti – e a volte solo supposti –, tutta gente che la sera affolla teatri, café chantant e varietà. I cinematografi e le altre forme di intrattenimento non vengono considerati degni di nota.

Elvira butta via il giornale e riprende il cammino. Compra il pane e le verdure, lascia una moneta al figlio del fornaio per la consegna e torna ad accompagnare la corsa delle nuvole.

La scritta appare a un bivio. Non è molto grande, però la nota subito.

– *Caratteristica guerra italo-turca fra i nostri monelli napoletani*, di Elvira Notari.

Ha ideato lei il titolo, conosce a memoria ognuna delle parole in mostra sul muro. Si ferma comunque ad ammirarle, incantata. Le lunghe ore passate a immaginare la storia, a montare le scene e a lavorare tra le carte dell'amministrazione sono racchiuse in una minuscola preposizione, formata da una *d* e da una *i*, le due lettere dei quarti di nobiltà, il suo blasone nel mondo del cinema sotto gli occhi di tutta Napoli. È ufficiale, definitivo. I suoi film sono davvero suoi. Nella scatola delle meraviglie inizia a esserci posto anche per lei.

Si è sbarazzata dei fratelli Amodio e delle loro desolate sale di periferia. Ha affidato distribuzione e pubblicità a una delle migliori imprese sulla piazza. Il risultato è evidente. Il suo nome non è sui quotidiani, ma domina le locandine affisse in decine di strade del centro e pubblicate sulle riviste specializzate. Critici, operatori, produttori e tecnici dovranno iniziare a prenderla sul serio. Al loro cospetto non ci sarà piú Elvira Coda, la ragazzina arrivata a Napoli con un diploma e tante speranze. Né ci sarà

Maria Coda, la donna designata ad apparire come moglie sull'atto ufficiale. Da quel momento in poi impareranno a trattare con Elvira Notari, non solo madre e moglie, anche regista, sceneggiatrice, scrittrice, soggettista, grafica, pubblicitaria, segretaria, addetta commerciale.

La sala è chiusa. Un ragazzetto ciondola davanti all'ingresso. – Signo', non si può entrare, lo spettacolo inizia piú tardi.

Elvira gli mostra la locandina con il programma. Quel giorno sono previsti tre film, tutti di genere diverso: un documentario, una tragedia e una commedia. Oltre un'ora di spettacolo, intervalli compresi. E il primo titolo è il suo. – Voglio essere sicura che il proiettore funzioni e che il pianista sia in grado di accompagnare il film, – spiega.

Il ragazzo non sa che cosa dire, non ha mai ricevuto una richiesta di entrare con tanto anticipo. Ancora piú irreale è che arrivi da una donna. Le fa segno di andare via, ma Elvira non cede.

Soltanto quando riesce a convincerlo a farla passare si rassegna. Hanno tutti ragione, sta perdendo tempo. Vuota è la platea, vuota la cabina e vuoti sono il proiettore e lo scaffale che dovrebbe ospitare la bobina con il suo film. Se non avesse la locandina con sé potrebbe pensare di aver sognato, di non avere una pellicola in programmazione per quel pomeriggio. Il posto che sta conquistando nella scatola delle meraviglie è una scena di desolazione. Il giovane la vede tornare verso l'uscita, piú confusa di quand'era entrata.

I primi spettatori appaiono dopo piú di un'ora. Sono le madri dei protagonisti del film. La salutano con calore, vorrebbero chiacchierare. Elvira si trattiene qualche istante e passa oltre.

Scorge il padre, la madre e un pezzo di famiglia. Diego sfoggia un sorriso orgoglioso che nulla riuscirebbe a cancellare. Pure la madre sembra felice. – Ho visto il tuo nome ovunque! – le dice sottovoce.

In un altro momento li porterebbe a vedere la sala e il proiettore e dividerebbe con loro la sua emozione, ora li abbraccia e si allontana.

Decine di persone si stanno radunando e altre sono in arrivo. Le voci dell'attesa riempiono il piazzale. Appoggiati a un lampione, un po' in disparte, scorge anche due operatori. Li ricorda agli inizi, andavano in giro come Nicola tra laboratori per raccogliere ordini e inserirsi in quel nuovo mondo. Bravi, svelti, Troncone e Lombardo li hanno subito assunti. Elvira trema. I principali produttori napoletani hanno mandato i loro rappresentanti, riferiranno sul numero di spettatori, la qualità delle riprese, il gradimento del pubblico. E lei sa che la cabina di proiezione è ancora vuota e la bobina del film non è arrivata.

Quando la fila occupa metà della strada giunge Nicola con Eduardo, Dora e un signore dai modi eccentrici. Indossa un basco e parla con accento straniero.

– Miguel Di Giacomo, – si presenta l'uomo accennando un galante baciamano.

– Un attore molto bravo, – aggiunge Nicola.

– Piacere, signor Di Giacomo, siete parente del grande poeta? – chiede Elvira, distratta e frettolosa, con lo sguardo puntato sull'entrata della sala.

– È mio fratello e il piacere è tutto mio, cara signora. Ho sentito parlare di voi, – risponde l'uomo sottolineando la frase con un lieve inchino.

Elvira ringrazia, ma il tempo passa e baciamano e convenevoli sono davvero piú di quanto possa sopportare in quel momento. Si congeda da Nicola e dall'amico e si affretta a raggiungere il giovane dei biglietti.

– Che succede? Dov'è la pellicola?

– Signo', chiano chiano. Mo li facciamo accomodare. Chi tiene del cibo si mette seduto a mangiare qualcosa, chi vuole comprare caramelle può andare al distributore.

Poi si sposta dietro il bancone e urla: – Biglietti, biglietti!

La folla inizia a prendere posto all'interno mentre Elvira resta da sola a camminare nervosamente davanti all'entrata. Quando in strada non si vede piú nessuno finalmente spunta un ragazzo in bicicletta con una mano sul manubrio e l'altra impegnata a reggere le bobine.

Elvira lo segue dentro la sala. – Vi ho mandato la pellicola una settimana fa, perché arriva ora?

– Signo', non vi so dire. Io sono solo andato a prenderla come mi hanno detto di fare.

– E dove sei andato?

– Al cinematografo che sta dietro via Foria, hanno finito tardi la proiezione, non potevo arrivare prima.

– La proiezione?

– Sí, stasera si proiettava pure là.

Elvira torna in sala. Nicola le ha lasciato un posto accanto a lui.

Il pianista è pronto. Tiene d'occhio la cabina, quando arriva il segnale inizia a suonare. Le immagini scorrono, ogni tanto ondeggiano, due volte si interrompono.

Elvira non nota gli intoppi. Pensa alla truffa delle bobine, alla moltiplicazione delle proiezioni. Quante volte i titolari delle sale si saranno divisi le loro pellicole? Non se n'è mai accorta, né sarebbe possibile. Ci sono decine di cinematografi a Napoli, molti non sono altro che stanze. Il programma del giorno non viene nemmeno annunciato, gli spettatori entrano e vedono quello che trovano.

Il malumore l'accompagna per tutto lo spettacolo. Soltanto i saluti del pubblico all'uscita riescono a restituirle il sorriso. Non ci sono autorità né le signore eleganti della grande serata organizzata per la pellicola sulla corazzata della Marina militare. Davanti a lei sfilano sarte, commesse, muratori, commercianti, operai, disoccupati. Un signore la chiama per nome e le fa i complimenti. A lei e a Nicola, per non sbagliarsi. – Il primo film sulla guerra in Libia non noioso. Bravi, bella idea!

Per tutti Elvira ha una risposta piena di simpatia e di riconoscenza. È il popolo di Napoli, il suo pubblico. È a loro che vuole raccontare le sue storie.

– La sala era piena. È andata bene, – commenta Nicola quando il piazzale si è svuotato e si stanno avviando verso casa con i figli e Miguel Di Giacomo che ha deciso di accompagnarli per un tratto.

Si oscura in viso quando sente il racconto sul traffico di pellicole in corso tra le sale. Di Giacomo, invece, da uomo di mondo ben addentro alle cose del cinema, non è per nulla sorpreso.

– Cara signora, purtroppo lo fanno in tanti, lo considerano un illecito tollerabile. Secondo alcuni produttori aiuta la diffusione dei film. Piú persone li vedono, piú persone ancora vogliono vederli.

– Aiuta la diffusione? Non si può sempre fare finta di nulla. Proiettare una pellicola senza pagare il noleggio è un furto, – risponde Elvira, seccata.

Nicola indossa il soprabito e il cappello. Inizia a fare fresco e vorrebbe andare via invece di continuare quella conversazione all'aperto, dove chiunque può ascoltarli. – Elvira, la strada per difendersi c'è. Bisognerebbe entrare in una delle associazioni che si occupano di distribuzione. Noi facciamo tutto da soli, siamo piú deboli e ci colpiscono.

– Nico', lo sai che cosa penso, non mi convincono. È solo un modo per creare due categorie, quelli che stanno dentro e quelli che stanno fuori.

– E voi state fuori, cara signora, – interviene Miguel Di Giacomo appoggiandosi a un elegante bastone dal pomello dorato. – È difficile, però. Vuol dire non essere tutelati. Davvero volete complicarvi cosí la vita? Già avete scelto una strada abbastanza tortuosa...

Lo sguardo di Elvira si indurisce. – Perché sono donna?

– E mica solo per questo, – risponde Di Giacomo. – Volete pure fare i film diversi dagli altri e con alterne fortune. Su questa pellicola ho sentito tante voci. Pare che non vi siate fatta scrupolo di riprendere dei ragazzi in strada e che abbiate dovuto pagare il silenzio delle madri. Della precedente si dice che nessuno sia andato a vederla.

Non è la prima volta che riceve critiche, ma finora nessuno ha avuto il coraggio di parlarle in modo cosí diretto. È stanca, la giornata è stata lunga e complicata, vorrebbe correre a casa e chiudere fuori i problemi, invece deve affrontare ancora quell'amico di Nicola, estroso nell'aspetto, disinvolto nelle parole.

– Caro signore, – risponde, – non ho comprato le madri dei ragazzi. Ci siamo chiarite, hanno capito e accettato le riprese. Le avete viste anche voi stasera, hanno applaudito come tutti. È falso pure il resto. Il mio precedente film ha avuto ottime critiche e tante donne in sala. Non vi risulta? Non contano nel numero degli spettatori? Piuttosto, pure di voi si dice che non siate affatto il fratello del grande poeta. Se fossi in voi non inseguirei le voci. Sono soltanto voci.

Di Giacomo si toglie il basco per salutare. – Non leggo le critiche, nella maggior parte dei casi sarebbe piú giusto definirle pubblicità piuttosto che recensioni. Avete ragione, le voci sono parole in libertà, ma a volte ci prendono. Per esempio ce n'è un'altra che circola. Dicono che siete voi il vero motore della Film Dora. Non credo che sia molto lontana dalla realtà –. Miguel accenna un inchino. – In ogni caso con voi sarei onorato di lavorare. E capisco perché Nicola da quando vi ha conosciuta abbia perso la testa. Buona serata, – conclude infilandosi il basco e andando via.

20.

– L'occhio! Qui!

Dieci teste si chinano insieme e appoggiano con delicatezza il tampone colorato su uno spezzone di pellicola.

– La bocca!

Le dieci teste si spostano, uno sciame di lievi tocchi di pennello e velluto.

– La mano!

Le dieci teste eseguono. Non un fiato, non una sbavatura.

Elvira entra in quel momento. – Mammà, come va?

Agnese è invecchiata, ma dirigere il laboratorio le piace e la fa sentire ancora utile. Non riesce piú a colorare, le mani non sono ferme come un tempo e gli occhi si vanno indebolendo. Ha dovuto lasciare quasi del tutto anche i lavori di sarta. Solo il piglio è identico, guida la piccola fabbrica familiare con la stessa fermezza con cui per una vita ha diretto casa e figli. – Tutto bene, – risponde. – Non preoccuparti, entro stasera avremo finito queste pellicole. Le vicine di casa mi hanno fatto i complimenti per il tuo film sulla donna costretta a sposare un uomo che non vuole. Dicono che non avevano mai pianto tanto al cinema! Ma che storie scrivi?

Elvira pensa a Nunziata. Non ha piú avuto notizie dell'amica. Ogni tanto passa dalle parti del vecchio vicolo, ma nella loro casa abita una nuova famiglia e pure in quella accanto ci sono volti e persone che non ha mai visto prima. Ha provato a chiedere in giro, nessuno ne sa di piú. I suoi film sono per le donne come Nunziata, costrette a scomparire per sopravvivere. Ma questo, per fortuna, la mamma non può saperlo. Le dà un bacio e sorride. – Mammà, lascia stare. Purtroppo le tue vicine piangono pure dentro casa loro con i mariti che si sono prese! Comunque ringraziale da parte mia. Un giorno di questi vengo a trovarle. Papà come sta?

– Fa fatica a camminare. Ti manda un saluto e ti aspetta quando hai un po' di tempo. Vorrebbe parlarti –. Agnese fa una pausa e guarda Elvira. Da quando dirige il laboratorio ha conosciuto la soddisfazione di mandare avanti un'attività, e l'incomprensione per quella figlia cosí diversa dalle altre si è trasformata in gratitudine, ammirazione, rispetto, sentimenti che non avrebbe mai immaginato di provare. Vorrebbe trovare il modo di parlarle, lei che con la figlia non ha mai parlato. Vorrebbe chiederle di rallentare e di non dimenticare Maria. Ormai l'attività è avviata, la casa è grande, Eduardo e Dora iniziano ad aiutare. Può essere il momento giusto per riportarla sotto il loro stesso tetto. Vorrebbe dirglielo ma non osa, non saprebbe nemmeno come fare. Ha chiesto consiglio al marito e Diego ha accettato di aiutarla.

– Che cosa vuole dirmi papà? – chiede Elvira, all'improvviso sulla difensiva.

La madre balbetta qualcosa di vago, si intuisce il suo imbarazzo. Elvira si fa ancora piú guardinga. – Problemi di salute?

– No, no, – risponde la madre.

– Soldi? – insiste Elvira.

– Nulla di tutto questo, ti dirà lui.

Elvira si avvicina alla madre. Se non si tratta di salute o di soldi resta solo la famiglia. Sa qual è l'unico argomento che, non solo i genitori, ma chiunque tra figli, marito e parenti vorrebbe affrontare con lei. Non ne parla con nessuno, ma pensa a Maria ogni giorno. Si sveglia al mattino carica di energia, scorre la lista di impegni e si dice che, tutto sommato, è vero, se ne sta crescendo due può crescerne anche tre. Con il passare delle ore, faccende, doveri e obblighi si susseguono e si accavallano fino a sera quando, sfinita, si alza dalla scrivania, spegne il lume e deve ricredersi. Quella appena terminata è un'altra giornata in cui non avrebbe avuto il tempo di occuparsi di Maria come sarebbe stato necessario.

– Digli che andrò presto a trovarlo, ma non vi mettete strane idee in testa, qui c'è ancora troppo da fare, – conclude Elvira mostrando una pila di pellicole colorate radunate in un angolo, pronte per la consegna.

– Nico', vieni. Aiutami a metterle a posto. Entro domani vanno portate ai clienti.

Nicola entra nella stanza della coloritura con un nuovo oggetto tra le mani.

Tutte si girano, incuriosite. Non è un proiettore né una cinepresa. Ha una manovella e una bobina, nient'altro.

Nicola l'appoggia sul tavolo e prende una pellicola.

– Vediamo se funziona.

Infila un'estremità del film nel cerchio di metallo, la blocca e aziona la manovella. La bobina gira, la pellicola lentamente viene avvolta.

Elvira batte le mani. – Un'avvolgitrice! Finalmente! Fammi provare. Non ne potevo piú di fare tutto a mano.

Nicola le cede la manovella e prende il giornale dalla tasca. Lo apre sul tavolo.

– Guarda qua.

Elvira nota la testata. – Il «Giornale d'Italia»? E perché? Non è uscito il «Roma»?

– Me l'ha tenuto da parte un ragazzino, ha detto che poteva esserci qualcosa di interessante per noi.

L'articolo è lungo, Elvira passa la manovella a una nipote. Sulla pagina lasciata aperta è pubblicata una lettera firmata G. B. Avellone, procuratore generale della Corte d'Appello di Roma.

Elvira scorre il testo, si sofferma su un passaggio.

> L'autorità pubblica deve compiere pieno il dover suo di sorveglianza dei pubblici spettacoli e di tutela della moralità pubblica e il governo non può lasciare completamente libera la speculazione cinematografica che, per avidità di lucro, ha convertito il cinematografo in una colossale, affollata, attraentissima scuola di immoralità e di pervertimento.

Elvira legge piú volte, ma il significato delle parole non cambia, il governo vuole mettere sotto controllo i film. Solleva lo sguardo verso Nicola e gli fa un cenno.

Si chiudono nello studio, un ambiente di mezzo, il luogo dove casa e lavoro si incontrano, dove una porta comunica con il laboratorio e l'altra con la cucina e il resto dell'abitazione. È la sua stanza preferita, quella che le permette di sostituirsi a sé stessa, di avvicendarsi nei tanti suoi ruoli, di supervisionare e di dirigere, di scrivere e amministrare la vita dell'azienda e della famiglia.

Si siede alla scrivania spostando riviste, libri, penne, quaderni per fare posto al giornale. Il telefono squilla proprio in quel momento. Elvira prende rapidamente l'ordine di alcune riprese da realizzare per un battesimo, abbassa il ricevitore e osserva Nicola con un'espressione preoccupata.

– Meno male che ci stanno questi lavori che portano soldi. Il governo, invece, ci crea solo problemi. Vogliono sorvegliare? Devono tutelare la moralità pubblica? Dove vogliono arrivare? Ci lascino lavorare senza mettersi in mezzo.

Nicola è seduto dall'altra parte della scrivania. Sa di avere un ruolo ingrato, spiegare che non tutto è possibile come sembrava agli inizi. – Interverranno sempre di piú. Nelle chiese è stato vietato ogni tipo di proiezione.

– I preti sanno il fatto loro. Stanno aprendo delle sale vicino alle chiese e continuano a far vedere i film come prima.

– Vedrai che daranno fastidio pure a loro. Forse hanno ragione quelli che vogliono un sindacato. Il nostro mondo è cresciuto, ormai è simile a un'industria, con addetti e maestranze che vanno difesi come ogni altro lavoratore.

– E tu ti fidi? Quelli che hanno intenzione di creare un sindacato sperano di decidere che cosa censurare. Lo chiami difenderci? È come entrare nelle associazioni per la distribuzione delle pellicole. Io non voglio controlli, voglio decidere da sola le mie storie. E voglio che il pubblico scelga se venire o meno in sala. È lui il mio padrone, non il re, o il governo, o questi piccoli capi di sindacati e associazioni.

Nicola guarda fuori. La libertà è una strada piena di ostacoli, ma non sa come farlo capire a Elvira. – Il pubblico vuole film storici. Hai visto il successo di *Quo vadis?* I torinesi, che di cinema sanno tanto, stanno preparando una nuova versione di *Gli ultimi giorni di Pompei*. Sono pellicole che stanno guadagnando milioni, gli spettatori sembrano tutti impazziti dietro a questa moda del passato, in Italia e all'estero. Forse dovremmo entrare in quelle produzioni, fare qualcosa con loro.

– Nico', a noi i soldi arrivano colorando, facendo didascalie e lavori su commissione per le case di produzione o per i privati. Ormai abbiamo un laboratorio che è un gioiello. Porta soldi a mia mamma, alle ragazze e a noi. Tra poco troveremo il modo di guadagnare pure con i nostri film, ma dobbiamo essere liberi di scrivere e riprendere quello che vogliamo. Il genere storico funziona? Mi fa piacere per chi ha tanto denaro da investire. Per girare *Quo vadis?* hanno affittato venti leoni che sono rimasti per un mese nelle sale di posa. Quanto è costato? Non fa per noi. Le nostre storie piacciono e riusciamo pure a tenere i conti in ordine. Continuiamo a fare il mestiere nostro, raccontiamo la gente che incontriamo per strada. Ricordatelo sempre, finché siamo insieme in questa impresa, nuie simm 'e Napule e avimma fa' 'o cinema de napulitane.

Il sole non è ancora sorto quando i pescatori rientrano dopo la notte in barca. I commercianti li aspettano in riva al mare, ed entrano pure con i piedi nell'acqua se c'è da arrivare prima e battere i concorrenti. Le cassette passano di mano in mano mentre le code dei pesci ancora guizzano nell'aria. Carri e birocci si riempiono in fretta e si allontanano nell'alba rosea del nuovo giorno. Quando Elvira risale i vicoli per andare a fare la spesa al mercato, una folla di donne si accalca intorno ai banchi. Sui ripiani lucidi delle pescherie brillano i riflessi dorati delle marmore e quelli argentati delle ricciole.

– L'addore 'ro mare! – gridano i pescivendoli per convincere tutte a comprare.

Una signora avvolta in un elegante soprabito scuro si avvicina al piú affollato dei banchi. – Prendo tutte le marmore che avete! – ordina.

– Eccole, sono freschissime, le orfanelle della Madre di Dio saranno contente –. Il commerciante ne prende una, mostra la pupilla brillante e le branchie ancora rosse e inizia a incartarle.

Sentendo parlare della Madre di Dio Elvira si ferma: è lí che vive Maria. Non perde di vista la signora che continua il giro del mercato seguita da un giovane con un carretto. In un quarto d'ora al pesce si aggiungono frutta, verdura e pane. Quando sul carretto non c'è piú spazio, il giovane si incammina verso la Marina con il cibo acquistato e la signora si allontana nella direzione opposta.

Elvira accelera il passo. *Deve* raggiungerla, pensa. Vuole capire.

– Buongiorno signora, ho sentito che state mandando delle provviste alle piccole della Madre di Dio. Sono in difficoltà? C'è bisogno di aiuto? – le chiede quando le è accanto.

La signora racconta di essere una delle fondatrici di un'associazione di beneficenza. Ogni settimana fa la spesa per l'istituto. – Le suore sono brave, ma non ce la fanno a sfamare tutti. Sono stata qualche giorno fa dalle bambine, le ho trovate magrissime.

Elvira si sente avvampare.

– Lei non ha idea, – prosegue la signora. – Posso capire le orfane che non hanno piú nessuno, ma ci sono genitori che hanno abbandonato le figlie pur avendo un lavoro. Non so se lei è madre, io purtroppo non ho questa fortuna e trovo ingiusto ed egoista il loro comportamento. Dovrebbe vedere gli sguardi delle piccole...

Elvira non ha piú voglia di girare per il mercato. I richiami dei venditori le rimbombano nelle orecchie, le voci delle persone la stordiscono, gli odori le dànno la nausea. Piú di ogni altra cosa trova insopportabile la signora, la sua generosità esibita, i giudizi impietosi, lo squarcio di verità, un'ombra sulle sue sicurezze. Mormora un saluto e corre via, il cuore che le scoppia. In quei sette anni si è fidata delle comunicazioni delle suore. Ogni anno le viene recapitata una striminzita nota con i voti della pagella scolastica e poche righe sulla condotta redatte in stile burocratico. Elvira la legge con attenzione e la mette a confronto con le precedenti per intuire i progressi e capire chi si nasconde dietro quelle fredde parole, chi è davvero sua figlia. Eduardo e Dora sono fratelli ma molto diversi. Taciturno, curioso, obbediente Eduardo. Ribelle, inquieta, autonoma Dora. E Maria? Chi è Maria?

Quella mattina, mentre torna in fretta a casa, per la prima volta Elvira si chiede anche se sua figlia sia felice. Fino ad allora non ha avuto dubbi. Le parole dell'amministrazione dell'istituto, e di chi le ha consigliato quella soluzione, non le hanno mai dato motivo di credere il contrario. Deve dare credito alle angosce di una signora che vede in ogni bimbo il figlio che avrebbe voluto?

– E se fosse vero? – si agita Nicola quando Elvira gli racconta l'incontro.

Lo precede nello studio, prende il faldone dove sono raccolte le comunicazioni dell'istituto e glielo porge. – Leggi! Io le conosco a memoria. Leggi anche quanto mandiamo ogni anno. Non è possibile che non abbiano da mangiare a sufficienza!

Nicola lascia i documenti sulla scrivania. – Non m'importa dei conti e delle chiacchiere, sono stanco. Dobbiamo portarla a casa!

Il tono deciso sorprende Elvira, la costringe a fermarsi e a scegliere bene le parole. – L'attività inizia a funzionare, – dice sedendosi accanto a Nicola. – Tu sai che cosa volevamo quando ci siamo conosciuti. Ci stiamo riuscendo, stiamo diventando bravi quanto Troncone, Lombardo e gli altri. Ci bastano altri quattro-cinque film ben scritti. Poi posso anche rallentare il ritmo e occuparmi di Maria.

– Quattro-cinque? – chiede lui.

– Quattro-cinque, – risponde lei.

È mezzogiorno passato quando entra in cucina. Nicola ha ceduto, ma ora lei sa che il tempo non le darà tregua. Dovrà lavorare il doppio per riuscire a far quadrare tutto. Taglia in fretta alcune melanzane, le copre di sale e le allinea sul davanzale della finestra. Il sole le avvolge, presto sulla superficie appariranno le prime gocce giallognole a portare via l'asprezza. Non accade cosí alle persone. Per cancellare l'amaro delle chiacchiere e dei pettegolezzi bisogna aspettare molto piú a lungo.

Per fortuna quella sera arriverà Miguel Di Giacomo a cena, forse con lui riuscirà a distrarsi. Lo ha messo alla prova come le aveva chiesto. Non ha ancora capito se è davvero il fratello dello scrittore, ma poco importa. Recita bene, conosce tutto e tutti nel mondo del cinema e si è rivelato prezioso con i suoi consigli nella scelta dei soggetti o su una sceneggiatura da scrivere. Cenare con lui è come sfogliare tutte le riviste cinematografiche pubblicate in un mese, divertendosi di piú e venendo a sapere le notizie che i giornalisti hanno dovuto nascondere.

Quando inizia a friggere l'odore si diffonde nella casa e Dora arriva, silenziosa. Sono i momenti in cui si sente a suo agio con lei, i pochi in cui quella madre cosí diversa da ogni altra non la imbarazza.

– Hai studiato le tabelline? – chiede Elvira mentre stende la melanzana gonfia di olio su una grata.

– Sí, tutte. Anche quella del nove, – risponde Dora mettendo in fretta dei fogli di carta spessa sotto la grata.

– Quanto fa sette per otto?

– Cinquantasei.

– E nove per otto?

– Settantadue.

– Va bene, se sai queste vuol dire che le hai studiate davvero tutte. Fammi vedere il tema.

Dora si irrita quando la madre la incalza con le domande e pretende di fare piú cose nello stesso momento. – Mammà, se ci distraiamo si brucia tutto, – la blocca.

– Ja, fammi vedere il tema, stiamo solo cuocendo due melanzane!

Dora si rassegna ad andare a prendere il quaderno mentre Elvira continua a dorare le lunghe strisce chiare. Senza la figlia può cucinare e pensare alla sceneggiatura. Avvicina un foglio e una penna, gira una fetta di melanzana e scrive. Ne mette una sulla grata e scrive. A un certo punto le torna in mente Dora.

– Dove sei? Quanto tempo ci vuole per prendere un quaderno?

La figlia appare dopo qualche istante. – Eccomi, non lo trovavo. Ma hai già terminato? – osserva, infastidita.

Elvira è ancora concentrata sulla sceneggiatura, non si accorge del tono di Dora. Finisce di sistemare le fette e apre il quaderno. Le pagine sono ordinate, la calligrafia chiara. Molto piú della sua, pensa. Alla fine, tra le righe dell'ultimo tema svolto, vede alcune cancellature e i segni di uno strappo. – E qui che è successo?

– C'era un errore, ho buttato la pagina.

Elvira la guarda negli occhi, qualcosa non la convince. – E le cancellature?

Dora resta in silenzio.

Su alcune parole si vedono delle macchie d'inchiostro. Elvira le sfiora con le dita, sono ancora umide e hanno sporcato anche il resto della pagina chiusa troppo in fretta.

– Che avevi scritto?

– C'erano degli errori, – ripete Dora. Sembra che non sappia dire altro.

I segni sono sparsi in modo grossolano. Le lettere prima e dopo ogni macchia si leggono senza difficoltà.

– Racconti un sogno, mi sembra. Che cosa avevi sbagliato? – chiede Elvira sforzandosi di ricostruire i vocaboli.

Dora non apre bocca.

Ma Elvira non ha piú bisogno che la figlia parli. Ha messo insieme le parole in chiaro, interpretato quelle nascoste e compreso il senso dell'intera frase.

– Hai sognato che vivevamo in una bella casa tutti insieme. E c'era anche Maria e…

Appoggia il quaderno sul tavolo. Meglio lasciare monca la frase. Meglio non andare oltre. Nemmeno sua figlia può capire.

– Ma che sogni fai? – si arrabbia. – Maria sta benissimo dov'è. Studia, ha le amiche, non si troverebbe bene a casa nostra. Conosco tante bambine venute su come lei, non ci sta niente di particolare. E ora basta, finiamo di cucinare!

Dora scoppia a piangere e scappa via. Elvira sente la rabbia sciogliersi insieme alle lacrime della figlia. Si rende conto di aver esagerato. Troppa la pressione intorno a lei. Dei genitori, di Nicola, della gente. Ma con Dora è diverso. Allontana la pentola dal fuoco e corre a cercarla. La trova nella sua stanza, distesa sul letto. Si siede e le prende la mano. Si sforza di pronunciare parole che fino ad allora non ha avuto il coraggio di dire a nessuno. – Anche io penso tanto a Maria. Vorrei che vivesse qui, ma per adesso non è possibile. Ti assicuro che con le suore sta bene, cresce in un posto dove tutti si occupano di lei. Quando sarà il momento ti prometto che andremo a prenderla. Faremo una grande festa e vivremo tutti insieme. Come hai scritto tu.

Miguel Di Giacomo arriva all'ora di cena. Puntuale, elegante, allegro. È quasi estate, le giornate si sono allungate. Dora e Eduardo hanno aiutato ad apparecchiare in cortile dove c'è aria fresca e tranquillità. Le melanzane finiscono subito, restano delle pesche, un'altra primizia di stagione, da accompagnare con un buon vino rosso. E resta il cinema, un argomento di cui potrebbero parlare per ore e che per Elvira quella sera è una salvezza, uno scoglio a cui aggrapparsi.

All'amico confessa di essere preoccupata per le novità in arrivo. I produttori stanno investendo in modo massiccio nei lungometraggi, pellicole lunghe anche mille metri e film che durano fino a un'ora.

– Non li sanno fare, – sostiene Elvira. – Gonfiano le storie invece di scriverle. Inseriscono dieci scene di panorami e pensano che sia sufficiente. Poi la gente va al cinema, si annoia, e alla proiezione successiva le sale restano vuote. E le casse pure.

Miguel si accende un sigaro. Ne offre uno anche a Nicola. Il sapore amaro del tabacco si sposa bene con quello del vino rosso addolcito dal gusto delle pesche. – Cara Elvira, impareranno. Per questo ci vogliono autori che sappiano scrivere come voi. Però i nuovi film costano di piú, il prezzo del biglietto deve aumentare per lasciare un margine di guadagno ai produttori. Il sistema può reggere solo se andranno al cinema i ricchi, i borghesi, gli intellettuali, quelli che ora preferiscono il teatro. Per convincerli bisogna allungare la durata delle pellicole e proporre storie piú complesse.

– Miguel, attenzione. Il sistema può reggere solo se ci sono i grandi numeri. Non bastano gli affezionati dei teatri, le sale si riempiono con quelli che abitano nei bassi, nei vicoli, con il popolo. Possono anche pagare di piú per vedere uno spettacolo, ma vogliono prima di tutto storie in cui immedesimarsi, vicine al loro modo di vivere –. Elvira fa una pausa. – E non c'è nulla di semplice nel loro modo di vivere.

Di Giacomo avvicina un piattino, libera con un gesto lento il sigaro dalla cenere e riflette. Sa di poter essere sincero con lei. – Mah, si va avanti per tentativi, alla ricerca della formula giusta, – risponde. – Guardate come si stanno muovendo i vostri concorrenti. Voi state in casa a scrivere e vi isolate. Loro tessono alleanze, stipulano accordi, si ingrandiscono, si spingono anche oltre Napoli.

Elvira scuote la testa. – Vi do ragione quando dite che si va avanti per tentativi, ma la formula giusta non esiste. Secondo me Napoli è un film continuo, basta andare a cercarlo. Vedo che anche altri se ne stanno accorgendo a Roma e investono fior di soldi sul genere che noi preferiamo. Vuol dire che è la strada giusta.

– Vi riferite ad *Assunta Spina*?

– Già. La storia originale è di vostro fratello, l'ho letta e mi è piaciuta molto. Sull'adattamento per il cinema vedremo.

– Salvatore è un genio della parola, ma non capisce niente di film e tiene bisogno di soldi, – commenta Miguel dopo alcuni secondi di silenzio.

Elvira taglia altre pesche e le dispone su un vassoio. Sul suo volto appare un sorriso malizioso. – Ha scelto come protagonista Francesca Bertini, la grande diva, quella che D'Annunzio e il bel mondo dei teatri considerano una delle migliori attrici di ogni tempo. Mi hanno detto che sta riscrivendo le scene e mettendo bocca su tutto.

– Sí, vorrebbe fare come voi, scrivere la sceneggiatura, recitare, scegliere i costumi, dirigere il film. Ma voi avete imparato iniziando a colorare pellicole e a disegnare locandine, lei non sa nulla. Non si può improvvisare un lavoro da un giorno all'altro!

– Vabbuo', sui costumi sa il fatto suo, – ride Elvira. Nicola, fino ad allora rimasto ad assaporare il suo sigaro, si unisce alle risate. – Quanti ne aveva cambiati nell'ultimo film?

– Uno per ogni scena, – risponde Miguel addentando una pesca ben imbevuta nel vino.

– E mo vuole fare la napulitana. Ma quella nemmeno sape parlare 'o napulitano! Che vuole? Se ne turnasse a Roma, – conclude Elvira.

– Chella piace a Roma. Piace a D'Annunzio, piace ai salotti del potere, là e pure qua, – commenta Miguel. – Lo sapete che dicono invece i salotti di voi? Che i vostri film sono buoni solo per i vasci di Napoli. Che non entrerete mai nel mondo del cinema che conta. La grande giornalista Matilde Serao sta preparando un altro articolo contro le riprese nelle strade. Sí, proprio contro il vostro cinema.

Non bastano le signore che la giudicano un'egoista o la figlia che le rinfaccia le sue scelte. Nemmeno ai salotti piace e hanno deciso di farle la guerra. Elvira lascia stare le pesche e guarda dritto negli occhi l'amico. – I salotti stiano dentro i salotti. I vicoli sono terra mia.

21.

Una nuvola di polvere nasconde il sole, il cielo, gli alberi, e pure il sentiero stretto e scuro. – Attenta, mammà, ci sta un muretto. Ti aiuto a scavalcarlo! – Eduardo le porge il braccio indicando uno sbarramento di pietre di tufo. Elvira indugia un istante, frenata dal vestito lungo, le scarpe lucide e una borsa al braccio. Dora si rende conto del suo imbarazzo, si avvicina anche lei per sostenerla. Soltanto Nicola resta fermo dietro tutti.

Elvira fa segno ai figli di allontanarsi e appoggia la borsa sul muretto. Con una mano regge il bordo del vestito, per evitare che si strappi o resti bloccato, e supera l'ostacolo. – Le madri si fanno aiutare a camminare solo quando sono vecchie! Ancora dovete aspettare! – avverte con un lampo di fierezza nello sguardo.

Nicola ride e si affretta a raggiungerla oltre il muro. Si procede con difficoltà anche da quel lato, ma lo stadio è vicino. Capiscono di essere arrivati quando sentono sotto i piedi i primi ciuffi d'erba e le linee tracciate con la calce per delimitare le aree del campo.

– Venite di qua, è piú chiaro, – li guida Eduardo. Lo seguono e finalmente iniziano a vedere i pali delle porte, uno sgabuzzino adibito a spogliatoio, le panche in legno prese d'assalto dagli spettatori. Sul lato opposto, al centro della nuvola sollevata dal gran movimento di zoccoli e pneumatici, si indovina una folla di carrozze e auto parcheggiate.

Un omino con un berretto impolverato sulla testa e una giacca spiegazzata li accoglie all'ingresso. – Don Nicola, come state? Entrate pure. Questi sono i vostri figli? Trasite! Trasite! E questa è vostra moglie? Un onore conoscervi, donna Elvira. Mi chiamo Andrea, sono il custode del campo. Siete venuti per lavorare o per vedere la partita tra Real e Partenope?

– Buongiorno mastr'Andrea, – risponde Nicola, – ci ha chiamati la famiglia di uno dei calciatori. Vogliono una specie di ricordo. Sapete com'è, con questa guerra che avanza è tutto incerto. Al Nord il campionato è iniziato già da qualche settimana. Qui al Sud, invece, ancora niente. E nessuno è in grado di dire se inizierà. La famiglia ha deciso di approfittare almeno di questa amichevole per avere delle riprese del ragazzo mentre gioca.

La guerra in Libia è terminata senza concludersi davvero. Due anni sono trascorsi da allora tra continui conflitti. La tensione è salita fino a esplodere in una corsa ai combattimenti sempre piú ampia e diffusa che minaccia di travolgere tutte le nazioni. L'Italia non ha ancora preso posizione, ma l'atmosfera è ogni giorno piú pesante, come l'aria densa di polvere che si respira nello stadio.

Il custode annuisce con convinzione. – Tengono ragione. Meglio prendere quello che c'è di questi tempi. Pure l'incontro di oggi non è sicuro.

– E perché? – chiede Elvira.

– Boh, dicono che l'auto su cui stavano arrivando i giocatori del Partenope abbia avuto un guasto. Stanno provando ad aggiustarla.

– Speriamo che ci riescano altrimenti avremo perso una giornata per nulla, – commenta Elvira.

Nicola inizia a preparare la cinepresa. – Mastr'Andrea, vi do fastidio se mi muovo a bordo campo per le riprese?

– Don Nico', e che problemi ci sono? Fate pure. Dovete solo stare attento a non finire in mezzo al gioco. Se ci sarà il gioco.

Nicola si allontana per andare a provare le inquadrature migliori. Due uomini gli vanno incontro. L'hanno riconosciuto, gli stringono la mano. Elvira non riesce a vederli in volto. Uno di loro ha una divisa militare, un altro indossa un vestito scuro piuttosto formale. Parlano a lungo mentre lo stadio inizia a riempirsi. Non esistono recinzioni, ai tifosi basta oltrepassare alcune montagnole di sabbia e arbusti per assicurarsi un posto dove capita, senza biglietto e senza controllo.

Presto ogni spazio disponibile viene occupato e si distinguono meglio le formazioni. Su una metà campo è schierato il Real con i tifosi in tripudio, nella metà del Partenope gli spettatori non hanno calciatori in carne e ossa da sostenere, ma rovesciano comunque sugli avversari i loro fischi e sfottò. Vicino allo sgabuzzino usato come spogliatoio un capannello di persone è impegnato in un'accanita sfida di scommesse, quasi tutti puntano sulla vittoria a tavolino del Real.

Elvira osserva distrattamente i movimenti del pubblico. È seduta con i figli su una panca di legno e non perde di vista quello che accade ai lati del prato. I due uomini sono andati via, Nicola è rimasto da solo. Non ha finito di montare il cavalletto e non sembra nemmeno volerlo fare. Ha lo sguardo perso nel vuoto e l'aria smarrita.

Elvira freme, qualcosa dev'essere accaduto. Vorrebbe correre da lui, ma non è il momento giusto, c'è confusione. L'attesa dura da troppo tempo, il nervosismo tra i tifosi sta crescendo.

Quando l'arbitro indossa il cappotto, il pubblico capisce che è finita, non si giocherà. Chi ha puntato sul facile trionfo del Real si precipita a riscuotere, gli organizzatori delle scommesse però si rifiutano di pagare. Spiegano che l'arbitro si è dileguato senza proclamare i vincitori, la partita è solo rinviata, la nuova data verrà comunicata presto. La risposta è un pugno, e subito dopo un altro, che scatena una violenta rissa e una repentina fuga da parte di chi voleva soltanto vedere una partita di calcio. Nicola smonta tutto in fretta, raggiunge la famiglia e insieme si allontanano.

Una giornata persa e chissà che altro sta accadendo, pensa Elvira mentre tornano a casa. Per tutta la sera Nicola non smette di essere strano, cupo. Cena in silenzio e scompare subito nel laboratorio.

È notte quando apre la porta dello studio per rientrare in casa. Elvira è ancora lí a controllare i conti. In realtà lo sta aspettando.

– Che succede? Sei arrabbiato? – chiede quando lo vede passare.

Nicola scuote la testa e si siede. L'angoscia vela il suo sguardo. – Oggi, quando eravamo al campo, ho parlato con alcuni amici. Mi hanno detto che l'Italia si sta preparando a intervenire nella guerra. Non si può piú sperare di rimanere neutrali. Sai che cosa vuol dire?

Elvira si avvicina. – Ti hanno detto altro?

Nicola si passa le mani fra i capelli.

– Non molto di piú. Sinceramente non so come andremo avanti. Abbiamo tre figli da mantenere, e pure una parte della tua famiglia dipende da noi. Se l'Italia entra in guerra mi possono chiamare al fronte da un momento all'altro. Se anche trovassi un modo per non partire, il mercato sarebbe completamente fermo. Da quando l'Austria ha dichiarato guerra alla Serbia le esportazioni di film si sono bloccate e qui da noi è sempre piú difficile trovare le pellicole. Come faremo?

– Ci arrangeremo. Possiamo stampare negativi su ordinazione, affittare la sala di posa, dare lezioni di recitazione o anche semplici ripetizioni ai bambini. Possiamo continuare ad accettare qualsiasi ordine ci venga richiesto, dalle riprese per cerimonie ai panorami, – elenca Elvira. – Faremo meno film ma non moriremo di fame.

L'ansia è un germe subdolo, le basta una parola per irrompere nelle menti, erodere certezze, polverizzare convinzioni, sgretolare speranze. Nicola non l'ascolta nemmeno.

– E se mi chiamano al fronte?

Elvira lo stringe a sé. Stanno insieme da tredici anni, hanno attraversato mille difficoltà. Per la prima volta Nicola le appare debole, impaurito, piegato da un nemico cosí grande da affrontare. Capisce di doversi fare roccia per lui, per tutti loro. Lo abbraccia con una tenerezza nuova, mai avuta nemmeno per i figli. – Se ti chiamano ne riparliamo.

– La guerra! La guerra! Il conflitto è alle porte! – si sgolano gli strilloni il giorno dopo nelle strade. Il loro richiamo arriva fino in cucina. Le finestre sono spalancate, la luce della tarda primavera illumina gli angoli piú nascosti, non gli animi. Elvira sta prendendo il caffè, si sfila rapidamente il grembiule e corre a comprare il giornale.

– Forse i tuoi amici hanno ragione, non manca molto, – dice a Nicola quando rientra.

Il «Giornale d'Italia» ha pubblicato un lungo editoriale. Chiede al governo una presa di posizione netta per risollevare il prestigio e il futuro della nazione. Gli italiani dovranno fare la loro parte sostenendo il Paese e dimostrandosi pronti a sacrifici e sforzi, in nome di «un ardente patriottismo».

Nicola chiude il giornale con un gesto brusco. – Le solite chiacchiere.

Elvira prende le pagine e le piega con cura. – Nico', il «Giornale d'Italia» è molto vicino al ministro degli Esteri, lo sai bene. E nessun direttore pubblica un articolo con quel risalto senza aver consultato i suoi referenti politici.

Nicola si siede, avvilito, senza piú altro da dire.

Dora ha ascoltato i loro discorsi e i richiami degli strilloni in strada. Entra in cucina e va alla finestra. – Mammà, dov'è la guerra? – chiede in tono preoccupato. Anche Eduardo si avvicina alle imposte. Mette appena il naso fuori. – Non vedo nulla. E mo come facciamo? Non si può uscire?

Elvira apre la dispensa. Prende un barattolo di latta e lo posa sulla tavola. – Sono appena stata fuori. Non c'era nulla di strano. La guerra è lontana. Questi sono i biscotti per chi vuole fare colazione. E poi tutti a lavorare!

Anche se ancora non è stata dichiarata, la guerra è sui giornali, nei vicoli, nei bar, davanti ai teatri e alle sale cinematografiche, nelle case. Non si parla d'altro, ha sovvertito ogni ordine e ogni priorità. La guerra è tutto.

Con la famiglia ha ostentato sicurezza, ma Elvira sa che Nicola ha ragione, rischia davvero di finire sotto le armi. Deve agire prima che sia troppo tardi.

Le tre della notte, l'ora dei ladri rintanati nei vicoli bui, dei vagabondi segregati sotto i porticati delle chiese, dei *femminielli* nascosti agli angoli delle strade, degli avventori del sesso attratti dai budelli del ventre di Napoli. L'ora migliore per uscire senza farsi notare.

Elvira indossa un mantello pesante e accosta piano la porta di casa per non svegliare nessuno. Un gelido vento di tramontana spazza le strade e fa brillare le stelle. Non è una notte per cappelli, Elvira si ripara sotto un cappuccio. Ombra tra le ombre, si avvia verso il porto. La strada è lunga, ha il tempo di pensare a che cosa dire e a come dirlo. Ogni parola va studiata, nulla può essere lasciato al caso. Il nuovo giorno dovrà portarle la certezza di aver salvato lavoro e famiglia. Oppure famiglia e lavoro, da tempo cosí intrecciati e sovrapposti da apparire indistinti.

Quando arriva in vista del mare i primi riflessi dell'aurora illuminano la città dal lato della *muntagna*. In quegli anni nell'ufficio della Marina si sono avvicendati diversi comandanti, ma Elvira ha ancora ottime conoscenze tra i vertici militari. Le riprese del salvataggio della corazzata *San Giorgio* sono un ricordo vivo nella memoria di molti. Quando bussa alla porta un soldato infreddolito la fa entrare con un gesto ossequioso. – Il tenente l'aspetta.

Da una stufa a legna si irradiano timidi getti di calore, si gela anche nell'ufficio. Il soldato indossa un pesante pastrano come se fosse all'aperto. Elvira abbassa il cappuccio ma resta avvolta nel mantello.

Dopo alcuni minuti, il tenente apre la porta e l'accoglie con un sorriso. Elvira vede davanti a sé un uomo che avrà all'incirca l'età di Nicola. Dalla fede al dito intuisce che è sposato, forse ha dei figli che non abbraccia da tempo e quella vita in caserma – e un'eventuale chiamata al fronte – gli sembrano il necessario tributo alla Patria. Avrebbe preferito una persona diversa ad ascoltare la sua richiesta, ma si sforza di trovare le parole piú adatte.

Racconta quello che sta accadendo nel mondo del cinema. Alcuni produttori stanno decidendo di chiudere subito per non doverlo fare in seguito su ordine del governo e con perdite maggiori. Altri stanno riducendo l'attività perché molti operatori, tecnici e anche titolari di aziende sono già stati spediti a combattere o corrono presto il rischio di doverci andare. Elvira tormenta l'anello di ferro, lo sposta dall'anulare al medio e dal medio all'anulare piú volte prima di decidersi a esporre la sua richiesta. – Mio marito non ha ancora ricevuto comunicazioni da parte del ministero. Vorremmo trovare un modo per evitare il pericolo di una chiamata –. Osserva il tricolore in un angolo, le pareti macchiate di umido, la scrivania rosa dai tarli. – Vorremmo evitare il pericolo di qualsiasi chiamata. Non solo in prima linea, pure nelle retrovie o in qualche ufficio amministrativo.

Il tenente scuote la testa. – Donna Elvira, io non…

Elvira lo interrompe, apre la borsa, distende sulla scrivania dell'ufficiale lo schizzo di una futura locandina. In basso c'è il titolo, *Addio mia bella, addio*. L'immagine ritrae una compagnia di bersaglieri a passo di corsa e un tricolore italiano con lo stemma della monarchia.

Al tenente scappa di nuovo un sorriso. – Sa che mio fratello è nei bersaglieri? E che mio padre ha fatto parte della prima compagnia creata dal generale La Marmora?

Elvira si è preparata a quell'incontro. Racconta di aver conosciuto il fratello alcune settimane prima mentre attraversava le strade di Napoli con la fanfara. – Io e mio marito eravamo lí per alcune riprese. Il film è quasi pronto, ci sarà pure lui insieme a tanti valorosi. Sarà importante proiettarlo nelle sale, in questo momento gli italiani hanno bisogno di sentire la forza dell'esercito, di unirsi in nome della patria. Si è deciso di combattere? Bisogna partecipare tutti, ognuno con le proprie armi –. Elvira guarda negli occhi l'ufficiale. – Le nostre armi sono le pellicole, le immagini, le storie. Con la sua attività di produttore e di operatore cinematografico, mio marito può rendere alla patria un servizio molto piú utile.

Il tenente ha smesso di sorridere. In tanti si sono recati da lui o dai suoi colleghi per evitare il fronte. Qualcuno millantava malattie, altri si aumentavano gli anni o i parenti da sfamare. Tutti cercavano soltanto di sottrarsi a un obbligo. La richiesta dei Notari è diversa. La famiglia si sta mettendo comunque al servizio della patria, è un altro modo di arruolarsi.

Prende lo schizzo, osserva con attenzione i bersaglieri. Alla fine si alza.

– Donna Elvira, non vi assicuro nulla. Completate questo film e poi ne parliamo. Fatemi sapere quando ci sarà la prima.

Elvira macina la strada, divora i basoli, travolge i vicoli per tornare in fretta a casa. Spalanca la porta e scompare nel laboratorio. Si ferma solo quando trova Nicola.

È seduto al tavolo di montaggio. Solleva appena lo sguardo. – Dove sei stata cosí presto di mattina?

Elvira si libera della mantella, ha le mani e le guance bollenti per la corsa. Non bada alla domanda di Nicola, forse non l'ha nemmeno sentita.

– Dobbiamo fare un film!

– Che vuol dire? Che film?

– Hai presente i bersaglieri che correvano l'altro giorno a Napoli? Tu avevi fatto delle riprese, vero? La pellicola è pronta o la devi ancora sviluppare?

Nicola abbandona gli spezzoni sul tavolo e si gira verso Elvira. – Vai piano, non capisco niente. Che succede?

– Succede che forse possiamo salvarci, ma dobbiamo assolutamente fare questo film. Ti ricordi la canzone *Addio mia bella, addio*?

– Quella delle guerre d'indipendenza?

– Sí, il saluto dei soldati che partono fieri, orgogliosi. Deve essere la base del film.

– Ma quale film?

– La storia di un soldato che lascia la fidanzata e va in guerra. Mo lo scrivo, – risponde Elvira andando verso lo studio. Si siede alla scrivania e inizia a organizzare il lavoro.

– Devi assolutamente trovare le riprese della parata dei bersaglieri. Nel frattempo convoco gli attori e mi occupo della distribuzione. Questa pellicola deve arrivare ovunque, ci vuole un'impresa di livello nazionale –. Apre un cassetto, cerca qualcosa. – Avevo segnato il nome di un imprenditore, mi dicono che sia uno dei migliori in giro. Per la scelta delle sale italiane lasceremo fare a lui mentre a Napoli va organizzata un'anteprima al Salone Margherita. Poi abbiamo bisogno dell'orchestra per l'accompagnamento musicale –. Finalmente trova il foglio con il numero. – Per questo film dobbiamo fare le cose in grande. E presto! – conclude sollevando la cornetta del telefono.

– Ma perché? – chiede Nicola, che è rimasto in piedi ad ascoltare la raffica di istruzioni.

– Perché è l'unica speranza che abbiamo di non farti partire.

C'è aria di festa al Salone Margherita. Tutte le luci sono accese, davanti all'ingresso le carrozze si fermano a turno per far scendere le dame ingioiellate e i loro cavalieri dalla chioma luccicante di brillantina. Elvira è già entrata, percorre a grandi passi il corridoio. Ritrova gli stessi marmi di tredici anni prima, le colonne, i camerieri che volteggiano tra i tavolini pronunciando ricercate parole francesi. Nient'altro. Il Salone sopravvive ma ha i giorni contati. Scomparsa l'irrefrenabile macchina da intrattenimento capace di rovesciare a ritmo continuo sugli spettatori concerti, proiezioni, esibizioni di ballerine e varietà. Il can can non va piú di moda, la Belle Époque è terminata, sono i film la grande attrazione e le sale cinematografiche i nuovi templi di uno svago che non tollera interruzioni.

Non c'è Vincenzo, l'amico e compagno di avventure emigrato negli Stati Uniti. Non c'è piú nemmeno la giovane di provincia trepidante e incantata di fronte al cinema e alla sua meraviglia. Quella sera Elvira è l'ospite d'onore e, nonostante sia arrivata addirittura una guerra a bloccare il suo cammino, non intende farsi fermare nemmeno dall'intero esercito del re.

È la patria che chiama, dicono. Ma in nome di quale patria dovrebbe rischiare di perdere il marito e anni di lavoro? Quella dei piemontesi che considerano il Sud una terra da consumare, succhiare, prosciugare e buttare via? Quella del governo che ha mostrato di occuparsi di cinema solo per aprire un Ufficio censura e per decidere una tassa sui biglietti di ingresso nelle sale?

Conosce una sola patria, lei, la piccola roccaforte di famiglia e lavoro per cui vive. E intende difenderla con tutta sé stessa.

In poche settimane ha terminato le riprese e il montaggio con Nicola, ha conquistato il visto dei solerti funzionari del controllo sulla morale e ottenuto la distribuzione della pellicola nelle principali città italiane: Milano, Torino, Roma, Bari, Palermo. Il gran debutto non poteva che avvenire a Napoli con uno spettacolo in anteprima, una prova generale in attesa del via libera definitivo alle proiezioni successive.

Le persone iniziano a entrare. Accanto a Nicola c'è anche Elvira ad accoglierle. È lei la protagonista della serata, sono sue l'idea del film, la direzione, il montaggio. Si mostra elegante, magnetica, sicura. Indossa un abito in seta color vinaccia dalle maniche larghe e il corpetto stretto. L'ha cucito in pochi giorni insieme con la stola di velluto blu scuro che le copre le spalle. Saluta il tenente della Marina, le autorità, la migliore società, e su ognuno posa il suo sguardo sottolineato da una linea di bistro, scura e intensa. Nessuno può piú sostenere di non conoscerla, anche se in pochi si spingono oltre qualche sorriso di circostanza. Non hanno lasciato vuoti i salotti per incontrare lei o per vedere il suo ultimo lavoro, sono lí per partecipare a un imperdibile appuntamento mondano.

Dietro di loro, però, ne arrivano tanti altri. È il 10 maggio del 1915, l'intervento dell'Italia in guerra sembra imminente. L'addio raccontato nel film è il sentimento di un Paese intero. Tutti hanno un padre, un fratello, un parente, un amico in partenza per il fronte. La folla all'ingresso blocca via Toledo. Auto, tram e carrozze sono costretti a fermarsi. A centinaia vogliono entrare per sentirsi parte della stessa lacerazione.

E lei ora teme di aver osato troppo. Non solo ha chiesto ai suoi attori di lavorare in tempi strettissimi, ha anche preteso un salto in avanti sulla concorrenza. Per fare colpo sulle autorità militari e sul pubblico, per mostrare la sua superiorità rispetto agli altri produttori, ha costruito il film intorno alla canzone *Addio mia bella, addio*. Deve essere innanzitutto la musica a partire, e subito dopo le immagini. È la pellicola a adattarsi al suono, il contrario di come si usa fare. È un modo per esaltare al massimo un motivo famoso e molto in voga, si è raccomandata durante le prove. Il proiezionista, abituato a guidare lo spettacolo e a considerare la musica un traino, ha protestato contro la sua insaziabile voglia di andare oltre: – Non vi basta quello che abbiamo sempre fatto?

La risposta è sempre la stessa, non le basta. Elvira cerca l'effetto speciale per quella serata che deve lasciare il segno. Vuole sfruttare la popolarità di un brano che in quegli anni tutti conoscono e cantano, sogna un momento di emozione corale, ma rischia di aver esagerato e di andare incontro a un fallimento. Se ne rende conto quando le luci in sala si abbassano e sullo schermo scorrono le prime scene. Qualcosa non funziona, l'orchestra inizia a suonare e il ritmo delle scene non si sincronizza con la musica. Elvira è seduta a uno dei tavolini, si guarda intorno. Il pubblico delle prime file fuma, tesse relazioni, conclude affari e distrattamente segue il film. Nessuno si è accorto dell'errore.

Nicola, no. Nicola, come lei, è in allarme. Si scambiano uno sguardo preoccupato. Lui si allontana in fretta, lei resta da sola a tormentarsi.

Le immagini continuano a scorrere. Piú avanzano, piú è evidente che l'orchestra sta andando per conto suo. Il tenente inizia ad agitarsi. Magari ha capito qualcosa, è uno dei pochi spettatori attenti. Elvira apre un ventaglio, all'improvviso sente il bisogno di farsi aria. Avrebbe dovuto aspettarselo, forse il tecnico in cabina non era pronto alla sua rivoluzione.

Sullo schermo la storia procede. La trama ruota intorno all'eterna battaglia di una coppia di fidanzati per salvare il loro amore. Un uomo ricco e potente vuole a tutti i costi sposare una ragazza di origini modeste. Copre di denaro il padre per assicurarsi il suo consenso, corrompe i militari per sbarazzarsi del fidanzato spedendolo al fronte, prova persino a violentare la donna. Conquistato dall'incalzare degli eventi, il pubblico smette di chiacchierare. Le signore difendono la protagonista, la chiamata alle armi trascina gli uomini. Sta per arrivare il momento della partenza, il temuto addio tra i fidanzati. È il culmine della storia. Elvira ha il fiato sospeso, si chiede se Nicola abbia trovato il modo per intervenire. Mancare la sincronia tra musica e immagini in quella scena vorrebbe dire rovinare l'intero film, e anche il loro futuro.

Nell'aria risuona il canto voluto da Elvira.

Addio mia bella, addio
che l'armata se ne va

e se non partissi anch'io sarebbe una viltà.
Il sacco l'ho preparato,
il fucile l'ho con me
ed allo spuntar del sole
io partirò con te.

Subito dopo il proiettore diffonde l'immagine di un treno. Il pubblico segue la melodia e si unisce in coro sovrapponendosi alla voce del cantante. Alcuni sguardi si velano, qualche mano va a cercare un fazzoletto.

E quando l'orchestra attacca le note della fanfara dei bersaglieri sullo schermo si vedono i militari avanzare di corsa nelle strade di Napoli. È la scena ripresa dal vivo da Nicola durante la parata di alcuni mesi prima. Elvira ha mentito, non sa se fra quei volti c'è anche il fratello del tenente – non lo conosce – ma il suono della marcia sembra uscire proprio dalle loro trombe. Il pubblico si alza in piedi in segno di rispetto come davanti a dei militari in carne e ossa.

Sui titoli di coda arrivano gli applausi, lunghi e scroscianti. Quando gli spettatori iniziano a lasciare la sala, molti si ritrovano a canticchiare il ritornello *Addio mia bella, addio*. Qualcuno ha gli occhi lucidi.

Elvira li guarda passare. Chi sta uscendo dal Salone porterà con sé l'emozione creata da lei e la ricorderà ogni volta che ascolterà le canzoni del film. La sincronia tra musica e scene ha funzionato e quelle voci e quella passione sono la risposta alla domanda del proiezionista. Non le basta l'ordinario accompagnamento di un canto e di alcuni strumenti, non vuole soltanto riempire il silenzio di una bella immagine. Esige una musica potente e popolare per annunciare le scene, per stupire, avvincere, coinvolgere e trascinare gli animi rimanendo con loro a lungo anche dopo la fine dello spettacolo.

Una mano scivola nella sua. Elvira la riconoscerebbe anche fra un milione. Si volta, Nicola è davanti a lei. Sorridente, soddisfatto. Elvira gli lancia le braccia al collo.

– Sei stato bravissimo. Come hai fatto?

– Il ragazzo si è confuso ma era semplice. Bastava seguire la musica usando la manovella, rallentando o accelerando la proiezione, – risponde Nicola con naturalezza.

Elvira lo prende per mano e lo trascina dal lato opposto della sala. Il tenente è lí con alcuni funzionari e alti graduati. Quando la vede interrompe la conversazione e la raggiunge. Saluta Nicola con una stretta di mano e si inchina lievemente verso Elvira.

– Ottimo lavoro. Sosterrò la vostra richiesta nelle sedi opportune, – assicura a bassa voce. E, in tono ancora piú dimesso: – Grazie per non aver mostrato mio fratello sullo schermo, non avrebbe gradito.

22.

Il primo ad abbassare la saracinesca è il panettiere piú frequentato del quartiere. Poi iniziano a chiudere alcuni banchi del mercato e a svanire i venditori ambulanti nelle strade. Al mattino, quando Elvira va a fare la spesa, i richiami dei commercianti si levano timidi, quasi imbarazzati. Le urla sono ormai soltanto quelle degli strilloni sulle trionfali vittorie dell'esercito italiano al fronte, nel lontano e freddo Nord. Pochi mesi sono trascorsi dall'ingresso dell'Italia in guerra, un nuovo anno è appena iniziato, il 1916, e Napoli si sta spegnendo. Nulla e nessuno viene risparmiato.

– Per trovare una pellicola sono dovuto andare a implorare un amico a via Foria. Me l'ha fatta pagare il triplo, – si sfoga Nicola un giorno tornando a casa.

Elvira solleva appena la testa. – Non sono solo le pellicole che ci mancano, abbiamo bisogno di un'idea per un film.

– E che idea vuoi avere? Bisogna girare un'altra storia militare, è chiaro, – risponde Nicola.

– Nemmeno per sogno!

Un'ombra cala sul volto di Nicola. – E perché? Hai dimenticato le parole del tenente?

– Il tenente chissà dov'è ora. So che l'hanno mandato via. Se è al fronte avrà problemi piú urgenti –. Elvira prende un foglio dove ha segnato alcune cifre, i conti degli ultimi mesi di attività. – Pure noi abbiamo altro a cui pensare. Guarda qua. *Addio mia bella, addio* è andato bene, ma quando abbiamo portato nelle sale una nuova storia sui combattimenti in prima linea è stato un mezzo fallimento. Nel laboratorio gli ordini di pellicole da colorare si sono quasi azzerati e le richieste di matrimoni e battesimi sono scomparse.

Nicola dà uno sguardo distratto ai numeri, non dicono nulla che non sappia già. – È un momento pessimo per chi fa cinema. Lombardo si sta trasferendo, ha aperto una sala cinematografica a Roma. E Troncone si sta fermando.

– La gente inizia a essere stanca di vedere guerra ovunque, – prosegue Elvira. – I giornali ne sono pieni, le persone ne parlano di continuo. Perché dovrebbero spendere dei soldi per trovarla anche nelle sale? Bisogna proporre qualcosa di diverso.

Nicola non è convinto. La gran parte dei film in circolazione racconta la vita dei soldati e le loro esaltanti imprese militari, sembra quasi irriguardoso occuparsi di altro. Ma è Elvira a scegliere le storie, a lui spetta l'ultima parola solo sulle riprese. Si allontana verso il laboratorio, un gesto dovuto all'abitudine piú che a una reale necessità. Senza nulla da girare non sa che fare del suo tempo.

Elvira resta da sola. Anche la sua lista degli impegni si è ridotta. Termina una lettera, la chiude e dà un'occhiata al giornale. Salta le pagine iniziali con i loro stucchevoli bollettini di gesta eroiche e marce trionfali. Si sofferma, invece, su un appello della scrittrice Matilde Serao ai colleghi letterati. Chiede di non avere preconcetti, di non sentirsi superiori, il cinema è un'arte con cui la letteratura deve avere rapporti. Lei stessa ha iniziato a scrivere storie che sono diventate film e ricorda una sera seduta al cinema fra gli spettatori, l'emozione incredibile trasmessa dal pubblico durante la proiezione.

Elvira chiude il giornale con un gesto stizzito. Le solite chiacchiere da salotto, pensa. Gente che per qualche secondo esce fuori dai foyer dei teatri o si alza dalle poltroncine imbottite dei café chantant e crede di aver scoperto chissà che. La grande giornalista ha iniziato da poco a ricredersi sul ruolo del cinema e si sta cimentando nella scrittura di sceneggiature. Un insuccesso clamoroso. Le sue trame seguono i tempi dei romanzi, non ha capito che si tratta di un mezzo nuovo, con regole diverse. Critici e amici la riempiono di complimenti, ma le sale rimangono vuote. Elvira riprende in mano il giornale e lo apre all'ultima pagina, dove l'aspetta la puntata del racconto. Ricorda che molti anni prima sottolineava i passaggi migliori, studiava il ritmo della narrazione. E all'improvviso tutto sembra chiaro.

In un angolo dello studio, nascosto sotto un telo, ha conservato l'antico baule, quello che l'ha seguita in ogni trasloco. Il coperchio si solleva con un cigolio. I fogli ripiegati con cura la aspettano lí, ingialliti ma ancora leggibili. Sono decine di romanzi d'appendice pubblicati sul «Roma». Elvira si siede sul pavimento e inizia a tirarli fuori. Si ferma quando ne trova uno di tanti anni prima. L'ha scritto Davide Galdi, un salernitano, autore di storie a tinte forti. Si intitola *Carmela, la sartina di Montesanto*, è dedicato a una sarta che ha la sfortuna di innamorarsi di un conte. Viene violentata, poi abbandonata, nonostante dalla loro relazione sia nato un figlio, e infine uccisa da lui. È una vicenda vera, il processo ha suscitato clamore con una parte di città schierata per il conte e l'altra per la donna.

Elvira viveva ancora a Salerno quando aveva letto e messo da parte quella storia. La ritrova ora e le sembra di aver camminato cosí a lungo solo per tornare lí dove tutto era iniziato.

Si alza e va in laboratorio. Appoggia il ritaglio sul tavolo di Nicola. – Guarda qua.

Nicola legge il titolo e le prime righe. – Ricordo bene il processo. Ne parlavano tutti.

– Ora chiamo gli attori. Deve assolutamente recitare anche Eduardo, – lo interrompe Elvira, che sta già pensando a come organizzare il lavoro.

– Non è il caso, ha tredici anni, i ruoli di questa storia sono impegnativi.

– Ce la farà e noi abbiamo bisogno di attori uomini, si sono quasi tutti arruolati.

– Elvira?

– Sí?

– Come facciamo con la pellicola?

Elvira va nello studio e torna con due bobine. – Le ho chiuse a chiave, fattele bastare altrimenti restiamo senza lavoro.

A Elvira non pare vero di potersi immergere di nuovo in un dramma pieno di sentimenti e passione come agli inizi. In pochi giorni completa la sceneggiatura e convoca gli attori. Li fa sedere in cortile mentre lei resta in piedi a spiegare la sua idea.

– È un momento particolare, le sale chiudono, gli spettatori calano e abbiamo difficoltà a trovare le pellicole. Noi però vogliamo andare avanti comunque. Non posso nascondervi che stiamo rischiando.

Fa una pausa per osservare le reazioni. Eduardo è il piú giovane, ci sono poi quattro donne e quattro uomini. Attenti, interessati, per nulla intimoriti o indecisi, le persone di cui ha bisogno.

– Il cinema è la nostra vita, – riprende, – e non intendiamo fermarci. Non dobbiamo dimenticare però che, se deludiamo il nostro pubblico adesso, lo perderemo per sempre. Nessuno ha soldi da sprecare per andare a vedere un film noioso.

– Ci vuole una bella storia, – commenta uno degli attori seduti in ultima fila.

Elvira mostra alcuni fogli appoggiati su una sedia. – Eccola. Racconteremo un grande amore, drammatico e sfortunato, vissuto da una povera donna raggirata da un conte ricco, prepotente. La inganna, la violenta, si rifiuta di riconoscere il figlio e la uccide. È accaduto davvero, molti dei nostri spettatori lo ricorderanno e altri si riconosceranno. Spero che questo li convinca a venire a vedere il film.

In tre settimane il lavoro viene terminato. Resta da organizzare la distribuzione nelle sale. Non è tempo di grandi serate come quella di un anno prima al Salone Margherita, quando a vedere *Addio mia bella, addio* erano arrivati nobili, autorità militari e la migliore borghesia. Stavolta l'abito di seta resta in un armadio e la scelta cade su un luogo meno pretenzioso, il cinema Vittoria.

Il giorno della prima è un sabato. Elvira non ha piú bisogno di uscire ore e ore prima dell'inizio dello spettacolo e si è abituata a vedere il suo nome a ogni angolo di strada. Aspetta che sia pomeriggio e tutti insieme si avviano verso la sala. Lungo il percorso Eduardo, fiero del suo ruolo di attore, si ferma davanti alle locandine e le indica ai rari passanti che incontrano. – Un film imperdibile! – assicura con i suoi occhi grandi che ispirano fiducia. La sua carica è contagiosa.

– Nel prossimo film sto pensando a una parte anche per te. Ti fa piacere? – chiede Elvira a Dora prendendola per mano. È il suo sogno, l'intera famiglia al lavoro con lei.

– Signora Notari!

Elvira si volta. Una donna è ferma sul lato opposto della via. Accanto a lei ce ne sono altre due. E davanti a loro ancora altre, accompagnate dai figli o da uomini troppo anziani per essere arruolati. Sono decine e decine, formano una fila che arriva fino all'angolo di un palazzo e prosegue oltre. Da mesi Elvira non vedeva una strada cosí affollata. Lascia la mano di Dora e si avvicina alla donna che l'ha chiamata.

– Mi ricordo questa storia e il processo. Dopo tanti anni non è cambiato niente, mia figlia si è rovinata la vita dietro a un disgraziato che l'ha riempita di promesse false e schiaffi veri!

A Elvira torna in mente il volto tumefatto di Nunziata, la paura nei suoi occhi, la fuga. È vero, non è cambiato nulla.

Altre voci la reclamano. Elvira si avvicina, stringe le mani, saluta, mormora una parola di conforto a chi le confida un segreto, una pena nascosta. Prima di girare l'angolo si volta indietro. Vede Dora abbracciata al padre, un'espressione di fastidio sul volto per aver dovuto dividere la madre con una folla di sconosciuti. Eduardo, invece, applaude orgoglioso.

– Venite, andiamo, – dice tornando accanto a Nicola e ai figli. Dietro l'angolo decine di persone sono in fila anche lí fino a raggiungere l'ingresso della sala. Elvira rimane per un istante a guardarle e scopre di essere felice.

Nei cimiteri non dovrebbe mai splendere il sole. Solo il grigio delle nuvole riesce ad accarezzare il marmo delle tombe, a posarsi con dolcezza sulle scritte in ottone e ferro, ad accompagnare chi passeggia nei viali senza disturbarne la tristezza. Che c'entra invece quella luce già accecante alle dieci del mattino con i raggi che sbattono sulla pietra chiara, che abbagliano, confondono e le fanno perdere la strada? Elvira gira piú volte a vuoto cercando tra le lapidi tutte uguali quella con il nome del padre.

Dopo una vita di lavoro il cuore di Diego ha cessato di battere. Nessuno si è stupito, da tempo il suo fisico non era piú quello di una volta. Agnese l'ha seguito poco dopo, come sempre da quando erano sposati.

Elvira è andata ai loro funerali, poi si è immersa di nuovo nel lavoro, la sua soluzione per scacciare i pensieri. Non è mai passata a lasciare un fiore o a inginocchiarsi per una preghiera fino a quella mattina, quando ha acquistato un mazzo di garofani da una fioraia lungo la strada e ha iniziato a girare tra i viali del cimitero. È sola. Nessuno deve ascoltare quello che ha da raccontare al padre, nessuno deve sentire che cosa è diventato il grumo di parole che non è mai riuscita a liberare, che cosa ne ha fatto dell'odio e del rancore.

Quando arriva davanti alla lapide il sole è una lama incandescente che non lascia scampo. Elvira getta alcuni fiori ormai secchi, cambia l'acqua nel vaso e lo riempie con i suoi garofani freschi e dal profumo lieve. Accenna un segno di croce e si siede sul bordo.

Alcune donne la osservano scandalizzate, per loro le tombe sono recinti sacri, violarle è come profanare un defunto. Elvira non bada agli sguardi, da tempo ha smesso di preoccuparsi del giudizio degli altri. Legge le lettere sulla pietra e pensa al padre. Scarta le immagini piú dolorose, ormai inutili e fuori posto nel film che ha deciso di montare dentro di sé. Preferisce conservare il suo sorriso orgoglioso nel prendere in braccio il nipote maschio, la sua felicità in una lontana sera d'estate quando erano bastati un bicchiere di vino e una fetta d'anguria per sentirsi di nuovo un'unica famiglia. Da quel momento avevano rimosso liti, delusioni, tradimenti. Tutto si era ricomposto, il grumo si era dissolto. La mamma dirigeva le operazioni della coloritura, era ogni giorno accanto a loro in laboratorio. Diego la raggiungeva, sempre piú curvo, sempre pieno di attenzioni per i nipoti e ormai rassegnato a quella figlia dalla vita cosí diversa e difficile da comprendere.

Adesso riposano in quel cimitero troppo luminoso e intriso delle lacrime delle famiglie dei primi soldati caduti in guerra per accogliere il dolore di una figlia i cui genitori sono morti di vecchiaia. Ma non è di dolore che è venuta a parlare. È lí per dire al padre che quando *Carmela, la sartina di Montesanto* è uscito nelle sale avrebbe voluto averlo accanto per mostrargli la fila davanti al botteghino. È rimasto per dieci giorni in programma, l'hanno visto piú di cinquantamila persone. E lei ha guadagnato abbastanza per andare avanti anche mentre il mondo è in guerra e ogni attività si è fermata. Leggere e scrivere è ormai la sua vita, era quello che voleva.

Le manca Maria e la sua assenza le fa ancora piú male in quel momento. Sa quale compito l'aspetta, deve riunire la famiglia altrimenti non sarà mai davvero felice.

– Farò di tutto, papà, – sussurra accarezzando le lettere incise sul marmo.

Non avrebbe altro da chiedere se non la possibilità di ritrovare almeno per un secondo lo sguardo del genitore fiero di lei e di sé, e di abbracciarlo per dirgli che aveva visto giusto, ha vinto la scommessa, i soldi che aveva investito per far studiare lei, una femmina, sono stati ben spesi. Il fiuto di commerciante non l'ha tradito.

Le sue parole sbattono contro la pietra chiara e muta. Tornano indietro verso di lei come i raggi di quel mattino radioso ad affidarle ancora una volta l'intero peso del suo destino.

23.

Elvira si sistema la veletta con un leggero batticuore. Sfiora la borsa di seta scura dove ha riposto il biglietto. Matilde Serao, scrittrice, giornalista, prima donna a dirigere un quotidiano in Italia, protagonista della vita intellettuale napoletana, ha risposto alla sua richiesta di un appuntamento e ha accettato di incontrarla.

Un altro anno è trascorso, la guerra si è trasformata in una palude che sta decimando le vite di migliaia di uomini al fronte. Napoli è lontana dalla prima linea. Del conflitto non ha conosciuto le bombe, ma lavorare è ogni giorno piú difficile.

Dopo *Carmela, la sartina di Montesanto*, Elvira ha scritto altri due film tratti da romanzi d'appendice. E il miracolo si è ripetuto. In una città triste e grigia, dove mangiare è diventata una scommessa, decine di migliaia di persone hanno messo da parte le monete per acquistare un biglietto e dimenticare almeno per un'ora le angustie.

Ora però vorrebbe portare nelle sale *Sterminator Vesevo*, un diario dell'eruzione del Vesuvio del 1906 scritto da Matilde Serao, una raccolta di storie di chi è stato colpito dalla furia della lava e ha dovuto lasciare tutto e fuggire.

Elvira se n'è innamorata, ha deciso di mettere da parte le sue riserve nei confronti dell'autrice e le ha scritto. Non sperava in una risposta e, meno ancora, in un invito. Invece è arrivato il biglietto destinato ad aprirle la casa della piú influente donna della città e – spera – a sancire il suo ingresso nella Napoli che conta, la consacrazione definitiva del suo successo.

Nicola la raggiunge sulla soglia, prima che vada via.

– Ti accompagno?

Elvira lo guarda. – Non mi sembra il caso, Nicola. Meglio parlare da donna a donna, ci intenderemo alla perfezione, abbiamo molti argomenti in comune.

– Non vuoi nemmeno che venga con te fino al palazzo? Potrei aspettarti nella Villa Comunale, è proprio di fronte al portone. Lo sai che lei ha sempre criticato i nostri film.

Elvira scuote la testa e si avvia. – Cambierà idea.

Nicola le porge l'ombrello e la scorta fino alla carrozza che attende in strada. Chiede al vetturino di entrare nel portone del palazzo quando arriveranno a destinazione per evitare che la moglie si bagni. E resta a osservarla mentre si allontana.

Quando la vettura imbocca via Caracciolo, Elvira scorge il mare. Le onde si infrangono contro il Borgo Marinari e assediano Castel dell'Ovo. I fronti di nuvole gonfi e grigi verso occidente si disperdono nel vento prima di diventare temporali. La città è in preda a una tristezza rassegnata. Una folla di mendicanti e prostitute si ammassa agli angoli delle strade a ogni ora, una moltitudine di ragazzini si aggira tra i rifiuti per mettere insieme un pasto.

Elvira si sente in imbarazzo nella carrozza che Nicola ha chiamato perché in certi ambienti è cosí che si usa. All'altezza della Villa Comunale si avvicina al conducente seduto in cassetta, gli chiede di fermarsi lí. Non è quello che le ha raccomandato Nicola, e nemmeno quello che prevede l'etichetta della buona e ricca borghesia, ma si sente piú a suo agio in strada.

Lungo la Riviera vetture e carri sfrecciano sollevando

nugoli di polvere che presto diventeranno fango. Elvira si scansa senza però cercare un riparo. Preferisce camminare, vuole riflettere ancora prima di bussare alla porta di Matilde Serao.

Ricorda l'invito della scrittrice a non avere preconcetti e a creare maggiori legami tra cinema e letteratura. Lei ne è stata una delle piú entusiaste artefici, avviando collaborazioni con numerosi scrittori per realizzare nuovi film. Farà di tutto per ottenere anche i diritti di *Sterminator Vesevo*. Non baderà a spese, è sicura che sarà un trionfo senza precedenti. Ha già in mente un abbozzo di sceneggiatura, immagina le scene delle popolazioni sfollate, la paura sui loro volti.

Una cameriera con grembiule bianco e cuffietta in testa l'accompagna nello studio. La padrona di casa l'aspetta seduta a una scrivania in legno chiaro impreziosita da intarsi colorati.

Elvira prende posto su una poltroncina. La grande giornalista non fa nulla per metterla a suo agio. Rigida nell'abito scuro dal collo di merletto chiuso fino al mento, la scruta con uno sguardo severo. Quando, subito dopo, la cameriera annuncia l'arrivo di un'altra persona per un colloquio, le chiede di non mandarla via.

– Cinque minuti, mi sbrigo.

«Cinque minuti» sono le prime parole pronunciate dalla sua ospite da quando Elvira è entrata nella stanza, e non sono rivolte a lei.

Cinque minuti è il tempo che le è concesso per illustrare la sua proposta.

Cinque minuti, e già una manciata di secondi è trascorsa.

Elvira è quasi pentita di aver sollecitato l'incontro, ma ormai è lí e la scrittrice la sta osservando, impaziente. Dimentica la sicurezza. Si rende conto che in quella stanza tutto la intimidisce. La lunga parete ingombra di libri rilegati con copertine in cuoio, il calamaio d'argento, i fogli di carta disposti con cura su un lato della scrivania. Sul tavolo di Elvira non ci sono intarsi e i fogli sono sempre lasciati alla rinfusa.

Vorrebbe avviare la conversazione parlando delle storie che l'hanno appassionata, della necessità di raccontare le donne e i vicoli di Napoli, ma Matilde Serao inizia a tamburellare con le dita sul legno pregiato della scrivania. Elvira si decide, spiega di aver letto *Sterminator Vesevo*, di averlo trovato intenso, carico di suggestioni. La guarda dritto negli occhi, prende coraggio, chiede i diritti per una riduzione cinematografica.

– A voi? E chi siete? – risponde Matilde Serao.

Elvira è disorientata. Il suo nome e i suoi film dovrebbero essere noti a una donna che di questo scrive da anni. Mette comunque a tacere l'orgoglio ed elenca gli autori con cui è in contatto, le numerose pellicole tratte da romanzi e racconti. Avere anche un suo titolo per lei sarebbe un onore.

– Non c'è bisogno di dirmi tutto quello che avete fatto, non ho tempo da perdere. Non avevo capito che fosse questo il motivo della vostra visita altrimenti non vi avrei fatta venire.

– Vi assicuro che sarà un successo, i miei film fanno sempre il pieno delle sale, dovreste saperlo, – risponde Elvira senza piú riuscire a trattenere il fastidio.

Anche Matilde Serao ha perso la pazienza. Si alza in modo brusco. – Sentite, voi che fate quello schifo di film, come vi permettete di insistere? Faciteme 'o piacere, jatevenne!

Elvira aveva messo in conto la possibilità di un rifiuto, non gli insulti. Si alza anche lei, saluta con un impercettibile cenno del capo e si avvia verso la porta. Sente dietro di lei la scrittrice che si rivolge con tono all'improvviso raddolcito all'ospite in attesa nel corridoio e capisce di non aver mai avuto una sola possibilità di ottenere i diritti del libro e di doversi considerare persino fortunata a essere stata ammessa per cinque minuti in quel mondo che non le appartiene.

Scende le scale di corsa, esce in strada, si rifugia nella Villa Comunale. Dentro di lei si insinua il dubbio che riceverla a casa sia stato un modo per non farsi vedere insieme a lei in redazione, davanti a decine di persone. Non ha mai subito un'umiliazione piú cocente. Solo lo sguardo del padre, quando aveva dovuto parlargli della sua gravidanza, le era entrato cosí a fondo nella carne.

Inizia a piovere, le gocce battono sul padiglione in stile liberty, sulla fontana in lava, sui lecci e sulle palme. Elvira si guarda intorno, la carrozza è andata via. La fermata del tram non è lontana, ma può anche tornare a piedi. Le strade di Napoli sono casa sua in ogni stagione, con il caldo e con il freddo, con il sole e con la pioggia.

E a casa sua preferisce restare.

Il suo nome è conosciuto e stimato. Non ha bisogno di carrozze né di scrittrici da salotto per lavorare.

24.

E poi finalmente arriva una primavera dolce e povera. Tre anni di guerra hanno lasciato il segno. La legna per la stufa è terminata, il cibo scarseggia, i combattimenti si trascinano in terre lontane, un rito stanco dal destino segnato. Degli uomini partiti per il fronte qualcuno è tornato in una bara, altri con le stampelle e le bende. Chi è ancora in prima linea si batte per necessità, senza piú sognare un futuro migliore. Il futuro – quando arriverà – porterà la solita miseria per i miseri e soldi solo a chi ne ha già.

Nel frattempo bisogna arrangiarsi e scuotersi di dosso la malinconia.

– Andiamo, oggi sembra bello. Facciamo una passeggiata verso Posillipo, ci riscalderà, – dice Elvira preparandosi.

Quella mattina le basta la carezza del sole sul viso e avere la famiglia accanto per sentirsi felice. Cammina tra i viottoli, perlustra i sentieri, esplora gli anfratti dove, improvviso e azzurro, si spalanca il golfo. Rivede le curve della costa a picco sulla roccia di tufo e si perde nei ricordi.

– Vi faccio vedere dove venivamo io e papà quando eravamo fidanzati! – dice ai figli. Attraversano il borgo di Marechiaro, si fermano a guardare l'isolotto della Gaiola e sente dentro di sé ancora viva l'energia di quella stagione in cui bastava portare una cinepresa in strada per girare un film.

– Vero, Nicola? Raccontiamolo. Erano piccoli, non possono saperlo.

Nicola respira l'aria carica di salsedine. Si toglie la giacca per la prima volta dopo un lungo inverno di legna da centellinare e cappotti da indossare anche in casa. Racconta degli inizi, quando si metteva fermo in un'ansa della strada, riprendeva quel panorama e riempiva le sale cinematografiche. Oppure di quando era riuscito a filmare il mare in tempesta e gli era sembrata una grande vittoria.

Indica l'isolotto di fronte a loro e prova a descrivere ai figli la scena di uno dei piú potenti incrociatori della Marina colato a picco proprio in quel punto e la pellicola realizzata in esclusiva grazie alle doti commerciali della madre.

Quel cinema non esiste piú, ma Elvira non lo rimpiange. I nuovi film, lunghi, densi di trame, storie d'amore e drammi, sembrano fatti apposta per lei. File al botteghino, posti in piedi, repliche, applausi. Grandi storie e pochi guadagni in tempi di materie prime razionate, pellicole preziose come oro e spettacoli ridotti per mantenere basso il prezzo dei biglietti. Il successo si è presentato come un sole triste, velato da incertezze, ansie, stenti. Fa nulla, il suo pubblico la ferma in strada, la ringrazia. Le basta questo, non ha scelto quella vita per diventare ricca o potente. I combattimenti termineranno, presto si riprenderà a lavorare come prima, si consola Elvira mentre tornano a casa. La passeggiata l'ha rinvigorita, ha la testa piena di progetti. Da quando è arrivata a Napoli la primavera è sempre stata la stagione delle promesse.

Quella sera vanno a dormire molto presto. Li sveglia nel cuore della notte il fragore di alcune esplosioni. Si affrettano a mettere addosso qualcosa ed escono. Anche altre persone si stanno radunando nella via. C'è grande confusione e spavento. È accaduto qualcosa dalla parte del mare. Non è un terremoto, di questo sono certi. E non è nemmeno uno dei sommovimenti della montagna. Il Vesuvio domina Napoli, immobile e scuro, imponente e tranquillo.

Restano a lungo in strada a sentire le voci e i rumori in arrivo dalla città bassa finché Dora e Eduardo hanno gli occhi che a tratti si chiudono.

Il giorno dopo Elvira e Nicola si dirigono verso le zone colpite. Lungo la strada si rincorrono i racconti. Decine di bombe sono esplose su Toledo, i Quartieri Spagnoli, Posillipo. Almeno una ventina i morti e altrettanti i feriti.

– Sono stati gli inglesi.

– No, è una ribellione contro il governo, il popolo è stanco e affamato.

A ogni passo sentono voci diverse su quello che è accaduto.

Vorrebbero capire, Nicola ha portato con sé la cinepresa, come sempre. Provano a inoltrarsi nei vicoli per trovare un passaggio piú rapido e sicuro, ma sono costretti a fermarsi. Tra la folla luccicano le armi dei soldati. Il prefetto vuole scongiurare il pericolo di una rivolta popolare, ha mandato le guardie e l'esercito a presidiare le zone dove sono avvenute le esplosioni.

– Lavoriamo per il cinema, dobbiamo fare delle riprese, – prova a gridare Elvira. Nulla da fare, le guardie sono irremovibili, nessuno può passare senza permesso. Non resta che tornare indietro.

– Vabbuo', la censura avrebbe di sicuro bocciato le immagini di una Napoli sotto attacco, – si consola Elvira.

Nicola non l'ascolta, sta pensando ad altro. – Ora devo andare, ci vediamo dopo, a casa.

Elvira si ferma, sorpresa. – Dove vai?

Lui si toglie il cappotto, anche quel giorno c'è il sole. Se non fosse per quell'odore acre di legna bruciata e stoffe arse dalle fiamme che sale dai vicoli del centro, si sentirebbe il profumo dei primi mandorli e delle magnolie in fiore.

– Verso Castel Sant'Elmo. Secondo me da lí si vede qualcosa di piú e si riesce a fare qualche ripresa.

Elvira lo prende sottobraccio. La vita sta ricominciando per tutti, forse anche per loro. – Andiamo, vengo con te.

Nicola con gentilezza si libera. – Ma no, è meglio se torni a casa. È una giornata di confusione, non mi piace che Dora e Eduardo restino da soli a lungo.

Non aspetta una risposta, si avvia da solo.

Elvira rimane ferma a guardarlo. Non la convince il suo modo di allontanarsi, troppo sbrigativo. Possibile che nasconda qualcosa? Un'altra donna? Fino ad allora non ha avuto dubbi ma, se ci ripensa, Nicola avrebbe avuto mille occasioni. In fondo è un uomo, perché dovrebbe essere diverso dagli altri?

Si avvia verso casa mentre le domande continuano a tormentarla. Dopo pochi passi torna indietro e fa quello che non avrebbe mai pensato di fare. Si nasconde tra la folla e inizia a seguirlo.

Nicola avanza con passo veloce, sicuro. Sa dove andare, non si muove a caso. Elvira cerca di non perderlo. Piú lo tallona, piú si prenderebbe a schiaffi. Pedinarlo, sospettarlo, è cosí avvilente! È ancora piú umiliante guardarlo come una qualsiasi passante e sorprendersi a pensare che è ancora bello. Si dice che un uomo cosí non può passare inosservato, è inevitabile che abbia trovato qualcuna a cui piace. Immagina le dita di Nicola sulla pelle di un'altra donna e le sale un moto di rabbia.

Ignaro, Nicola continua a camminare. Ed Elvira a seguirlo. Ormai senza piú illudersi. Hanno oltrepassato ogni incrocio che avrebbe potuto condurli verso Castel Sant'Elmo. Stanno andando in tutt'altra direzione. Percorrono le vie tra il Rettifilo e la piazza del Carmine finché Nicola rallenta e il cuore di Elvira inizia a battere forte. Si guarda intorno, angosciata, per cercare tra i volti quello della donna che sta per portarle via il suo uomo.

Nicola si ferma accanto a un portone.

Elvira soffoca un urlo, si blocca e corre via. Non vuole che la veda, non vuole che capisca quanto è stata sciocca a pensare che potesse tradirla. Ora ha capito dov'è andato. Lei è stata davanti a quel portone soltanto una volta, ma l'ha riconosciuto.

È lí che vive Maria.

Un pentolone d'acqua bollente è sul fuoco. Elvira sta preparando la cena.

– Mammà, chi è Medea? E dov'è Porta Medina? – chiede Dora entrando di corsa in cucina. In mano ha un fascicolo trovato nello studio, decine di pagine riempite con la calligrafia fitta di Elvira.

Incuriosito dalla domanda della sorella, entra anche Eduardo. – *Medea di Porta Medina*, – legge ad alta voce. – Ma come, non lo sai? Medea è una maga potente, cattiva. Per vendicarsi uccide i figli, – risponde in tono sicuro, da fratello maggiore.

Dora spalanca gli occhi. – Mammà, perché scrivi le storie di una strega che ammazza i figli?

Eduardo si rende conto all'improvviso del significato delle sue parole. Guarda anche lui la madre, sorpreso, incredulo. Elvira cala la pasta e chiede a Dora di aiutarla ad apparecchiare.

Quattro piatti, quattro forchette, quattro coltelli e quattro bicchieri, un cestino con il pane tagliato e una zuppiera colma di pasta al centro. Arriva anche Nicola, ognuno si segna con un rapido gesto e si serve una porzione di maccheroni. Mentre Dora e Eduardo mangiano con gusto, Elvira racconta la storia di Coletta Esposito, un'orfana cresciuta in un istituto di suore. Quando compie la maggiore età viene costretta a sposare un uomo molto piú grande di lei. – Coletta non vuole, – spiega Elvira. – Per lei quell'uomo è un vecchio, le sembra disgustoso. Lei ama Cipriano, un bel giovane. Hanno avuto una figlia e lui le ha promesso di andare a vivere insieme.

– Hanno una figlia senza essere sposati? – chiede Dora.

– Coletta si è fidata, è innamorata. Cipriano invece la dimentica presto. Si fidanza con un'altra donna e decide di sposare lei. Il giorno del matrimonio Coletta si presenta alla cerimonia, ammazza la figlia, la porta in chiesa sull'altare per mostrarla a tutti e ammazza anche la sposa. Questa è la storia raccontata nel romanzo di uno scrittore che mi piace molto, Francesco Mastriani, – conclude Elvira. – Come vedete non c'entra con me o con voi.

Dora ancora non è convinta. – E perché non scegli una storia meno triste?

Elvira versa ancora della pasta ai figli mentre riflette. È vero, ha scelto una storia triste. Ma è la vita delle donne, un tempo che scorre per sottrazione, toglie libertà e speranze alle bambine fino a ridurre la loro esistenza da adulte a una parentesi tra decisioni altrui. Troppe ne ha conosciute, ormai. Nunziata, innanzitutto. Vorrebbe sapere dov'è dopo tutti questi anni, se ha ripreso in mano la sua vita altrove, se ha ritrovato un po' di serenità. Pensa poi alle donne che le mandano lettere, anonime e sgrammaticate, per chiederle di continuare perché almeno sugli schermi si possa vedere quello che sono costrette a soffrire dentro le case. Dora ha tredici anni, forse è il tempo di farle capire che scrivere storie tristi è necessario, che mostrare le vite di donne uccise, abusate, umiliate è giusto. Perché ogni film è uno squarcio nel silenzio.

– Sai, quello che ho capito è che le donne ci rimettono sempre… – inizia a dire.

Ma Dora sta già pensando ad altro. Si avvicina al fratello, cerca sostegno, sa che sta per dire qualcosa di sconveniente. – A me però Coletta ricorda Maria.

Elvira si irrigidisce. Nicola abbassa la testa nel piatto.

Eduardo si volta verso la sorella. – E perché? Maria non ha ammazzato nessuno!

Dora ride. – Certo che no, ma è un'orfana cresciuta in un istituto di suore.

Eduardo ci pensa un istante. – Maria non è orfana, ha una madre e un padre. E ha anche un fratello e una sorella.

– Ma è come se non li avesse, non ci vede mai, non andiamo a trovarla, – insiste Dora. – È quasi orfana. Mammà, potrebbe ammazzare anche lei i suoi figli quando li avrà?

Nicola ha deciso che ne ha abbastanza. Batte le mani per richiamare Dora e Eduardo all'ordine. – Maria non è affatto orfana. Noi ci occupiamo di lei, seguiamo i suoi studi e la sua crescita. E adesso è tardi, è ora di andare a dormire.

Dopo aver sparecchiato Elvira si siede nello studio. Legge distrattamente alcune pagine di un romanzo, ma non riesce a concentrarsi.

Piú tardi entra anche Nicola per prendere alcuni documenti da uno scaffale.

– Come sta? – chiede Elvira quando lo sente avvicinarsi.

– Chi? – risponde lui sovrappensiero.

– Maria. L'altro giorno sei andato dalle suore.

Nicola si siede. Ed Elvira si sente quasi sollevata che una scrivania li separi.

– Come lo sai?

– Non è importante. Dimmi come sta.

Nicola non è pronto a parlare di Maria con lei. In quegli anni Elvira ha lasciato che l'ultima figlia scivolasse in un angolo nascosto della vita della famiglia, un fantasma invisibile ma sempre presente, rapido a uscire alla prima occasione dal finto oblio dove l'hanno relegato. Ha ottime scuse per giustificarsi. L'aumento del lavoro, l'incalzare della guerra, le tasse sempre nuove da pagare, le commesse da rispettare, i conti da tenere in ordine, i soggetti da scrivere, e molti altri problemi ancora. Per lui, però, il fantasma è ben presente tra le angustie di ogni giorno. Da quando Elvira gli ha raccontato dell'incontro con la dama di beneficenza e del pericolo che le bimbe fossero denutrite, ha deciso di non accontentarsi piú delle comunicazioni ufficiali. Tre-quattro volte l'anno va a parlare con le suore, si informa sulla crescita della figlia. E quel pomeriggio, quando si è trovato di fronte ai crateri scavati dalle bombe e alla notizia di decine di morti e feriti, non ha avuto dubbi su quale fosse il dovere di un padre. È corso a chiedere notizie.

– Sta bene, – risponde.

Elvira ha ancora una domanda, forse la piú dolorosa per lei che ha sempre diviso tutto con Nicola. – Volevo venire con te. Perché non hai voluto?

Nicola la guarda negli occhi. – Avevi chiesto di girare ancora qualche film. I film sono arrivati nelle sale, ma non hai piú parlato di Maria. Sembra che tu l'abbia dimenticata.

Elvira abbassa lo sguardo. Sa che Nicola ha ragione.

– Non l'ho dimenticata. C'è stato tanto da fare, l'hai visto pure tu.

– Maria è nostra figlia, la sorella di Eduardo e Dora. Gli anni passano e loro continuano a non capire.

– Che cosa dovrei fare, secondo te?

– Sei la madre, solo tu puoi sapere come devi comportarti con tua figlia.

Elvira chiude il libro. Non ha piú voglia di leggere.

25.

La vettura attraversa le strade di Napoli. È da poco calata la sera, nell'aria il profumo dei gelsomini in fiore nasconde le ferite lasciate dalla guerra. L'Italia ha vinto, ma non c'è stato granché da festeggiare negli ultimi due anni. Troppi uomini non sono tornati dal fronte, ancora di piú sono quelli tornati e subito partiti per il Nord o per le Americhe a inseguire scampoli di guadagni, promesse di una dignità impossibile da conquistare in città. Convincere chi è rimasto ad andare al cinema è diventato ogni giorno piú complesso.

Elvira è seduta accanto a Nicola sul sedile posteriore. Rimette a posto piú volte una ciocca di capelli che continua a scendere come non dovrebbe. Se fosse una delle signore che sta per incontrare avrebbe sempre con sé in borsa uno specchio, uno di quelli piccoli ed eleganti, da impugnare con un gesto vezzoso per assicurarsi che trucco e acconciatura siano adeguati. Rovistando tra le sue cose, invece, scova un fazzoletto, fogli di carta, soldi. Nemmeno una forcina. Si sforza di sistemare la ciocca e desidera con tutte le sue forze di essere altrove.

Davanti al teatro Partenope sono ferme numerose vetture scure, solenni, le capote a mantice sollevate, radiatori a nido d'ape, le ruote dai cerchi in legno mai del tutto dritte. Antichi nobili e nuovi ricchi stanno abbandonando le carrozze – simbolo di un'epoca al tramonto – per passare alle piú moderne automobili.

Un valletto in livrea si precipita ad aprire gli sportelli di ognuna e a far scendere il mondo piú bello. Nessuno è voluto mancare alla prima rappresentazione di una sceneggiata, un testo in piú atti legati da una trama e soprattutto dalle canzoni. Si intitola *Surriento gentile*, l'autore è Enzo Lucio Murolo. L'hanno annunciata come una grande novità, una trovata necessaria per riconquistare il pubblico dopo anni di allontanamento dalle sale. In realtà i produttori stanno innanzitutto creando un genere sconosciuto al fisco per evitare di pagare una tassa sulle canzoni del varietà decisa da un governo a corto di soldi.

Quando Elvira vede l'inserviente con i suoi modi ricercati avvicinarsi anche alla loro automobile, prega l'uomo alla guida di andare oltre. Dopo tanti anni di prime nelle sale cinematografiche e nei teatri, i riti della mondanità la imbarazzano ancora. Si fermano alcune decine di metri piú avanti. Unici, isolati, percorrono a piedi il breve tratto che li separa dall'ingresso. Qualcuno li nota, nessuno si sorprende davvero. I Notari sono un caso a parte nel panorama del cinema e dello spettacolo napoletano.

Elvira cammina al fianco del marito. Stavolta ha cucito un vestito in velluto di seta e tulle blu scuro dove ha ricamato delle piccole perle di vetro e paillettes. Dovrebbero dare luce all'abito, ma finiscono per attirare tutti gli sguardi su di lei e innervosirla ancora di piú. Sotto il contorno scuro del bistro che l'accompagna come sempre nei momenti ufficiali, la sua espressione appare ancora piú corrucciata.
– Dovevamo proprio venire alla prima? E poi il teatro mi annoia, – mormora per non farsi sentire.

– Mi hanno invitato, ho pensato che ti facesse piacere, – risponde Nicola. Si interrompe, sul suo volto appare un sorriso tirato. Dall'altra parte della strada avanza un uomo che gli rivolge un rapido saluto con la testa.

– Buonasera, don Nicola.

– Buonasera, don Armando, che piacere trovare pure voi qui. Buonasera, donna Rosa. Come andiamo? – Nicola si toglie il cappello e accenna un inchino.

Don Armando si ferma. La moglie pure, un passo indietro. Nessuno dei due mostra di accorgersi di Elvira. Lui è tutto preso dai suoi pensieri e lei non è abituata a inserirsi in una conversazione in cui si parla di lavoro.

– Si combatte, don Nicola. La situazione è quella che è, lo sapete pure voi. Le nuove tasse ci stanno tagliando i pochi guadagni. Ora dobbiamo pure imparare a trasformare il varietà in uno spettacolo teatrale per non farci carico dell'ennesimo balzello. Si fa sempre piú difficile.

Elvira guarda l'uomo che finge di non notarla e si chiede per quanto tempo ancora dovrà lavorare, firmare film, riempire le sale, dimostrare di conoscere il mestiere meglio di tanti altri per conquistare almeno il diritto a un saluto. È stanca persino di reagire, ma accettare sarebbe un'umiliazione anche piú grande. Inizia a cantare sottovoce *Addio mia bella, addio*, la canzone del Risorgimento italiano e del successo di cinque anni prima al Salone Margherita, quando la guerra era alle porte e nessuno avrebbe scommesso sull'industria del cinema e sul suo futuro.

– Tenete ragione, don Armando. Ve la ricordate questa canzone? – chiede continuando a cantare.

Don Armando è un pezzo grosso dello spettacolo a Napoli, era seduto in una delle prime file la sera del debutto al Salone Margherita. Batteva i piedi sulle note della marcia, si era unito al coro sul ritornello e alla fine si era precipitato a fare i complimenti a Nicola e agli alti ufficiali dell'Esercito del re.

– Alla Film Dora lavoriamo da anni su musica e immagini. Se volete informazioni su come fare vi mando le mie pellicole, potreste imparare qualcosa, – conclude Elvira.

Don Armando si irrigidisce e solleva con un gesto brusco il cappello in segno di commiato. – Signora Notari, è sempre un piacere incontrarla, e ora godiamoci lo spettacolo. Buona serata, don Nicola.

Elvira borbotta una risposta ma è furibonda. Nicola ricambia il saluto, prende con dolcezza la moglie sotto braccio e la porta via.

– Potevi evitare, – sussurra guidandola verso l'ingresso del teatro.

– Poteva salutarmi, – ribatte lei.

– Dovevo immaginare che sareste venuti pure voi. Che piacere vedervi! – li interrompe la voce amica di Miguel Di Giacomo, elegantissimo in marsina nera, cappello a tuba e ghette chiare. Bacia con grande ostentazione la mano di Elvira e si incammina con loro verso l'interno dell'edificio.

Nicola gli stringe la mano con gioia, felice che qualcuno distragga Elvira e le impedisca di farsi coinvolgere in altre discussioni.

Attraversano il foyer gremito, salutano rapidamente i tanti volti noti, ma Miguel Di Giacomo li accompagna verso la platea senza fermarsi con nessuno. – Donna Elvira, ho una novità da raccontarvi, – le dice. – Sta per essere messo in programmazione nelle sale il film *Sterminator Vesevo*.

Elvira si blocca nel mezzo della platea. – Quello di Matilde Serao? – esclama mentre Nicola le fa segno di abbassare la voce e continua a rispondere ai saluti di produttori, attori e gente di spettacolo a caccia di una poltrona dove sedersi.

– Quello! – conferma Miguel Di Giacomo. – Ha concluso un accordo con la Palatino film.

– Ma tu guarda la signora dei napoletani che ha preferito i romani! Li considerava piú adatti alla sua grandezza? – commenta Elvira con una nota aspra nella voce. Non ha piú avuto contatti con la scrittrice. Dal giorno del loro incontro evita anche di passare davanti al suo palazzo.

– Qualunque cosa pensasse, ha fatto la scelta sbagliata. A Roma credono che a una capitale tutto sia concesso. Hanno girato la storia sulla spiaggia di Civitavecchia usando un modellino del Vesuvio ripreso a debita distanza per non far notare troppo il trucco.

Elvira scoppia a ridere. – Maronna mia, e che schifezza!

Miguel si unisce alla sua risata. – E mo jamm! Andiamo a vedere questa sceneggiata, l'ultima moda in fatto di canzoni e spettacoli. Proprio una grande novità! È vero, donna Elvira?

– La novità che ci serviva, caro Miguel. Ho già alcune idee di canzoni per i nostri film. Noi siamo pronti, gli altri non lo so.

Il passo svelto di Elvira scuote l'indolenza del pomeriggio. Intorno a lei la gente chiacchiera, ciondola, pratica con gusto e maestria la lenta arte dello *struscio*, si riappropria della leggerezza della vita dopo i tristi anni di guerra. Elvira avanza scansando capannelli ed evitando coppie a braccetto. Non è verso la leggerezza che si sta dirigendo.

Si lascia alle spalle via Foria e le strade della stazione, passa sotto Porta Capuana e si inoltra nei vicoli dei suoi primi anni a Napoli. Cammina senza uno sguardo alle botteghe di tessuti né ai venditori di frutta. Non è arrivata fin lí per fare acquisti o per un'improvvisa nostalgia del passato.

Deve trovarsi a piazza Mercato alle sei, questo le hanno detto. E al primo dei sei rintocchi del campanile della chiesa della Madonna del Carmine è lí in un angolo, lontano dagli sguardi, per vedere senza essere vista, per affrontare la parte piú buia di sé, quella che – tra rinvii e promesse non mantenute – ha finito per nascondere anche a sé stessa. Per la famiglia è la responsabile della scelta di mandare Maria in istituto, per la società è la madre che ha abbandonato la figlia, la donna che è venuta meno al suo ruolo. Nessuno immagina quanto le sia costata quella decisione.

Non ha preso appuntamento con le suore. Che potrebbero dirle di piú, o di diverso, da quanto è scritto nelle note annuali o da ciò che raccontano durante gli incontri con il marito? È sua figlia che cerca.

La piazza non è cambiata. Elvira si trova a pochi metri dal marciapiede dove era svenuta il mattino di diciotto anni prima, quando aveva perduto la sua vita da ragazza. Di fronte a lei si leva il campanile avvolto ogni luglio dai fuochi della festa. Le allieve dell'istituto spuntano da una via laterale e avanzano verso il sagrato riempiendo l'aria delle loro voci allegre. Sono piú di quaranta, indossano una divisa immacolata e portano i capelli raccolti in una treccia. Elvira le segue con lo sguardo. Emozionata, incerta. Una di loro è la piccola che ha portato in grembo per nove mesi. Ricorda il battito del suo cuore, gli occhi scuri, intensi come i suoi. Nient'altro, però, sa di lei.

Fa qualche passo, poi si ferma, non vuole avvicinarsi troppo. Nel frattempo le giovani si sono radunate al centro della piazza. Le piú piccole hanno formato un cerchio e hanno iniziato a cantare. Elvira le guarda appena. Maria ha quattordici anni, è sulle grandi che concentra la sua attenzione.

Si sono divise in gruppi. Alcune hanno una corda e si sfidano in una gara di salti, altre impugnano un volano e si preparano ai lanci o si appoggiano a un muretto e chiacchierano. Dove sarà la figlia? Tra le piú calme che si scambiano confidenze o tra quelle con le guance arrossate e la risata trionfante quando conquistano un punto? Elvira non resiste, avanza ancora.

Arriva a pochi passi da loro. Si guarda intorno, le suore sono impegnate con le bambine, a nessuno importa di una signora che passeggia in una tiepida sera di fine estate. Si dirige verso le giovani appoggiate al muretto. Sono in sette. Due si tengono per mano, intervengono poco nella discussione, sembrano aver bisogno soltanto di stare vicine. Le altre parlano di compiti, hanno avuto delle difficoltà con un tema.

– Per scrivere bene bisogna leggere tanto, – si intromette Elvira. Le ragazze la guardano, perplesse. – Sono una maestra, ho insegnato, so di che parlo. Che libri leggete? – chiede.

– Quelli che ci dànno a scuola, – risponde una.

– Bene, – dice Elvira. – Ma indipendentemente dalla scuola? – E intanto scruta i volti intorno a lei.

– Mah, non ne abbiamo, – risponde un'altra. Il tono è scostante e subito riprende a parlare con le amiche. Una delle suore, un po' distante, la sta fissando. Elvira se ne accorge, ma continua a cercare con ansia tra i volti delle ragazze, sa di non avere molto tempo a disposizione.

– Signora Notari, che piacere incontrarvi. Siete qui per un film?

Elvira si volta, imbarazzata.

– E don Nicola non è venuto con la cinepresa? – insiste l'uomo. Dice di essere il proprietario del caffè della piazza e non smette di parlare. – I vostri film li ho visti tutti. Le scene della festa del Carmine sono fenomenali, le ho mandate ai miei cugini negli Stati Uniti. Da anni non tornano a Napoli, grazie a voi hanno l'impressione di non essere troppo lontani.

– Ehi, Maria! Quella signora ha il tuo stesso cognome! – grida una delle ragazze piú vicine a lei. Si rivolge alle compagne che si stanno sfidando in una gara di salti alla corda.

Elvira si blocca. Nuda, indifesa. Con la sua mediocre menzogna sull'attività di maestra e la voglia di abbracciare la figlia che la sta divorando. Sulla piazza cala il silenzio. Elvira sente decine di occhi su di sé, non sa se girarsi o rimanere dov'è e far finta di non aver sentito.

– Signora Notari? – la chiama di nuovo l'uomo, notando il suo disorientamento. – Tutto bene?

– Sí, sí, vi ringrazio molto delle vostre parole. Stavo facendo un sopralluogo in zona. Salutatemi i vostri cugini, – risponde Elvira in tono frettoloso. Si dirige verso il lato opposto della piazza ma, prima di andare, non riesce a trattenersi. Si gira quanto basta per osservare le ragazze. Alcune suore si sono messe a guardia del gruppo delle grandi per impedirle di avvicinarsi. Dietro di loro i salti alla corda sono ripresi. Solo una giovane è ferma a guardare verso di lei. Quando nei giorni successivi proverà a ricordare il suo volto scoprirà di non esserne in grado. In quel momento nota solo gli occhi, scuri, decisi. Incontrano i suoi per qualche secondo, poi Elvira si gira e corre via. Non avrebbe potuto reggere per un istante di piú il risentimento, il rancore, l'ostilità racchiusi in quello sguardo.

– Non farlo mai piú, – l'avverte Nicola due giorni dopo. È entrato nello studio senza bussare, senza scusarsi per aver interrotto una telefonata. Le suore lo hanno convocato d'urgenza e gli hanno comunicato quello che è accaduto a piazza Mercato. Gli incontri sono contrari alle regole dell'istituto, dovrebbero saperlo, l'hanno rimproverato.

– Ero lí per caso, – prova a giustificarsi Elvira appoggiando il ricevitore sulla cornetta. È confusa, smarrita. Da due notti non dorme, lo sguardo della figlia la tormenta.

– Basta, Elvira, hai sbagliato. Finiamola qui. Evita altri incontri anche solo per caso, – taglia corto Nicola.

– Io ho sbagliato? E tu pensi di fare chissà che cosa andando a parlare con le suore! – Elvira urla. Grida il suo dolore. Grida per proteggersi, ma non può piú fingere di non vedere la sua lunga scia di errori. Ora ha capito che Maria non la perdonerà mai.

– Se non mi fossi dedicata con tutte le mie forze all'impresa staremmo ancora in un sottoscala a colorare pellicole, lo sai bene. Invece abbiamo conquistato il nostro posto nell'industria del cinema, ci conoscono, ci rispettano e abbiamo un'attività da lasciare ai nostri figli.

– I figli trovano la loro strada da soli, come abbiamo fatto noi, – risponde Nicola, ma le parole di Elvira lo colpiscono dove è piú debole, dove non ha difese. Lui le deve molto, tutti loro le devono molto. – Ti chiedo solo di non andare piú, – dice a voce bassa, uscendo dalla stanza.

A Elvira rimane una porta chiusa da osservare. Aver ridotto al silenzio Nicola non le dà alcuna soddisfazione. Come non gliel'ha data averlo convinto ad accettare di far entrare Maria in un istituto dopo la sua nascita. La libertà che ha conquistato è il suo successo e la sua sconfitta piú grande.

Quante cipolle avrà tagliato? Non le ha contate. Sa solo di aver versato un fiume di lacrime mentre le affettava sul tagliere di legno. Le ha poi messe a cuocere a fuoco basso insieme a un pezzo di carne, ha sfumato con del vino bianco ed è tornata al lavoro.

Fuori tira un vento gelido e nello studio non ci sono i fuochi della cucina. Elvira indossa uno scialle appoggiato su una sedia, accende la stufa e si siede alla scrivania. Lo scrittore Libero Bovio ha accettato una sua richiesta di collaborazione, le ha concesso i diritti di *'A malanova*, un dramma di grande successo in quegli anni, ancora la storia di una donna che si ribella a una violenza. Con la sua solita rapidità, in poco tempo Elvira ha terminato il lavoro. Il titolo è lo stesso dell'opera originale, mancano gli ultimi dettagli. Lo schizzo per la locandina, le didascalie, il testo della pubblicità.

– Dora, mi aiuti con il disegno? Lo sai che non è cosa mia, – chiede alla figlia. È una scusa per averla accanto, ma Dora non ha voglia di disegnare. E nemmeno di stare accanto alla mamma.

– Vado in cucina, il sugo ha bisogno di essere seguito, lo sai.

Elvira la osserva mentre le volta le spalle e si avvicina ai fornelli. Vorrebbe insegnarle il mestiere, vederla recitare nei suoi film come Eduardo e farle capire come si tratta con i distributori o come scrivere un testo per promuovere una pellicola. Vorrebbe essere sicura che qualcuno sarà in grado di mandare avanti l'impresa quando lei non ci sarà piú.

Forse è ancora presto. Dora ha sedici anni. Anche lei a quell'età dava una mano nel negozio del padre e nel frattempo andava a scuola, imparava a creare cappelli e cucire vestiti. Non aveva ancora le idee chiare sul suo futuro.

– Eh, deve pippiare, statt'accuort, – si limita a commentare mentre abbozza il disegno da sola.

Dora apre lo sportello dove ardono i pezzi di carbone. Soffia con il mantice per ravvivare la fiamma.

Elvira si alza. – No, chiano, chiano. Il fuoco non deve essere troppo forte.

– Mammà, torna di là alle cose tue. Qui basto io, – risponde Dora.

Il tono è freddo, distante, tagliente come il bordo di una pellicola. Non è solo l'indecisione dell'età, c'è qualcosa di piú profondo, un rifiuto che Elvira fa sempre piú fatica a sopportare. – Non sono le cose mie. Sono le cose nostre, il mio lavoro è per tutti noi, – risponde.

Le parole di Elvira fanno arrabbiare ancora di piú Dora. – Il tuo lavoro non serve a nessuno. Prendi qualche applauso in strada, ma non siamo ricchi, non siamo felici, non siamo niente.

– Ti ho fatto mancare qualcosa?

– Una sorella. E a mia sorella hai fatto mancare una madre, – risponde Dora girando la carne con un gesto lento e regolare. Preciso come le accuse.

La rabbia diventa dolore, rimesta nel senso di sconfitta che accompagna Elvira da quando ha visto su di sé lo sguardo e la condanna di Maria. Le sue risposte si perdono tra le domande. Pensa alla sua infanzia piena di sorelle, di momenti felici ma anche di liti, incomprensioni. Pensa agli sforzi del padre per assicurare un piatto a tavola a ognuno di loro, alla scelta di trasferirsi quando si era reso conto di non farcela. Dora ha avuto un tetto, ha studiato, non ha mai sofferto la fame né ha dovuto abbandonare la città in cui è cresciuta. Ha un fratello, due genitori, la loro impresa dà lavoro a zie e cugine, e potrebbe darne anche a lei. Hanno fama, rispetto e, con un po' di buona volontà, anche un futuro. Alla sua età Elvira avrebbe fatto salti di gioia.

– In quanti siamo stasera? – chiede Dora cambiando discorso e immergendo il cucchiaio di legno fino al fondo della pentola per essere sicura che il sugo non si stia attaccando.

Suona il campanello, e non c'è piú tempo per rispondere né per un nuovo scontro. Dora chiude la porta della cucina e rimane sola con il suo livore. Elvira si alza per andare ad accogliere attori e tecnici, l'intera troupe che ha lavorato all'ultima pellicola.

Le voci riempiono la casa. È il solito gruppo, molti li ha scoperti Elvira. Non si è accontentata di scrivere sceneggiature e curare ogni dettaglio amministrativo e commerciale dell'impresa, ha anche aperto una scuola di recitazione, un luogo dove si impara innanzitutto a essere sé stessi. Ai suoi interpreti chiede naturalezza, spontaneità, il contrario delle pose melodrammatiche e artificiose di Francesca Bertini, Lyda Borelli e delle altre dive protagoniste dei film di maggiore successo nell'Italia di quegli anni. Le lacrime devono essere vere. E anche il dolore, la gioia, la rabbia. «Per emozionare ti devi emozionare», ripete ai suoi allievi durante le lezioni.

Chi ci riesce ottiene rapidamente una parte nelle sue storie. I migliori sono diventati presenze fisse, volti ricorrenti sulle scene e in privato, quasi una seconda famiglia. Alla fine delle riprese e del montaggio, quando tutto è pronto per la distribuzione nelle sale, li invita a casa per festeggiare con un piatto di pasta da mangiare insieme.

Il profumo del sugo riempie di allegria le stanze mentre Elvira mostra lo schizzo per la locandina e Nicola li accompagna nella sala di posa dove i mille e oltre metri di film sono ben arrotolati in diverse copie.

– E anche chesta è jjuta, – commenta.

– Facciamo di nuovo il pieno delle sale, don Nicola. Le canzoni sono belle e alla gente piacciono, – dice uno degli attori.

– Mo non ci fermiamo piú, – esulta un altro.

Nicola sfiora il cornetto nascosto nella tasca dei pantaloni, un'abitudine cui non riesce piú a sottrarsi. Elvira lo ha condotto in luoghi ignoti dove si muove con passo incerto. Non era nei suoi sogni avere un'impresa cinematografica, a lui bastava vincere la sfida delle immagini migliori. Segue la moglie in una corsa verso traguardi che non conosce. Vede gli ostacoli aumentare, l'ammira per le soluzioni che ogni volta riesce a trovare. Sa che ha ragione quando gli ricorda che senza di lei si sarebbe fermato molto prima.

– La pasta è pronta! – Dora arriva con un'enorme zuppiera fumante. Chiacchiere e superstizioni si spengono subito, tutti si affrettano a sedersi dove capita, tra di loro non esistono formalità.

Manca ancora Eduardo, però.

– Donna Elvira, e che fine ha fatto Gennariello? Fate attenzione, è un divo, le donne lo corteggiano! – scherza uno degli attori accompagnato da un coro di risate.

Elvira sorride appena e inizia a servire la pasta. Ha creato apposta per il figlio il personaggio di Gennariello, paladino dei buoni sentimenti, un bravo ragazzo sempre schierato al fianco della madre cinematografica, pronto a difenderla da angherie e furti. Una maschera capace di andare incontro alla morte per salvare la vita dei buoni e di risorgere nella pellicola successiva tra la gioia del pubblico che non intende fare a meno del suo eroe.

Eduardo appare a metà cena. Ha un plico sotto il braccio. Lo posa accanto alla madre e va a cercare un posto libero. Non una parola né un sorriso, lui che scherza sempre.

Lei gli riempie un piatto di pasta, si assicura che tutti abbiano da mangiare e dà uno sguardo al plico. Il figlio l'ha lasciato aperto su una pagina interna.

Elvira scorre rapidamente il testo e lo mette da parte. Finalmente inizia a cenare anche lei.

– Sono quelli della censura? Che dicono? – chiede Nicola appoggiando la forchetta sul piatto.

Elvira osserva gli sguardi dei figli, degli attori, la sua famiglia allargata. Anche loro hanno smesso di mangiare e aspettano una risposta. Fermare un film vuol dire bloccare il lavoro di tutti, ha il dovere di rassicurarli. – Piú tardi studio meglio le richieste, – risponde, – mi sembra che ci siano da cancellare alcune scene e modificare delle didascalie. In due giorni possiamo farcela. Invece le locandine vanno bene cosí come sono, non hanno modificato il titolo. Chi vuole un altro po' di pasta?

È notte quando sulla casa scende il silenzio. Per gli altri la giornata finisce lí, per Elvira va avanti. Il lume nello studio sembra non spegnersi mai.

L'accusa di Dora le rimbomba nella testa, ma si costringe a non pensarci. Deve esaminare le richieste dell'Ufficio censura e iniziare subito con le correzioni. Ha fretta di inviare la versione definitiva ai funzionari.

Con gli altri ha ostentato sicurezza come sempre, ma dentro di sé è inquieta. Le notizie in arrivo da Roma non sono confortanti. Il governo è in difficoltà, il presidente del Consiglio Francesco Saverio Nitti è una brava persona, è pure un meridionale, però non sembra in grado di tenere a freno l'ascesa di certi movimenti. Un socialista si sta facendo strada, fin troppa. Si chiama Benito Mussolini, ha costituito i Fasci, sostiene di voler dare pane, lavoro, diritti alle donne. Elvira non gli crede. Da quando ha conquistato terreno sulla scena politica, il clima sta cambiando. Fra i militari e i funzionari pubblici serpeggiano nervosismo, tensione, aggressività. Hanno intensificato gli interventi di censura sui suoi film e complicato la vita di tutti. Le modifiche richiedono lavoro, tempo, spese. E, se i costi di una pellicola aumentano, i ricavi non possono che calare.

Quando spegne il lume persino sulle strade di Napoli in perenne movimento regna una pace inconsueta. Percorre il corridoio, dà ancora un'occhiata in giro. Ogni cosa sembra in ordine. Solo un filo di luce filtra dalla stanza di Eduardo.

Elvira va a bussare. – Tutto bene? – chiede.

Entra senza aspettare la risposta. Eduardo è disteso sul letto, le mani dietro la nuca, lo sguardo rivolto al soffitto. Si avvicina, allarmata. – Che succede?

Eduardo resta immobile mentre la madre si siede sul bordo del letto. – Mammà, la guerra sarà pure finita, ma i guai sono tanti.

Elvira osserva il volto serio del figlio. – Non ti preoccupare, alla censura penso io. Ho letto la relazione, non è un lavoro complicato. In pochi giorni otterremo l'autorizzazione anche per questo film.

– Non è solo la censura. Ho diciassette anni, mi possono chiamare per il servizio militare. Dovrete trovare un altro per la mia parte nei film e io sarò costretto a fare il soldato.

Elvira ricorda la notte di cinque anni prima, quando ha attraversato la città per evitare che Nicola venisse spedito al fronte. Ha bisogno anche adesso di un'idea. Come allora, deve di nuovo farsi roccia per proteggere famiglia e impresa, la sua vita.

– Ma che dici? Nun pazziammo, tu resti qua. Tieni un lavoro, non puoi partire.

– Papà tiene un lavoro, è capofamiglia e imprenditore. Io sono solo un attore, mi possono ordinare di partire da un momento all'altro.

– Nessuno ti ordina niente. Avimma aspetta' il visto della censura? Teniamo tutto il tempo di aprire una società di produzione per te. Vedo già i titoli di coda di *'A malanova*. Un film di Elvira Notari, prodotto dalla Gennariello Film. Ti piace? Sarà un grande successo, stammi a sentire.

Spegne la lampada e si alza dal letto.

– Non faccio partire nemmeno te, stai tranquillo.

26.

Signor Notari,

vogliamo esprimerle i nostri piú sinceri ringraziamenti per il film *'A legge*. Abbiamo avuto modo di visionarlo negli States grazie a un amico che ne ha portato una copia. Vorremmo chiederle la cortesia di darci la possibilità di distribuirlo a New York.

Fateci sapere termini e condizioni. Siate certi del successo: negli Stati Uniti il nome della Film Dora inizia a essere molto noto, i vostri conterranei parlano spesso di voi quando arrivano, magnificano le storie che raccontate e i paesaggi che mostrate. I vostri film sono desiderati e ambiti.

Cordialità.

Poche righe, quasi una supplica piú che una missiva d'affari.

Elvira legge e pensa in fretta. La sua mente da commerciante considera innanzitutto i dettagli piú concreti di un'esportazione di pellicole su larga scala. Quanto è lontana New York? Quanto tempo impiega una nave ad arrivare fin lí? Quanto costerà?

La sua mente da tenace e convinta donna meridionale passa subito dopo in rassegna le vedute piú belle di Napoli. I pini, Posillipo, Mergellina, la *muntagna*, Castel dell'Ovo, la costa di Sorrento e Capri. E le feste, da Piedigrotta al Carmine, con le processioni e i fuochi.

– 'O Maronna mia, e questi come vivono da anni senza il Carmine? Glielo dobbiamo portare!

È un sogno e una sfida, un mercato tutto nuovo da conquistare. Napoli non è piú soltanto a Napoli. La città e i suoi abitanti stanno mettendo radici a New York, in Minnesota, nell'Illinois e in altri luoghi con nomi che suonano sconosciuti e carichi di promesse. Ma il cuore no, il cuore è rimasto sul golfo. Soltanto il cinema glielo può portare.

– Stiamo già mandando qualche pellicola. E, quando qualcuno ha bisogno di una veduta o di una ripresa di una cerimonia, lo sai, facciamo il possibile per accontentare ogni richiesta. Non è difficile aumentare il materiale da spedire, – commenta Nicola dopo aver letto la lettera.

Elvira si alza dalla sedia. Non riesce a stare ferma, non ricorda una notizia cosí bella da quando ha acquistato i diritti del romanzo di Davide Galdi, *Carmela, la sartina di Montesanto*. L'apertura di un canale commerciale con gli Stati Uniti è l'occasione che sta aspettando, il modo per fuggire da un'Italia sempre meno amica e per trovare dall'altra parte dell'oceano quell'entusiasmo che nella sua terra non esiste piú.

– Nico', non hai capito, dobbiamo fare le cose per bene. Questa non è una bobina da mandare come capita, a chi capita. Deve diventare un accordo serio. Ci vuole qualcuno lí che ci rappresenti, che gestisca sul posto gli acquisti e la distribuzione. Aspetta, mo chiamiamo Eduardo.

Il figlio accorre quando la madre lo chiama. Elvira ha mantenuto la promessa. Ha aperto una casa di produzione intestata a lui, la Gennariello Film. Non c'è decisione o progetto in cui non provi a coinvolgerlo, e non solo per fargli evitare il servizio militare. Il cinema è il suo passato, il suo presente e – spera – il suo futuro. Lui ne è fiero ed è impaziente di dimostrare di essere all'altezza del nuovo ruolo. Lei è altrettanto fiera e impaziente di avere qualcuno al suo fianco a cui insegnare quello strano lavoro che richiede doti di scrittura, fiuto commerciale, attenzione ai gusti del pubblico, fermezza nelle trattative.

– Non mi sorprende che il film sia piaciuto agli americani, ha avuto un'ottima accoglienza anche in Italia. I critici ci hanno riempito di complimenti, – commenta Eduardo, sicuro.

Elvira sbuffa. – Lasciali parlare, i loro complimenti ci servono a poco. A me interessa che la folla in attesa di entrare in sala abbia bloccato via Toledo. Mi interessa che il film sia stato proiettato per trentasei giorni di seguito. Ora abbiamo la possibilità di portarlo a New York e nel resto degli Stati Uniti. Ti viene in mente qualcuno che ci possa aiutare a distribuirlo lí?

Eduardo inizia a elencare i nomi di alcuni parenti o amici emigrati. Tutte persone affidabili, assicura.

Elvira guarda Nicola con un sorriso. – E tu? Non pensi di conoscere qualcuno?

Sí, entrambi conoscono qualcuno.

Vincenzo sta gustando un caffè quando gli portano sulla scrivania un messaggio appena arrivato via telegrafo. Non è un caffè di quelli stretti, densi e lenti che beveva quando era a Napoli, ma manca dalla sua città da cosí tanto tempo che si è abituato a quell'acqua calda e colorata di scuro che negli Stati Uniti si consuma a qualsiasi ora. Si è adattato rapidamente anche a tutto il resto, agli spazi, alle occasioni che sembrano crescere a ogni angolo di strada. Non come nella sua terra dove agli angoli delle strade al massimo si incontrano mendicanti e mucchi di rifiuti. È arrivato con piú vestiti che soldi in valigia, ora è a New York, a capo di una società che si occupa di importazioni dall'Italia, un'attività ben avviata con contatti anche in Argentina, Brasile e ovunque ci siano comunità di emigrati italiani. Non è piú tornato a Napoli, ma non ha dimenticato Nicola ed Elvira, gli anni da accendiluci e occasionale venditore di modeste tele ai turisti.

Si alza di scatto dalla sedia quando sul foglio appena stampato legge il nome degli amici di quasi venti anni prima.

Detta la risposta di getto, senza bisogno di pensare troppo al testo. – Vostro socio sempre presente. Stop. Fatemi sapere in dettaglio di che cosa avete bisogno. Stop.

– Lo sapevo che Vincenzo non ci avrebbe abbandonati. Mo si fa sul serio. Venite! – esulta Elvira quando riceve la risposta dell'amico.

Nicola e Eduardo si precipitano. – Che succede?

– Chiamate anche Dora! C'è bisogno di tutti.

Quando l'intera famiglia è riunita davanti a lei Elvira lascia da parte l'euforia e si fa seria. Gli altri la guardano intimoriti. È la prima volta che li convoca in modo formale, si chiedono che cosa dirà. Nemmeno Elvira lo sa di preciso, le parole vengono fuori da sole, guidate dall'urgenza del momento. Legge la risposta di Vincenzo, racconta ai figli che cosa ha rappresentato per loro e quanto lei ancora si fidi di lui. Cerca di far capire che lavorare sta diventando sempre piú complicato e che nell'industria del cinema si deve essere rapidi, non ci si può accontentare di quello che si è raggiunto, perché da qualche parte c'è sempre chi sta già preparando la novità successiva che trascinerà il pubblico altrove.

– Portare la Film Dora negli Stati Uniti è una grande occasione, forse l'ultima che abbiamo. Non possiamo perderla. È chiaro che cosa intendo?

Nessuno risponde. Nicola e Eduardo sono seduti. Immobili, impenetrabili. Elvira si chiede se saranno in grado di seguirla anche in quella nuova avventura. Dora guarda un punto imprecisato davanti a lei, sembra pensare ad altro.

Elvira aspetta ancora qualche secondo e riprende a parlare. – Per questo vi ripeto che c'è bisogno di tutti. Siamo una famiglia, abbiamo un'impresa, da ognuno mi aspetto qualcosa.

Con Nicola è facile, dovrà occuparsi come sempre della parte tecnica. A Eduardo riserva un ruolo creativo insieme a lei nella scrittura dei testi e nella scelta delle storie, e avrà anche la responsabilità di organizzare le spedizioni sulle navi.

Quando è il turno di Dora, Elvira ha un istante di incertezza. Fino ad allora ogni tentativo di averla accanto è fallito. Guarda la figlia con preoccupazione. – Avremo molti messaggi da mandare e bisognerà essere veloci. Dovrai correre all'ufficio dei telegrafi quando ci sarà bisogno. Puoi farlo?

Dora abbassa il capo.

– È un sí o un no? – chiede Elvira infastidita.

Dora fa cenno di sí.

Una risposta strappata con la forza. Senza alcun desiderio o entusiasmo.

– Bene, ci sarà il tuo nome come riferimento per il telegrafo, – insiste Elvira. Spera in un sorriso, una reazione.

E la reazione arriva, ma non è quella che Elvira si aspetta. – Sei tu quella che ha bisogno di vedere il proprio nome ovunque. A me non importa, – risponde Dora sollevando il capo.

Nicola e Eduardo si guardano spaventati. A Elvira viene in mente il villino sulla collina di Posillipo. Era bizzarro e folle come la vita che desiderava. Aveva dato il suo nome alla figlia e sperava di poterglielo raccontare quando sarebbe stata abbastanza grande per capire. È grande ormai, ma potrebbe non capire comunque. E lei non ha tempo da sprecare in litigi.

– Il nome nel caso del telegrafo è necessario. È un riferimento, non un capriccio. Comunque ora prepariamo la prima spedizione, – risponde. Il tono è definitivo, chiuso l'argomento. Inizia a scrivere su un foglio un elenco di bobine e locandine già pronte per la distribuzione. Aggiunge alcune copie di riviste con le pubblicità dei film e della loro impresa per dare un'idea a Vincenzo delle informazioni di cui tenere conto.

– Ci vorrà anche una lettera per spiegare il lavoro e le nostre condizioni. C'è bisogno di altro, secondo voi?

Dora freme in un angolo della stanza, vorrebbe andare via. I modi della madre la irritano. Pensa di sapere tutto e di poter decidere quale sia il bene della famiglia. Mai una volta che si fermi a chiedere agli altri che cosa desiderino davvero. Nicola avverte la tensione ancora nell'aria e cerca di arrivare rapidamente alla fine della riunione. – A posto cosí? Andiamo a lavorare?

– Aspettate, secondo me dovremmo mandare una vostra foto, – dice Eduardo, l'unico ad azzardare un suggerimento.

Elvira lo guarda. – E perché?

– Non possono vedervi dal vivo, è giusto che sappiano che volto avete.

Il fotografo è un amico dei tempi andati, quando anche Nicola viveva di ritratti e altri piccoli espedienti. Il suo studio di posa è una stanza stretta e dalle pareti spoglie e chiare per catturare e riflettere la luce.

– Ne hai fatta di strada, eh? – dice a Nicola salutandolo con una vigorosa stretta di mano e accennando un baciamano piuttosto goffo a Elvira.

– Mah, è una battaglia continua, – risponde Nicola guardandosi intorno.

– Eh, il piú furbo di tutti è stato Vincenzo. Lui sí che

ha fatto fortuna, – risponde il fotografo iniziando a montare la macchina fotografica sul cavalletto.

Elvira osserva l'obiettivo e va a sistemarsi di fronte. Ancora una volta sofisticata, decisa. Indossa un abito di velluto blu dai riflessi violacei e un cappello a forma di fez con un'ampia piuma rossa su un lato, un modello molto in voga in quegli anni.

Quando il fotografo le chiede di mettersi in posa solleva il collo del vestito e mette in mostra l'imbottitura chiara.

– Diffonde meglio la luce sul volto, – spiega con tono esperto.

Nicola è intimidito. Ha scelto giacca e gilet in stile sportivo. Sono gli abiti che indosserebbe se fosse lui a scattare, e finisce per sentirsi ancora piú a disagio.

– Come sto? – chiede sottovoce.

Elvira si volta, stupita. È lei quella perennemente indecisa su vestiti e cappelli, che chiede consiglio e cambia idea di continuo. Nicola non ha mai avuto dubbi, eppure la fotografia lo ha mandato in crisi. Si avvicina alla moglie, accetta di farle controllare che tutti i bottoni del gilet siano a posto e il collo della camicia perfettamente immacolato.

Elvira si allontana di qualche passo per osservarlo, appunta sulla cravatta una spilla lucente recuperata nella sua borsa tra ninnoli e cianfrusaglie e gli lancia uno sguardo di silenziosa e premurosa conferma.

– Fermi! – avverte il fotografo sollevando il braccio per richiamare la loro attenzione.

Elvira si gira su un fianco e si appoggia alla spalla di Nicola. Fissa l'obiettivo con naturalezza, la stessa che raccomanda in scena ai suoi attori. E con un'aria di sfida, quella che lui non riuscirà mai ad avere. I suoi film sono arrivati nelle principali città italiane e presto sbarcheranno anche negli Stati Uniti. Il mondo sta cambiando, nuovi ostacoli nasceranno. Non ne ha paura. È altro quello che la spaventa, ma da tempo ha imparato a nasconderlo.

– Pronti? – insiste il fotografo.

Nicola sente le mani di Elvira sulla sua spalla. Un istante sta per essere congelato, una vetta sta per essere raggiunta, l'arrivo della Film Dora negli Stati Uniti. Dovrebbe essere felice, invece i pensieri si ingarbugliano, diventano dubbi, timori. Che accadrà dopo? Infila la mano nella tasca dove è nascosto il cornetto di ceramica, piccolo, rosso e curvo. Il fotografo sta regolando il diaframma e la luce dei faretti, Nicola sa di avere ancora qualche secondo. Tira fuori il prezioso amuleto e lo fissa al gilet. Non ha altro per difendersi dai problemi che non mancheranno di arrivare. E lo mostra nell'unica foto in posa insieme, l'attimo destinato a raccontare un successo che si estende ben oltre Napoli e l'Italia.

27.

– Edua', siamo pronti?

Eduardo è in piedi sul ponte della Maddalena, sta parlando con una ragazza bruna, molto truccata. Troppo truccata, pensa Elvira, e chiama di nuovo il figlio.

– Arrivo subito, – risponde Eduardo.

– Jamm, che questa scena è complicata. È il tuo film, sei tu che lo produci, deve venire bene. Dov'è Saverio? – chiede lei. Il suo sguardo va in cerca dell'altro attore e si posa una seconda volta, ancora piú infastidito, sulla ragazza. Nota il vestito attillato, i gesti sensuali, i sorrisi inutilmente esagerati e pericolosi.

Sul ponte della Maddalena sono passate alluvioni e lava, guerre e miracoli. Alla fine del Settecento l'hanno percorso gli stivali dei sanfedisti fedeli a Dio e al re per cacciare i ribelli della repubblica napoletana e restituire Napoli ai Borbone. Un secolo e mezzo prima la forza delle preghiere ha fermato proprio al suo imbocco una temibile colata di lava del Vesuvio che stava per invadere Napoli.

Elvira l'ha scoperto durante i primi anni di matrimonio, quando i figli camminavano appena e lei e Nicola erano due addetti alla coloritura delle pellicole con tanti sogni, pochi soldi in tasca e un piccolo appartamento in affitto non lontano da lí. Il fiume è stato interrato e il ponte che ci passava sopra si è rassegnato a una nuova vita da percorso per tram, ma conserva il suo fascino. È un luogo di leggende piantato nella vita di ogni giorno, perfetto per ambientare la scena principale dell'ultimo film, il secondo scritto e diretto per giustificare la nuova società del figlio e per mettere alla prova le sue ambizioni.

Mentre Elvira non perde d'occhio la ragazza bruna, in fondo al ponte appare anche Saverio. Si può incominciare davvero. – Allora, Edua', pensa al tuo personaggio. Sei il figlio di un uomo finito in carcere per un errore giudiziario e stai facendo di tutto per dimostrare l'innocenza di tuo padre, – spiega Elvira. Sottovoce, aggiunge: – Chi è quella con cui parlavi?

– Una signora molto gentile, ha visto tutti i nostri film. Voleva sapere che cosa stiamo facendo qui.

Elvira guarda il figlio per capire se è sincero. – E che le hai detto?

– Che stiamo girando delle scene per una nuova pellicola.

– Ah, non dare troppa confidenza, non si sa mai chi può essere. Che altro ti ha detto?

– Che andrà a vedere anche questo film e mi dirà che ne pensa.

– Vabbuo', stai attento. Ora andiamo, – taglia corto Elvira raggiungendo l'altro attore. – Allora, sei pronto? Tu sei il poliziotto, – gli spiega. Arretra di qualche passo in modo da guardare entrambi. – Mettetevi su questo lato del ponte. Uno di fronte all'altro, cosí… – Mostra le posizioni, mima i gesti. – Voi siete quello che fate. Non recitate, siete il vostro personaggio, non dimenticatelo! – si raccomanda.

Nicola è a qualche metro di distanza con la cinepresa già montata. Elvira gli fa un cenno e dà il via alla scena.

Eduardo e Saverio si calano in pieno nella parte. Insulti, strattoni, spinte, camicie strappate, sguardi di fuoco, capelli arruffati, come in una vera lite. Nella foga finiscono su un lato del ponte dove si è formata una piccola folla guidata dalla ragazza bruna. – Forza, Gennarie'! – gridano i piú esaltati quando si trovano il loro idolo a pochi passi.

Elvira indica ai due attori di spostarsi per lasciare il pubblico fuori dell'inquadratura. Con un gesto della mano li guida verso il lato opposto del ponte.

– Non li perdere! – grida a Nicola.

– Piú avanti, – ordina a Eduardo e Saverio.

Il marito avanza, i due attori anche. Per qualche secondo ancora sono nel mirino. Un istante dopo Nicola non li vede piú. Allontana l'occhio dalla cinepresa e impallidisce. Su quel lato il ponte non ha spallette, solo un rovinoso salto nel vuoto.

Elvira avverte una stretta in petto. No, questo per favore no, pensa. Può combattere contro la censura, le invidie, lo snobismo, la grettezza, l'indifferenza dei potenti e la boria dei notabili. Può affrontare persino l'ostilità della figlia, ma se accadesse qualcosa a Eduardo il mondo intero si arresterebbe e lei non saprebbe dove trovare la forza per rimettersi in cammino. Mentre il cuore batte all'impazzata corre verso la scarpata. Nicola, l'intera troupe e la folla di ammiratori la seguono. Sotto l'arcata non c'è nemmeno il fiume, solo rovi e sassi. Elvira arriva per prima, i capelli scarmigliati e la paura in volto. Un pensiero la tormenta. Ha condotto lei Eduardo e l'altro attore verso il bordo del ponte con le sue indicazioni, avrebbe dovuto fare piú attenzione.

Due macchie scure affiorano tra i cespugli. Immobili. Non c'è un sentiero, Elvira si fa strada tra le spine, e proprio le spine la guidano fino al luogo della caduta. Il fruscio dei passi nell'erba l'avverte che stanno arrivando anche gli altri. Elvira si inginocchia, vuole essere la prima a vedere il figlio. Gli prende la mano. Le dita si muovono, per fortuna. Sussurra il suo nome. Eduardo sbatte le palpebre, sembra stordito e pieno di graffi ma cosciente. Dopo qualche istante solleva le gambe. Elvira si asciuga in fretta una lacrima e arretra. Nicola la supera, tutti la superano e si affollano intorno ai due giovani. Lei li lascia andare, si volta e torna indietro. Elvira Notari non piange in pubblico.

Braccia forti e decise aiutano Eduardo e il compagno a rialzarsi e a provare a camminare. Lentamente risalgono sul ponte. Borse, cavalletti e attrezzi sono ancora dove li hanno lasciati, ma non si può continuare a lavorare. I vestiti sono strappati, i passi malfermi. Elvira si arrende, bisogna smontare, la giornata è persa. La piccola folla si disperde, resta solo la ragazza bruna con un'espressione delusa in volto.

Elvira non riesce a capire che cosa stia aspettando e che altro voglia da loro. – È quella là che ha rovinato tutto. Meno male che Eduardo non si è fatto nulla, – si lamenta con Nicola.

Quando poi vede la donna avvicinarsi di nuovo al figlio, lascia la borsa e corre da lei urlando. – Guagliunce', mo basta! Stai lontana, hai già combinato abbastanza guai per oggi! E tu, Edua', vieni, torniamo a casa.

Eduardo accenna un rapido saluto alla giovane e segue la mamma. Avrebbe l'età per sposarsi. O almeno per portare una fidanzata a casa. O, comunque, per fare di testa sua.

Non ne ha il coraggio.

Di ragazze gliene girano intorno parecchie. Aspiranti attrici, costumiste, giovani fanciulle dagli occhi sognanti di fronte al divo dei vicoli. Non le vede nemmeno.

Ogni giorno di piú cede al suo personaggio, ne diventa il convinto prigioniero, il piú fedele interprete del Gennariello inventato da Elvira e cresciuto insieme con lui attraverso sceneggiature ritagliate su misura per la sua età e per i suoi occhi grandi e tristi.

Ha accettato il suo ruolo di Pulcinella senza macchia e senza paura. È diventato un simbolo e i simboli sono i migliori bersagli.

Quando il film viene completato Eduardo porta alla madre le recensioni. Anche stavolta il primo a essere attaccato è lui.

– Ti definiscono il famigerato Gennariello... – legge Elvira. – E poi dicono che il film è noioso. E addirittura che è un ignobile pasticcio che disonora la città. Che giornale è? – Elvira lo chiude per guardare la copertina. – «La vita cinematografica»? Gente del Nord, torinesi. Non hanno mai capito le nostre storie e ora secondo me ci sono delle manovre strane contro di noi, – conclude restituendogli le riviste.

– Manovre? Che tipo di manovre? – chiede Eduardo.

– Vedo e leggo cose che non mi piacciono, pretesti per creare fastidio e metterci in difficoltà. Lasciamoli fare. Noi intanto lavoriamo, – conclude Elvira riprendendo a scrivere.

Eduardo obbedisce. Come sempre. È quello che gli è riuscito meglio fino ad allora, accettare le decisioni della madre. Dentro di lui, però, cresce la frustrazione. Recita da quando è nato, non sa fare altro, ma chi riconosce le sue capacità? Gli spettatori gli sono affezionati, lo considerano un personaggio caro, uno di famiglia, cresciuto con loro, non un grande attore. E i critici non hanno mai speso una parola sulle sue doti di artista. Al massimo sono arrivati a giudicarlo una simpatica macchietta.

Una mattina incontra di nuovo la sua ammiratrice. Lui sta andando all'ufficio postale per spedire un pacco. Lei forse lo sta aspettando. Oppure è lí per caso, non ha il tempo di capirlo. Lo ferma con il suo tono gentile e un profumo fresco che sa di zagare e gelsomino.

– Buongiorno, signor Eduardo, volevo chiedervi scusa. Qualche tempo fa durante le riprese vi ho creato dei problemi, ma ho visto il film. Molto intenso, come tutto quello che fate!

Eduardo sorride, non sembra un'ammiratrice come le altre, ha qualcosa di diverso. È competente, professionale. – Sí, grazie, mia madre ha tagliato solo l'ultima parte della scena, il resto era perfetto. Siete cortese a scusarvi. Non è il caso, davvero. Sono incidenti che capitano. Ora, se permettete… – risponde in tono frettoloso, l'ufficio sta per chiudere.

La donna mostra di non aver notato il tentativo di Eduardo di allontanarsi. Riprende subito a parlare. – Ho visto che invece le recensioni non sono state positive. Peccato, la vostra è una bella interpretazione.

Eduardo si ferma, inorgoglito e insospettito per il complimento. – Mah, siamo abituati alle critiche. Non ci facciamo piú caso. E voi come mai leggete le recensioni?

– Sono un'appassionata di cinema, mi piace essere informata sulle pellicole che escono.

– Allora non so se è il caso di leggere quelle riviste, non sono molto obiettive, – dice ripetendo le parole della madre.

– No, infatti, però voi potreste fare molto di piú. Potreste avere dei ruoli diversi, andare a lavorare con altre imprese. Siete bravo, perché interpretare sempre e solo Gennariello? Pensateci. Vi lascio un mio biglietto –. Gli mette in mano un cartoncino e va via.

Eduardo non dorme quella notte. La donna è una cacciatrice di talenti, scopre nuovi volti per un cinema che sta sempre piú trasformandosi in industria. La sua proposta arriva al momento giusto, lo pone davanti alla domanda della vita. Vuole essere per sempre Gennariello e avere una madre che gli garantisce una parte in ogni pellicola? Oppure vuole diventare qualcun altro? Può davvero uscire da quella cuccia morbida e accogliente che la madre gli ha cucito addosso? Vuole? Ha il coraggio di affrontare Roma, Torino, Milano, i luoghi dove il cinema sta piantando radici?

Elvira ama i gesti del giorno che nasce. Si sveglia quando fuori è ancora buio, mette la macchinetta del caffè sul fuoco, accende la lampada sulla scrivania e si prepara a lavorare. Quella mattina si stupisce di vedere arrivare il figlio con il volto pallido, lo sguardo incupito da due profonde occhiaie. Sembra sfinito. – Che succede? Stai male? Ti preparo qualcosa? Nella credenza ci sono dei biscotti buonissimi.

Eduardo non ha fame. Si siede di fronte a lei e racconta l'incontro con l'impresaria, la proposta di andare a lavorare altrove, di mettersi alla prova con produttori e registi diversi. Elvira si fa scura in volto quando sente parlare di nuovo di quella donna. – Che altri guai vuole combinare? Tiene un'offerta scritta? Un contratto?

– Me li farò dare, però ha ragione. Gennariello non funziona piú. Fa del male a me e al nostro lavoro. I critici mi prendono in giro, nessuno pensa che io sia un vero attore, nessuno ha mai parole di incoraggiamento. Né per me, né per le nostre imprese.

Elvira osserva la pila di sceneggiature, racconti, documenti ammassati sulla sua scrivania. Il lavoro c'è, i soldi non sono molti ma consentono una vita dignitosa. Quando suo padre decise di lasciare Salerno e di trasferirsi a Napoli a stento avevano di che sfamarsi. Allora migrare altrove fu necessario oltre che giusto. Perché farlo ora? Per andare dove?

– Pensi che a Torino o a Roma potresti vivere meglio? Saresti lontano dalla tua terra, verresti sempre e comunque preso in giro, criticato e sminuito solo perché meridionale. Ne vale la pena? Qui hai un'attività avviata. Sto lavorando notte e giorno per lasciarvi un'impresa solida. Lo sai perché si chiama Dora, vero? E sai perché ti ho fatto partecipare a ogni film? Perché vuoi abbandonare tutto questo che è tuo?

– Perché non è mio, è tuo! – urla Eduardo.

Elvira si sorprende della sua reazione, non l'ha mai visto cosí esasperato, tuttavia non lo interrompe.

– Sei tu a scegliere sempre storie di donne violentate o di ingiustizie, – continua il figlio. – Sei tu a voler raccontare sempre soltanto la miseria di Napoli. C'è altro, il mondo è grande. E forse anche piú semplice da mostrare in un film!

Elvira si alza, spegne la lampada, ormai è mattina. Le parole del figlio la feriscono, ma non ha alcuna intenzione di darlo a vedere. Risponde in tono freddo.

– Sei libero. Hai anche una società di produzione intestata a te. Vai dove vuoi. Io ho scelto questa vita. L'ho fatto per te e per Dora, ma non ti fermerò se non è quello che vuoi. Non ho altro da riprendere o da scrivere che non sia Napoli, il Sud, i poveri, le donne. È il dovere di chi ha scelto di restare, fare qualcosa per la propria terra e per chi si trova in difficoltà. Finché mi sarà possibile, questo è il mio cinema. E ora fammi lavorare.

Elvira va a versarsi una tazza di caffè e si rimette all'opera. Piccola, uno scialle addosso, al figlio appare all'improvviso quella che è, una donna fragile, sola, in guerra contro il mondo.

28.

Settembre per i napoletani è il mese di Piedigrotta, un rito collettivo, un festival di canzoni napoletane, trampolino di lancio dei motivi piú popolari, destinati a diventare melodie eterne. Elvira e Nicola non sono mai mancati. Loro, i figli e la cinepresa sulle spalle a cercare sguardi, espressioni, istanti da fissare sulla pellicola. Da quando la musica è diventata protagonista dei loro film, l'appuntamento con Piedigrotta è ancora piú necessario. È lí che Elvira sceglie i motivi piú orecchiabili, avvia la corsa per l'acquisto dei diritti e imposta la nuova stagione di titoli da mandare nelle sale.

Quell'anno Eduardo non li ha accompagnati. È in crisi, non ha voglia di recitare né di unirsi alle uscite di lavoro dei genitori. Progetta di emigrare, vuole costruirsi una vita all'estero. Anche Dora ha trovato una scusa e li ha lasciati andare.

Elvira e Nicola si ritrovano a camminare da soli nelle strade di Napoli. Lei avanti, lui dietro, come ai vecchi tempi. Con vent'anni, tre figli, decine di pellicole e tanti pensieri di piú. Ma, davanti alle prime luminarie accese, Elvira dimentica le preoccupazioni e si fa trascinare dalla forza delle scene che incontra a ogni passo. Nella sera di Piedigrotta anche i piú poveri hanno diritto a un piatto fumante e un bicchiere di vino gratis. Osterie e taverne non hanno un posto libero. A migliaia si accalcano tra i locali e le vie a cantare, a bere, a mangiare. Spalancano le bocche, divorano con foga montagne di spaghetti, salgono sui tavoli a improvvisare una tarantella.

Elvira fa un cenno, Nicola riprende. Punta l'obiettivo su volti, balli e canti finché è costretto a fermarsi, la folla è diventata un muro.

– È permesso? – chiede Elvira, in tono gentile ma deciso. Devono proseguire, da lí la musica si distingue appena e le parole arrivano come un mormorio indistinto.

Le persone si girano con un'espressione infastidita. Quando si trovano davanti la signora che ha portato il cinema tra i vicoli, il fastidio diventa un sorriso. Di colpo si crea un varco. – Passate, passate, tenete ragione. Avita fatica', è il lavoro vostro.

– Grazie, grazie! Poi ci vediamo al cinema, quest'anno vi stiamo preparando qualcosa di speciale, – promette Elvira mentre stringe mani e saluta con calore. Nella notte illuminata dai lampioni le sembrano tutti volti amici e cari.

Quando arrivano sotto il palco finalmente i suoni sono chiari, le parole comprensibili. Elvira si ferma ad ascoltare e, su uno dei brani, si sorprende a ripetere sottovoce il ritornello.

Ma che ato vo'? Nun è cuntenta ancora?
Che mm'aggia leva' 'cchiú? Scuorno a 'sta faccia.
Marcia alla moda, spenne, fa 'a signora
e a mamma mia nemmeno 'na petaccia!
E 'i zitto, caccio sempe…
E tanno è bello,
Quanno caccio 'o curtiello!
È piccerella e intanto,
saccio sul'io chell ca dice 'a gente.
Ma 'a mamma dice ancora: – È piccerella!
E i' dico appriesso a mamma: – È piccerella!

Elvira è incantata. – Uh Maronna mia, hai sentito, Nicola?

Nicola ha sentito ed è spaventato. La protagonista del testo è una donna libera, che vuole vivere tra balli, feste e spese folli. Un uomo è pazzo di lei, per conquistarla è pronto a tutto. Anche a uccidere, se necessario.

– Ora ascoltiamo le altre, ma scommetto quello che vuoi che tutta Napoli nelle prossime settimane canterà questa canzone. Dobbiamo fare subito un film! – esclama Elvira.

Nicola sa che ha ragione, in quegli anni il suo fiuto non l'ha mai tradita. E trema. Tutta Napoli canterà quella canzone e andrà anche a vedere un film in cui si invitano le donne a essere libere, a vivere come desiderano. Non possono permetterselo. La censura sarà spietata e non hanno abbastanza soldi per avventurarsi in un'impresa che rischia di non arrivare nelle sale. Deve fermarla.

– Ci vuole tempo, bisogna acquistare i diritti, – dice.

Elvira si volta e gli lancia uno sguardo dei suoi, di sbieco. – Ho già comprato i diritti di tutte le canzoni. Il film deve essere pronto al piú presto, le persone devono vederlo quando hanno ancora il ritornello sulle labbra.

Si interrompe, distratta da una figura tra la folla, una ragazza vestita in modo elegante. Riconoscerebbe l'abito anche al buio, e spera con tutte le sue forze di sbagliarsi. La giovane sta abbracciando un uomo. Non le sembra un volto familiare. Elvira prova ad avvicinarsi. Troppo tardi, una massa di persone attraversa la via e la blocca. È costretta a fermarsi mentre le due ombre si uniscono alle altre e scompaiono.

Quando la strada si svuota, Elvira riprende l'inseguimento.

– Aspetta, dove vai? – chiede Nicola. L'idea di Elvira di acquistare in blocco i diritti per battere la concorrenza l'ha spiazzato. Non ha capito nulla di quello che è accaduto dopo, l'ha solo vista allontanarsi. Mette la cinepresa in spalla e cerca di non perderla.

Il vestito elegante riappare all'improvviso su un lato della strada, tra un carretto di tarallucci e un venditore di meloni. Elvira gira in modo brusco obbligando Nicola a fare lo stesso e a scusarsi con alcuni spettatori colpiti dal suo treppiede.

La coppia continua a camminare, ormai ha abbandonato la festa. Elvira percorre gli ultimi metri di corsa. Li raggiunge quando la via è quasi vuota.

– Dora, che fai?

La ragazza si volta con un sussulto. Lascia la mano dell'uomo, come colta in fallo. Anche Nicola è arrivato, e finalmente ha capito.

– Torna a casa subito, – ordina Elvira alla figlia.

– Vi presento Nello, – risponde Dora. – Pensiamo di sposarci presto.

Elvira si rivede mentre fugge di notte su un carretto verso un matrimonio senza genitori e senza parenti. Sola, disperata, ma convinta. Voleva una nuova vita, nessuno le avrebbe fatto cambiare idea. Sua figlia, invece, perché vuole andare via?

– Sei sicura? – chiede.

Lo dice e si pente subito.

Dora prende di nuovo per mano il fidanzato e si avvicina ancora di piú. Sente la delusione del padre, fermo di fronte a lei, cavalletto e cinepresa sempre sulle spalle, per la prima volta escluso e disorientato da una sua scelta. Ma è innanzitutto alla madre che deve una risposta.

– Mi hai sempre fatto sentire sbagliata, ingrata, inadatta perché non mi interessava scrivere, disegnare, amministrare un'impresa o occuparmi di un telegrafo. È vero, non mi interessa, voglio altro dalla vita, – risponde Dora.

Elvira guarda le dita intrecciate dei due fidanzati. Da quanto tempo lei e Nicola non camminano piú mano nella mano? – Che cosa vuoi? – chiede.

– Una famiglia, dei figli da crescere. Non mi interessa altro, – sibila.

– Per te un posto nell'impresa c'è sempre, – riesce a dire Elvira con un filo di voce. È inutile, Dora non ha mai voluto quel posto, glielo ha fatto capire fin da quando era piccola, ma ora che Eduardo vuole andare via, chi altri le resta?

Dora continua a stringere la mano del fidanzato. Ha un'ultima cosa da ricordare a quella madre che le ha insegnato l'autonomia. – Ti sei sempre vantata di fare film in cui le donne scelgono la loro vita. Eccomi. Vuoi fare un film su una donna che sceglie di sposare l'uomo che ama?

Elvira scuote le spalle con un gesto rassegnato. Passa davanti alla figlia e si avvia verso casa.

– Stasera ho parlato con Eduardo, gli ho raccontato tutto. Ha promesso che non partirà! – grida Dora mentre la madre si allontana.

I figli la stanno abbandonando, la famiglia si sta sgretolando, ormai le è chiaro. Elvira ha un solo modo per non pensarci: lavorare. In pochi giorni la sceneggiatura di *È piccerella* diventa una pila di fogli, riempita di getto, rivista, completata, e subito consegnata a Nicola. Insieme scelgono quali immagini utilizzare. Gli esterni sono già pronti, vanno selezionati nel loro archivio tra le decine di scene di feste, processioni, vicoli, popolo, paesaggi, realizzate in anni di passeggiate e sopralluoghi. Per le riprese in interno montano una sala di posa nel cortile. Usano tre pareti di cartone, pochi mobili e la luce che cala dall'alto per risparmiare i soldi delle lampade.

– Uagliu', 'o cinematografo, – urlano i ragazzini del palazzo sentendo il frastuono. Donne e bambini si affacciano dai balconi dei piani superiori, i loro loggioni improvvisati ed entusiasti.

A Elvira non dànno fastidio, anche loro sono il suo pubblico. Chiede solo silenzio per aiutare gli attori a concentrarsi. Entra nella finta stanza e chiama Rosè Angione. Nel film è Margaretella, la protagonista, una giovane senza scrupoli, decisa a far perdere la testa e a svuotare i portafogli di ogni uomo. È una delle sue attrici preferite, una delle sue migliori scoperte. Dava ripetizioni di matematica a Eduardo quando ancora andava a scuola e i numeri erano la sua dannazione. Dopo averla osservata tra una lezione e l'altra, e dopo averla riempita di complimenti per il suo volto espressivo, l'aveva messa alla prova. Ora non c'è pellicola senza di lei. I capelli lunghi e ricci, il fisico prorompente, lo sguardo languido, la rendono l'interprete ideale delle protagoniste delle sue storie.

Rosè si avvicina con passo disinvolto. Elvira controlla il trucco, aggiusta rapidamente il vestito per mettere in evidenza le forme sinuose e le indica il punto dove prenderà il via la scena. – Vieni accanto alla porta.

– Albe', tocca a te, – chiama quando Rosè è in posizione. Alberto Danza nel film interpreta Tore, l'uomo che perde tutto per amore di Margaretella. Eduardo guarda con invidia il suo ciuffo liscio di brillantina che cade lucido e inaspettatamente morbido sulla fronte, la camicia con il collo inamidato e la giacca da consumato frequentatore di circoli e ristoranti alla moda. Almeno una volta vorrebbe recitare anche lui una parte da bello e dannato, con il volto da sciupafemmine e i lineamenti irresistibili anche nella sconfitta.

– Tu ti metti qui, accanto a lei. È il momento del bacio.

Fate sentire la passione, la gente nel cinema deve sospirare, – ordina Elvira.

Lascia i due attori al centro della scena e raggiunge Nicola lungo l'unico lato della finta stanza rimasto aperto. – Fai attenzione a non inquadrare in alto altrimenti si vede che non c'è soffitto, – si raccomanda e dà il via alla ripresa.

Tore e Margaretella si avvicinano, i corpi avvinghiati, le labbra che si sfiorano. – Va bene, a posto cosí, – dice Nicola sollevando lo sguardo dalla cinepresa. – È sufficiente.

Elvira conosce i gusti del suo pubblico, sa che quel momento va prolungato il piú possibile per scatenare i fischi di eccitazione, gli applausi, la partecipazione focosa di chi sarà davanti allo schermo. Ma c'è troppa gente intorno e non le sembra il momento di sollevare una discussione. – Passiamo alla scena successiva. Ora ti affacci alla finestra e aspetti Carluccio, – dice rivolta a Rosè. Nicola sposta la cinepresa montata sul cavalletto e sceglie l'inquadratura migliore. Quando è pronto fa un segnale a Elvira.

Rosè si affaccia e pronuncia la sua battuta. – Questo amore deve finire, è durato un po' troppo, un matrimonio fra noi è impossibile.

– No, no, aspettate un istante.

La voce di Nicola risuona per la seconda volta nel cortile. Gli attori si fermano, stupiti. Anche Eduardo si volta a guardare il padre, e soprattutto la madre. Chi impartisce gli ordini mentre girano è lei, nessun altro osa invadere il suo campo.

– Che succede? – chiede, infatti, Elvira. Meravigliata piú che risentita. – Il tono era giusto, Rosè è bravissima.

Nicola copre la cinepresa. – No, non funziona. Lei non può dire all'uomo una frase del genere. E non è solo questo –. Prende i fogli della sceneggiatura e punta il dito su diverse parti del testo. – Qui, qui e qui. Margaretella tormenta gli uomini, li sfrutta, li esaspera. Le vengono perdonati tutti i capricci, non si può fare.

Un pesante silenzio si impossessa del cortile. Si ammutoliscono i balconi. Sembra spegnersi anche l'eco lontana dei richiami dei venditori lungo la strada.

Elvira raccoglie i fogli. – Va bene, oggi non c'è la concentrazione necessaria per continuare le riprese. Ci vediamo domani qui. Stessa ora, stesso copione. Non preoccupatevi, nessuna modifica. Le scene saranno quelle che avete studiato finora.

È un ottobre di vento e acquazzoni improvvisi, l'aria in casa è fredda durante il giorno e gelida di notte, quando il braciere è spento. Fuori è buio, non saranno nemmeno le cinque del mattino, troppo presto persino per lei. Elvira esita prima di tirare fuori il braccio dalla coperta e si rigira a lungo nel letto con la speranza di riaddormentarsi. Dopo un tempo che le sembra infinito, prende la lampada, la scherma con il corpo per non svegliare Nicola e si alza.

Sulla scrivania c'è il plico da inviare alla censura con la bobina di *È piccerella*.

Ancora una volta Elvira ha fatto di testa sua. Non ha ascoltato le critiche di Nicola, la protagonista è sfrontata e capricciosa esattamente come l'ha immaginata.

È un rischio. Elvira lo sa, segue gli eventi, si rende conto che la situazione sta precipitando. Pochi giorni prima le strade di Napoli si sono riempite di camicie nere. Erano in quarantamila, molti arrivati in treno o in nave da altre regioni. Hanno invaso le strade del centro con le loro divise, le bandiere, i saluti a mano tesa e una pioggia di *eia eia alalà*.

Nicola ed Elvira si sono mescolati fra i curiosi, senza nemmeno provare a portare una cinepresa, ogni immagine era già stata concordata con un manipolo di fedeli operatori calati da Roma insieme ai militari. Ci sono stati scontri, una donna è morta per un colpo di rivoltella partito dai ranghi fascisti, ma nulla ha fermato l'avanzata dei nuovi potenti. Mussolini ha attraversato la città, l'ha sottomessa con due discorsi diversi per essere sicuro di conquistare tutti. Ricchi, notabili, benestanti e alto-borghesi l'hanno atteso dentro il teatro San Carlo e l'hanno applaudito seduti tra i fregi dorati, gli affreschi e i morbidi velluti rossi. Al popolo sono state lasciate strade e piazze dove i volti dei forestieri superavano di gran lunga quelli dei napoletani, ma il colpo d'occhio della folla ha funzionato. A fine giornata gran parte della città sembrava essersi inginocchiata ai piedi dell'astro nascente della politica e ora Elvira ha paura. Quell'uomo è un pericolo.

– Che succede?

La voce di Nicola interrompe i suoi pensieri. La sensazione di vuoto nel letto accanto a lui l'ha svegliato. Ha impiegato qualche secondo a capire, poi si è infilato una giacca da casa sul pigiama e l'ha raggiunta.

Elvira mette da parte il plico da inviare alla censura e gli mostra una lettera, contiene i dettagli di un accordo ancora da definire con il «Roma», il piú antico quotidiano di Napoli. Da qualche tempo ha avuto un forte calo di lettori per la concorrenza di tante testate nate in quegli anni, piú aggressive, piú fresche.

– Stai leggendo il «Roma» in questi giorni? Ha virato in modo plateale a favore del Partito nazionale fascista, – risponde Elvira.

Nicola sbadiglia e ha il volto stropicciato dal sonno, ma non può sottrarsi alla domanda. – Ho parlato alcune mattine fa con il direttore. Ha avviato una trattativa, il partito fascista sta per acquistare la testata. Non ha scelta, il giornale ha accumulato piú di trecentomila lire di debiti. La sua salvezza passa da lí, soltanto il nuovo potere ha soldi e necessità di addomesticare l'informazione –. Elvira mostra la lettera sulla scrivania con un gesto infastidito. – E noi stiamo per firmare un contratto con loro! Davvero vogliamo collaborare con i sostenitori di un regime? Ti rendi conto di che cosa significa? Ora per noi sarà sempre piú dura. In tanti stanno passando dalla loro parte e molti altri lo faranno. Il «Roma», i critici, tutti. Hai visto che stanno scrivendo sui nostri film?

Elvira si alza e con il tono della voce mima un falsetto. – Non ritengo questo il vero ambiente napoletano, non è stato indovinato nulla. Ecco che dicono. Ma che ne sapene chiste d'o vero ambiente napulitano? Ma quando mai sono stati dint'e vicoli 'e Napule? La gente ci ama, ci ringrazia, e questi parlano di vero ambiente napoletano?

È troppo arrabbiata per tornare a sedersi. Va in cucina a mettere il caffè sul fuoco.

– Nico', sient' a mme, Mussolini vuole chiudere tutto. A lui interessa solo Roma. Hai visto che i fratelli Troncone ormai producono pochissimo? E Lombardo si sta spostando a nord. Tra poco a Napoli non ci sarà piú nessuno.

È vero, il grande cinema napoletano sta svanendo. I produttori con cui hanno iniziato si sono trasferiti oppure hanno cambiato lavoro. A resistere sono rimasti quasi da soli. Piccoli, esclusi, sempre piú deboli. Un'isola dalle rive ogni giorno erose dal mare. Dovrebbero fuggire come gli altri prima che arrivi l'onda definitiva a cancellarli. Ma dove potrebbero andare? Che film potrebbero realizzare lontano dai vicoli di Napoli, loro che hanno avuto successo raccontando le miserie dei bassi e dei loro abitanti? Nicola sa di essere costretto a sperare. – Mussolini sta preparando una riforma. Qualcuno dice che vuole investire e rilanciare. Forse arriva qualcosa di buono pure per noi.

– Per noi non arriverà nulla di buono, – lo interrompe Elvira in tono brusco. – Se vogliamo sopravvivere dobbiamo cavarcela da soli.

Non è quello che vuole Nicola. Cavarsela da soli vuol dire insistere senza mutare, rimanendo aggrappati alla loro piccola isola condannata a scomparire. – Prendiamo tempo. Le persone vengono a cercarci, il lavoro non ci manca, – dice. Ma vorrebbe chiedere altro. Non ne ha il coraggio. Non ancora.

Elvira sceglie due tazze da una credenza in legno chiaro. Nel loro lavoro il tempo è tutto. Come quando si prepara un buon caffè in una macchinetta napoletana. Non sempre però si può aspettare. A volte non è nemmeno la scelta piú giusta, ma anche lei tiene per sé i suoi pensieri.

La risposta della commissione di censura arriva agli inizi di dicembre. Il visto alla distribuzione nelle sale di *È piccerella* porta la data del 30 novembre 1922, un mese dopo la nascita del governo a larghe intese presieduto da Mussolini, sei giorni dopo il conferimento dei pieni poteri da parte della Camera dei Deputati al nuovo padrone dell'Italia. L'èra fascista inizia senza chiedere modifiche alla Film Dora. La pellicola va bene cosí, con la protagonista che fa quello che le pare e due uomini docili, sottomessi, pronti ad accontentare ogni sfizio. Forse li ha convinti la morte della giovane nel finale, uccisa da uno dei pretendenti. È quello che Elvira racconta nei suoi film, per le donne libere non esiste spazio. È quello che anche il fascismo intende dimostrare e lasciano correre.

Elvira non perde tempo a sottolineare di avere avuto

ragione a non tagliare nemmeno una battuta del copione. Deve pensare al botteghino e a recuperare le somme investite per l'acquisto dei diritti di tutte le canzoni del festival di Piedigrotta. Si mette al lavoro per organizzare le proiezioni. Napoli, certo. E poi Milano, Bari, Roma.

Quando Elvira nomina la capitale, Nicola ha un sussulto.

– Meglio evitare Roma.

Lei solleva gli occhi dal foglio dove sono elencate le future tappe. – Da anni mandiamo le pellicole nelle principali città italiane, perché dovremmo rinunciare proprio ora? I nostri governanti hanno visto quello che dovevano vedere e ci hanno dato l'autorizzazione. Siamo in regola, non c'è nulla da nascondere.

Nicola non sa come spiegare l'angoscia che prova. Fin dalle prime settimane di nascita del nuovo governo gli squadristi hanno usato ogni pretesto per giustificare arresti e spedizioni punitive per chiunque non sia in linea con le direttive dell'esecutivo. Sono persone senza scrupoli, pronte ad ammazzare. Non sarà un visto a fermarli se si rendono conto di trovarsi di fronte a idee in odore di eversione.

Elvira fissa il 24 maggio come data per la prima visione nella capitale, poi si eclissa. A Roma vanno Nicola e Eduardo, il titolare della casa di produzione e uno dei protagonisti del film. Due uomini. A Elvira va bene cosí. Le basta il triste spettacolo di Napoli che si sta riempiendo di adunate e persone in divisa. La sua presenza alla proiezione servirebbe a poco, nel cuore del nuovo potere manda il suo messaggio di strenua resistenza.

Il film.

All'ingresso in sala non c'è folla. Nella capitale una locandina con un titolo in dialetto napoletano suscita poco interesse. Nicola e Eduardo si siedono in prima fila. La gran parte dei posti riservati alle autorità resta vuota. In veste ufficiale di funzionario del governo arriva a vedere – e controllare – la pellicola un omino piccolo, magro, diafano, con i capelli lisci di brillantina incollati sulla fronte. Posa lo sguardo sospettoso su Eduardo con la sua chioma riccia e crespa. Stringe invece la mano a Nicola, rassicurato dalla sua espressione solida, equilibrata.

Si siede e si prepara alla visione. Resta impassibile di fronte ai capricci della protagonista e alla gara fra i due pretendenti a chi la copre di piú di regali. Subisce senza reagire anche le scene di vita disinvolta e allegra, incurante degli uomini se non in quanto proprietari di un portafoglio. Si concede un leggero sorriso soltanto alla fine, quando la protagonista muore.

Sui titoli di coda si alza. Non commenta e non esprime i complimenti di rito. Indossa il cappello e si avvicina a Nicola. – Signor Notari, arriva per tutti il momento di cambiare. Trovatevi un lavoro diverso, Napoli è una città piena di risorse, sono sicuro che non vi mancheranno le idee –. Tocca la falda in un cenno di saluto e si allontana.

Dopo di lui si avviano all'uscita i pochi spettatori presenti, tutti uomini, in completo grigio, la brillantina e l'espressione gelida in volto. Padre e figlio escono per ultimi. Si incamminano nelle strade di Roma per andare alla stazione a prendere il treno per Napoli. Mai si sono sentiti cosí soli al termine di una prima.

– Cambiare lavoro? – sbotta Elvira quando Eduardo e Nicola le raccontano l'accoglienza ricevuta dal film nella capitale. – Se lo possono scordare!

Nicola si alza in piedi, infastidito. – Era molto serio, Elvira, te lo assicuro. Forse dovremmo pensarci. Non dico di cambiare lavoro ma il tipo di film…

– Anche se vogliono spaventarci io non cambio proprio nulla. E voi? Avete paura?

– Sono potenti, ci schiacceranno, – risponde Nicola.

– L'Italia è grande, il film verrà proiettato in molte città, vedrete che andrà bene. Abbiamo questioni piú urgenti di cui occuparci, – conclude aprendo un fascicolo di fatture e iniziando a scrivere con la sua calligrafia appuntita e sicura. Come lei.

Qualche giorno dopo il direttore del «Roma» li convoca nel suo ufficio, una piccola stanza sommersa di carte, giornali, telefoni, articoli da pubblicare attaccati alle pareti, altri appallottolati nel cestino, una giacca abbandonata su un attaccapanni sghembo.

Con un gesto brusco indica due sedie, li fa accomodare e mostra a entrambi un libretto. Contiene al massimo una decina di pagine. Elvira accarezza la copertina dove è scritto il suo nome. Una debolezza, se ne pente subito. Lo apre e comincia a sfogliarlo con modo professionale. Questo è quello che deve vedere il direttore del «Roma».

Elvira ascolta l'offerta di mettere a disposizione la tipografia del quotidiano per stampare le sue sceneggiature sotto forma di racconti. In cambio non le chiedono soldi, non a lei. I testi verranno venduti insieme al programma nelle sale cinematografiche durante le proiezioni. A pagare saranno gli spettatori.

– Che ne pensa? Può andare?

Il direttore rivolge come sempre la proposta a Nicola, Nicola lancia un'occhiata a Elvira. Lei sfiora di nuovo la copertina con il suo nome scritto accanto a quello del giornale che ogni sera il padre le portava a casa. Le pagine spesse e cariche d'inchiostro conservano immutato il loro fascino, trent'anni prima avrebbe dato la vita per un momento come quello. Ora, invece, l'impresa viene prima di ogni altro sogno.

Elvira guarda le unghie del direttore mangiucchiate per l'ansia, osserva ancora la desolazione del suo ufficio e decide di rischiare. – Il «Roma» è in difficoltà, si sa. Avete bisogno di trovare nuove forme di guadagno, è comprensibile. Ammetto che pure nel cinema la situazione è quella che è. Non credo, però, che per voi sarà sufficiente questa mossa per risollevare i conti. Dovete avere la possibilità di entrare in spazi diversi. Il libretto va venduto anche nelle edicole, sui treni locali, all'estero, ovunque. Dovete andare a cercare nuovi lettori.

Il direttore soppesa Elvira con un'occhiata gelida. Si chiede fin dove sia in grado di spingersi quella donna. – Va bene, – risponde, – ma la Film Dora dovrà acquistarne un certo numero di copie e saremo noi a definire il prezzo.

Elvira sorride e stringe il libretto con il suo nome. – Si può fare, – rilancia, – ma i testi saranno miei e senza alcuna possibilità di essere modificati e in ogni libro ci saranno pubblicità della nostra ditta e degli altri film in produzione. Prendere o lasciare.

Il direttore non sorride piú, resta in silenzio per qualche secondo. Poi chiama un segretario e detta i termini dell'accordo.

Nicola firma.

Il direttore ed Elvira si salutano.

– Soddisfatta? – chiede Nicola mentre la vettura li riporta a casa. Elvira guarda lontano, verso uno spicchio di mare che si incunea tra i palazzi. Gli accarezza la mano senza rispondere.

In troppi stanno chiudendo o stanno trasformando la loro attività in qualcosa di diverso. Tecnici, registi e sceneggiatori, artigiani dei film capaci di realizzare pellicole quasi in serie con poche maestranze e tanto fiuto per i desideri del pubblico si trovano davanti a una scelta. L'unica strada indicata non ha sbocchi, si ferma dopo pochi metri. Le altre vie appaiono poco piú di mulattiere, si inerpicano su per ripidi e desolati sterrati che nessuno sa dove conducano.

Sono pensieri contorti, scuri, ma a Elvira non viene in mente altro mentre pensa all'accordo firmato con il «Roma», un patto commerciale tra due crisi da nascondere sotto l'abito buono dell'innovazione. Hanno firmato uno scambio merci, l'unica intesa possibile quando né da una parte né dall'altra ci sono soldi. Una delle merci sul piatto sono le sue idee. Funzionano ancora, convincono, portano pubblico. È la sua forza, la risorsa che permette alla Film Dora di sopravvivere senza perdere la sua natura di piccola impresa di famiglia.

Una fragile forza ormai.

29.

– Mo basta, Elvira.

Nicola entra nello studio sbattendo sulla scrivania un plico dove sono segnate tutte le modifiche richieste dalla commissione censura al loro ultimo film, *'Nfama*, la cattiva.

Riprodurre le didascalie in corretta lingua italiana, ordinano i censori in uno stile ormai militare. Cambiare il titolo. Smussare il piú possibile capricci e libertà delle protagoniste. Tagliare. Ridurre. Eliminare.

Elvira si sente inseguita, braccata, circondata da mille occhi. E Nicola è sfinito. Troppo lavoro, troppi costi, non possono resistere a lungo. Cammina nervosamente nello studio mentre Eduardo è fermo qualche passo piú indietro, in piedi accanto alla porta. Incerto se andare o restare.

– Basta lo dico io! Come osano rovinare ancora il lavoro nostro? Chi sono questi signori? – chiede Elvira. Sono domande di rabbia, le sue. Non aspetta una risposta.

In cima alla pila di carte sul tavolo c'è un fascicolo consunto e dalle pagine con gli angoli piegati per le consultazioni frequenti e ripetute, la legge sulle pellicole cinematografiche. Nicola lo sfoglia e inizia a leggere ad alta voce. – La commissione di censura è formata da due alti funzionari di pubblica sicurezza, un magistrato, una madre di famiglia, un membro scelto tra gli educatori e i rappresentanti di associazioni umanitarie che si propongono la protezione morale del popolo e in particolare della gioventú, una persona competente in materia artistica e letteraria e un pubblicista.

È una provocazione, ma Elvira è troppo infuriata per rendersene conto. Lo guarda dritto negli occhi. – Una persona competente in materia artistica, scrivono. Competente come? Che ha fatto? E la madre di famiglia, che famiglia ha avuto? È stata mantenuta dal marito, ha cresciuto i figli da sola o con le cameriere? Ha mai avuto un aborto? È entrata almeno una volta nelle case delle donne che non vivono tra Chiaia e Posillipo? Ma che ne sanno?

Nicola le ha sempre lasciato l'ultima parola sul lavoro. Ora non può piú. Posa il fascicolo sulla scrivania e la affronta. – I tempi sono cambiati, devi capirlo!

– *'Nfama* è una canzone bellissima, a Napoli la cantano tutti.

– A Napoli le canzoni sono tutte belle. Ti ricordi come fa *I' te vurria vasa'*? – risponde Nicola. E inizia a cantare i primi versi.

I' te vurria vasa'
ma o core nun m'o dice
'e te sceta'…

Ha una bella voce, un tenore ben impostato. A Elvira piace, spesso si unisce a lui, ma stavolta resta in silenzio. Non le sfugge una nota aspra, un suono nuovo, un bemolle fuori tono.

Nicola smette di cantare e si avvicina. – Non senti la dolcezza di questi versi? Non ti ispirano? Perché devi sempre raccontare la parte peggiore delle persone? I suicidi, le pugnalate, le famiglie a pezzi, le sgualdrine. Non andremo da nessuna parte. Ci stai distruggendo!

Nicola si siede, la testa fra le mani. Elvira non lo ha mai

visto cosí. Nelle sue parole c'è amarezza, rabbia e, per la prima volta, anche un senso di sfiducia. Un'ombra si sta insinuando nel loro antico patto. Le ha lasciato piena libertà di gestire l'impresa, le ha riconosciuto la capacità di intuire i gusti del pubblico, di scegliere le storie, scrivere le sceneggiature e montare le scene. E poi gli accordi commerciali, i rapporti con i giornalisti, gli autori, i critici e pure con i tipografi per le locandine.

Si è rivelata la decisione migliore. A Napoli in pochi hanno riempito le sale cosí a lungo come Elvira. Nessun altro è sopravvissuto alla crisi provocata dalla guerra e dalle pressioni del nuovo regime senza cambiare il modo di lavorare. Tutto questo Nicola lo sa bene, ma non è facile combattere ogni giorno contro un nemico sempre piú potente. La tensione sta minando quella divisione dei ruoli che nessun altro marito avrebbe accettato e che tra di loro ha funzionato a meraviglia.

È la nota di accusa, il bemolle fuori tono.

Elvira si volta verso il figlio rimasto sulla porta. – Edua', da che parte stai? Hai firmato pure tu la sceneggiatura di *'Nfama*, ti piaceva.

Eduardo guarda la madre, poi il padre. Come può scegliere fra le persone che ama di piú al mondo? Abbassa il capo e lascia la stanza.

Elvira non lo ferma. Il distacco dei figli penetra a fondo nella sua carne. Brucia. Ma le critiche di Nicola la irritano. Le sembrano ingiuste verso di lei e pericolose per la loro impresa. – A Napoli il pubblico continua a preferire i nostri film. Questo Mussolini non mi fa paura con la sua censura. Mo ti faccio vedere io come 'o facimm fess.

Elvira si siede al telegrafo, inizia a battere un messaggio. Destinatario, la Film Dora al numero 729 della 7ma Avenue, New York.

La mattina dopo prende il fascicolo restituito dalla commissione e chiama il figlio. – Vuoi ancora lavorare con me?

Eduardo avrebbe voluto prendere una valigia e partire. Non verso gli Stati Uniti, ma per l'Inghilterra, piú vicina, piú familiare. Si era procurato l'indirizzo di un amico, pensava di iniziare con un lavoro qualsiasi, anche operaio o muratore. La fortuna e le sue capacità avrebbero fatto il resto. La scelta di Dora di sposarsi lo ha messo davanti alla realtà. I genitori si avvicinano ai cinquant'anni, per quanto tempo ancora possono gestire gli affari e girare film? Inutile inseguire sogni, soltanto lui può assicurare un futuro alla loro impresa.

Si siede accanto alla madre e incominciano a leggere le correzioni. – Ci ordinano di tagliare perché alcune scene dànno fastidio? E noi tagliamo. Vogliono le didascalie in italiano e non in napoletano perché il dialetto non esalta l'orgoglio nazionale? E noi lo facciamo. Dobbiamo trovare anche un altro titolo? E mo lo troviamo. E ti faccio vedere come lo sistemiamo quel signor duce! – afferma Elvira.

Inizia a scrivere su un foglio bianco, ogni tanto chiede consiglio a Eduardo, in poche ore completa la nuova versione della sceneggiatura.

Nei giorni seguenti anche lei e il marito si siedono di nuovo allo stesso tavolo. Nonostante la rabbia Nicola non ha un'alternativa alla strada scelta da Elvira. Si assicurano che le modifiche siano in linea con le richieste dei censori e passano al montaggio. Quando la pellicola è pronta, è lui a recarsi alla sede napoletana della commissione per consegnare il fascicolo. Elvira resta a casa. – Meglio se non li vedo quei signori, – dice e va a mettere su un sugo di spuntature di maiale e a lavorare alla sceneggiatura successiva.

All'ora di cena il profumo del sugo si diffonde nella casa. Eduardo aiuta ad apparecchiare la tavola, Dora non è con loro, non c'è quasi mai la sera, va a passeggiare sul lungomare con il fidanzato.

– Ti ricordi quando ci andavamo anche noi? – chiede Elvira mentre serve a Nicola un'abbondante porzione di paccheri. Il marito sorride. – E chi se lo scorda? Però sei sicura che sia opportuno che Dora esca? Non ha nemmeno vent'anni, non vorrei...

Elvira ha riempito anche il piatto suo e quello di Eduardo. Con un movimento brusco della mano interrompe il marito. – Se anche vuole fare come noi, si può dire che ci è andata bene, no?

In altri tempi Nicola avrebbe risposto con una carezza, un sorriso, un gesto di complicità. Invece rimane in silenzio ed Elvira cambia discorso. – Che ti hanno detto quelli della censura? Quanto tempo ci vuole?

Nicola si stringe nelle spalle. – Lo sai come sono, non dicono mai nulla, dobbiamo aspettare. Per fortuna abbiamo un altro film su cui lavorare.

Elvira si serve ancora un mestolo di paccheri. – Non aspettiamo proprio niente, non ci facciamo fermare dal signor Mussolini. Ti hanno dato il visto provvisorio? Fra una settimana parte una nave, ho già parlato con Vincenzo a New York e con il capitano qui a Napoli. Spediamo la pellicola e iniziamo a distribuirla negli Stati Uniti. Quando i signori della censura decidono che fare, vediamo se distribuirla anche in Italia, ma almeno non perdiamo i contratti e i guadagni americani.

30.

– Posta dall'America! – annuncia Nicola entrando nello studio.

– È Vincenzo? – chiede Elvira andandogli subito incontro.

Nicola gira il pacco per leggere il mittente. – Sí, arriva dalla Dora Film of America. Hai notato che ha invertito il nome? Mi piace, è molto internazionale. Dobbiamo chiamarci Dora Film anche in Italia.

Elvira non risponde. Ora che le difficoltà incalzano, i nomi hanno perso importanza. Prende la scatola e inizia a scartarla. Tira fuori una lettera e decine di copie di quotidiani, volantini pubblicitari, materiale sull'attività dell'ufficio di rappresentanza a New York.

L'eccitazione dei genitori e il fruscio delle carte attirano anche Eduardo. Solleva un volantino e si sofferma sull'intestazione dove sono elencati i titoli dei loro film importati da Vincenzo.

– Ma tu guarda come ha tradotto il nome della Madonna...

– Che ha scritto? *Mad woman*? E che significa? – chiede Elvira avvicinandosi.

– Significa la pazza. Non mi sembra un bel titolo, bisognerebbe dirgli di cambiarlo, – risponde Eduardo, l'unico a masticare qualche parola di inglese.

– Vincenzo sa il fatto suo, – lo difende Elvira. – Sta mandando le nostre pellicole ovunque. New York, Washington, Pittsburgh, Baltimora, e anche Brasile e Argentina. Vi rendete conto? Quello ci sta salvando la vita e mo ci facciamo problemi per un titolo? Lasciamolo fare.

Nicola non partecipa alla discussione tra madre e figlio. Sta sfogliando uno dei quotidiani arrivati dagli Stati Uniti. – Guardate qua. Ci ha mandato pure il «Progresso italoamericano». L'annuncio del nostro film nella pagina degli spettacoli è piú grande di quelli dell'*Aida* e della *Traviata* alla Manhattan Opera House!

Elvira osserva il riquadro. Ben visibile, incorniciato, scritto in neretto per catturare l'attenzione. Nessun giornale italiano ha mai riservato un simile trattamento ai loro film. – Vincenzo sta facendo le cose in grande. Negli Stati Uniti tengono soldi, belle case, cibo a volontà, le radio. Gli manca solo l'Italia, e a quella pensiamo noi. Gliela portiamo al cinema. Meglio di niente!

Tra i fogli c'è ancora la lettera. Elvira recupera il tagliacarte nel disordine della scrivania e la apre.

Vincenzo non è andato oltre la terza elementare, scrive frasi striminzite e piene di strafalcioni. Il senso però è chiaro. Ha dovuto bloccare la distribuzione dell'ultimo film che gli hanno spedito. Non riescono ad assicurare una buona sincronia tra musica e riprese. Negli Stati Uniti ancora nessuno sa come si canta seguendo le immagini, c'è bisogno di qualcuno da cui imparare.

– È un bel problema, – dice Nicola, passandosi una mano tra i capelli che si stanno diradando sulla fronte.

Elvira riprende a frugare tra le carte sulla scrivania. Le è venuta un'idea. – Avevo da qualche parte le tariffe delle navi. Nico', sai dove sono finite?

Nicola si avvicina a uno scaffale su cui sono disposti alcuni fascicoli. Estrae un foglio da una cartellina e lo porge alla moglie con un'espressione divertita. – Non lo perdere, eh!

Elvira scorre le tariffe suddivise tra prima, seconda e terza classe. – Facciamo cosí, insieme alla bobina mandiamo anche una cantante. Aumentiamo un po' il prezzo e chiediamo a Vincenzo se possono ospitarla nel tour attraverso gli Stati Uniti. Se lui ci dà una mano dovremmo rientrare nei costi. Però ci vuole una che sappia il fatto suo. La bella presenza non m'importa, deve avere esperienza e voglia di lasciare l'Italia.

Decine di donne riempiono fin dal mattino presto via Leonardo Di Capua. Accompagnate da un fratello, un cugino, hanno in mano il giornale dove Elvira ha fatto pubblicare l'annuncio dell'offerta di lavoro. Impazienti, attendono il loro turno. Non vedono l'ora di essere ascoltate e di firmare il contratto. Ognuna ha un padre, un marito, un parente da raggiungere o una vita da ricostruire. Ma ci vogliono soldi – una valanga di soldi – per pagare il viaggio. La proposta della Dora Film è l'ultima speranza di vedere le porte degli Stati Uniti aprirsi anche per loro.

Eduardo le fa entrare una per volta nella stanza in altri momenti destinata alla scuola di recitazione. Alcune non indovinano nemmeno una nota, Elvira le scarta subito. Altre canticchiano ma non sanno seguire le immagini. Elvira le ringrazia, segna il loro nome su un foglio e assicura che farà sapere qualcosa.

All'ora di pranzo la fila è ancora lunga. Nella camera entra l'ennesima aspirante al posto. Elvira è stanca, le audizioni sono state decine e deve terminare di scrivere alcune righe sulla cantante appena uscita.

– Inizia, ti ascolto, – dice senza alzare gli occhi dal foglio.

La voce della donna riempie l'aria. Elvira ha un sussulto, nessun'altra ha quel timbro. Solleva lo sguardo con il timore di essersi sbagliata. I capelli si sono imbiancati, il volto si è riempito di rughe, ma davanti a lei c'è Nunziata, l'amica, la confidente, l'aiuto degli inizi, quando erano soltanto i figli a rendere complicato il suo lavoro. L'abbraccia, commossa, e chiede a Eduardo di fermare tutto. La ricerca è terminata, non serve andare oltre nella prova. Quello che ancora non sa, Nunziata lo imparerà, ma a nessun'altra potrebbero affidare il compito di portare le canzoni della Dora Film negli Stati Uniti.

Elvira prende l'amica per il braccio e la guida verso lo studio. Piú tardi le farà salutare Nicola e i figli che ha lasciato quando erano dei bambini e non l'hanno mai dimenticata. Ora la vuole tutta per sé.

Nunziata sembra intimidita. L'appartamento di Nicola ed Elvira non è lussuoso, ma non ha l'aspetto sgangherato e cadente delle case del vicolo dove vivevano un tempo. Sono diventati importanti, famosi, al provino si è presentata convinta di non essere riconosciuta.

– Nun pazzia', certe cose non si scordano. Quei lividi sono stati un tormento, non ho mai smesso di pensarci, – dice Elvira.

– E non hai mai smesso di fare film sulla vita di noi donne dei vicoli di Napoli. Li ho visti tutti, – risponde Nunziata.

– Non smetterò mai. Soprattutto adesso che al potere è arrivato quello lí, – dice Elvira riempiendo due bicchieri di un vino rosso acceso e sollevando il suo per un brindisi.

Nunziata ne beve qualche sorso e inizia a raccontare. Ha cambiato quartiere e tagliato ogni legame con parenti e amici. Con i pochi risparmi messi da parte ha aiutato i figli a mettersi in viaggio. In quegli anni hanno trovato un lavoro, sono riusciti a comprare una casa abbastanza grande e ora lei vorrebbe raggiungerli per trascorrere in serenità almeno l'ultima parte della sua vita.

– Qui non ho piú nessuno e vivo da clandestina come se avessi rubato o ucciso qualcuno. Ti sembra giusto? Che male ho fatto?

Elvira si appoggia allo schienale della poltrona. Pensa alle donne che da anni si ostina a raccontare nei film. Nonostante le critiche, il sarcasmo, la condanna di intellettuali e potenti. Anche Nicola l'ha accusata di esagerare, di non lasciare mai spazio a un lieto fine. Non ha ceduto nemmeno con lui e non se ne pente. La realtà è quella. Il lieto fine non c'è nemmeno quando si sopravvive alle violenze.

– Ti sei ribellata, non hai accettato il suo potere. Questo è stato il tuo errore. Ti farò imbarcare sulla prima nave in partenza per gli Stati Uniti. Lí non dovrai piú nasconderti, – dice consegnando all'amica il biglietto per la libertà.

31.

– Allora, andiamo? – chiede Dora impaziente, già pronta accanto alla porta di casa.

Nicola è molto elegante nel suo vestito scuro. Anche Eduardo indossa una giacca, ma conserva la sua aria da eterno adolescente. Dora ha infilato un abito qualsiasi, senza pensarci troppo su, e continua a ripetere a tutti di sbrigarsi, non vuole tardare un secondo. Da diciotto anni attende quel giorno, Maria è diventata maggiorenne. Una lettera delle suore ha confermato data e ora dell'uscita ufficiale dall'istituto, nessuno piú potrà impedirle di tornare in famiglia.

Ognuno dentro di sé ha immaginato a modo suo quel momento. Nicola pensava di andare a prendere la figlia, di abbracciarla e tornare a casa con lei. Eduardo fantasticava di fare qualche faccia buffa e di portare una locandina per mostrarle il loro lavoro. Dora desiderava soltanto averla accanto e dirle che le voleva bene. Le ha preparato un letto nella sua stanza e freme all'idea di ascoltare le parole che non si sono dette in quegli anni.

Elvira ha avuto per settimane la mente vuota. Il tempo passava, la data si avvicinava, in lei cresceva lo smarrimento. Si è ritrovata in quel mattino di ottobre del 1924 senza sapere ancora che fare.

Nicola si sta aggiustando il nodo della cravatta e osserva di nascosto la moglie. Eduardo stringe la locandina con un gesto nervoso. Dora è già fuori dalla porta e sbuffa.

– Andiamo o no?

Elvira sa che la domanda è rivolta a lei. Deve ancora prendere la borsa, il cappello, infilare delle scarpe adatte e anche un soprabito. Invece resta a guardare tutti senza muoversi.

– Andate, – dice.

– Che vuol dire? Non vieni con noi o non vuoi vederla? – chiede Nicola.

Elvira abbassa la testa. Vedere che cosa? Il muro di disprezzo negli occhi di Maria? Ha pensato a lungo a quello sguardo. All'inizio era confusa, non sapeva come reagire. Le accuse di Eduardo e Dora l'hanno messa di fronte alla realtà della sua solitudine. Quando poi anche Nicola non le ha risparmiato critiche e rimproveri, ha capito di avere una sola possibilità di salvare la famiglia, fare un passo indietro e lasciare che si ritrovino in una nuova vita, senza di lei che li ha trascinati in una corsa di cui nessuno ha compreso o condiviso il senso.

– Andate, – ripete, il tono sempre piú convinto.

– Le tue solite finte promesse! – si arrabbia Dora. – E ora come facciamo?

Eduardo resta in silenzio a tormentare la locandina.

Elvira sente la loro delusione, ma non le importa che capiscano, vuole che siano felici almeno lontano da lei.

Si dirige verso lo studio, dopo qualche istante la sentono comporre un numero di telefono. Sua sorella Margherita risponde subito. Anche se si vedono poco, il legame è saldo e forte come quando erano due ragazze di provincia alla scoperta di una grande città. Non c'è bisogno di molte parole tra di loro.

– La figlia si è sposata, a casa ha una stanza libera. È felice di ospitare Maria e per noi sarà un modo per averla in famiglia, – dice Elvira tornando. E quell'ultima parola la pronuncia con timore.

Nicola e Eduardo si guardano, incerti. Dora no, lei sa bene quello che vuole. – Fai come credi, ma non te lo perdoneremo mai, – la avverte. Poi volta le spalle e si avvia in strada.

Perché avevano i vestiti uguali? Se pensa alla mattina di oltre venti anni prima, nell'ufficio del comune, a Elvira vengono in mente i panciotti chiari e le giacche identiche di Nicola e Vincenzo. È una delle tante domande finite in un cassetto nascosto del suo passato e lasciate lí, dimenticate. Le torna alla mente in quella giornata cosí diversa mentre Nicola sta accompagnando Dora all'altare.

Ma poi è davvero tanto diversa quella giornata?

Non molto, dopotutto.

Non può non vedere che anche Dora sta fuggendo.

Da lei.

Dalla sua smania perenne, dalle battaglie impossibili da vincere, dal suo equilibrio eternamente precario, dalle rigidità che nessuno dei figli ha potuto addolcire.

Osserva Eduardo, di lui vede solo la schiena, è seduto dietro gli sposi. Elegante nel suo abito scuro, emozionato nel ruolo di testimone di nozze. Nicola ha tirato fuori il vestito indossato in tante prime di film. Per l'occasione Elvira gli ha cucito un gilet grigio dove lui ha appeso l'inseparabile cornetto rosso. L'ha seguito con lo sguardo mentre accompagnava la figlia all'altare e la affidava al marito. L'ha atteso sulla panca in prima fila, ma lui ha percorso all'inverso la navata ed è andato a parlare con qualcuno seduto piú indietro, una ragazza dai capelli ricci e crespi, gli occhi grandi come i suoi e quelli di Eduardo. Non ha bisogno di guardarla due volte per capire che è Maria. Accanto a lei c'è un uomo. Sorride a Nicola, sembrano conoscersi.

In attesa che inizi la cerimonia tutti si stanno scambiando baci, abbracci, parole di affetto o anche solo di cortesia. Ci sono i parenti arrivati dal borgo delle origini, cugini, zii e nipoti che si ritrovano dopo anni. Elvira si lascia contagiare dal clima di festa, accenna pure lei un saluto alla figlia mai conosciuta. Le viene spontaneo. Non chiede amore, le basta un segno rapido, anche furtivo, di riconoscimento.

Maria è immersa nella conversazione. Elvira si sforza di incrociare il suo sguardo e prova di nuovo ad agitare la mano. La vede voltarsi verso il fidanzato con un movimento troppo rapido e brusco per non essere voluto. Si aggiusta con imbarazzo il cappello e fissa l'altare sperando che nessuno dei presenti abbia fatto caso alla sua goffa ricerca di un contatto. Un'altra famiglia sta nascendo lontano da lei, difficile non rendersene conto.

L'organo annuncia l'inizio della funzione. La chiesa si unisce alle preghiere per gli sposi. Elvira ripete le parole per conto suo, le sussurra senza farle fluire nel coro di voci dei fedeli. Si scopre da sola nel banco in prima fila e ha paura di quel tempo nuovo, senza figlie, con un marito e un primogenito che non approvano piú le sue scelte. Erano il suo sangue, gli affetti piú cari, il suo baluardo. Ne restano pochi cocci sparsi, inutili ormai.

Dora sta per pronunciare le due lettere che la porteranno via. I suoi occhi sono tutti per l'uomo al suo fianco. È normale che sia cosí, ma Elvira si chiede ugualmente se la figlia l'abbia mai amata. Temuta, rispettata, forse. Ma amata? Il sí della sposa, pronunciato con foga, rimbomba dentro Elvira come un potente no. Ha il suono di una diserzione, del rigetto di ogni istante vissuto insieme, di tutti gli insegnamenti e gli esempi.

Si sente inutile e quel pensiero diventa quasi un conforto. Se tutto è vano non serve continuare a lottare, meglio lasciarsi travolgere e trovare pace. E fermarsi, infine. Sfiora l'anello di ferro. Non le dà piú alcuna forza o consolazione, le ricorda troppe promesse mancate. Di alcune non le importa, altre pesano ogni giorno di piú.

Nicola è tornato a sedersi accanto a lei. Non è abituato a mostrare i suoi sentimenti, ma Elvira ha l'impressione che il suo sguardo sia velato. È stato un buon padre e un buon marito, glielo riconosce, ma l'avrebbe sposato se non fosse rimasta incinta? Gli accarezza la mano e arresta il flusso dei pensieri. Solo il tempo può portare le risposte. E alcune delle domande non ne avranno mai una.

32.

Il suono della risata di Elvira stupisce tutti. Squillante, contagiosa, da tempo non si sentiva. Quella mattina riecheggia fino nel laboratorio sorprendendo le addette alla coloritura. Eduardo è assorto nella lettura di un soggetto, si alza e percorre i pochi passi che lo separano dallo studio con i fogli del prossimo film ancora in mano. – Mammà, che succede?

Elvira gli tende una lettera arrivata dagli Stati Uniti: – Leggi. Se ci riusciamo, sai quanto fastidio gli diamo a quel prepotente del signor duce? Però mo ne dobbiamo parlare pure con papà.

È la richiesta di una società americana, vorrebbero avviare una collaborazione per produrre un film sul brigante Musolino, meglio conosciuto come il re dell'Aspromonte. Condannato a ventuno anni di carcere per omicidio sulla base di prove fasulle, è scappato e si è vendicato uccidendo chi l'ha tradito e denunciato ingiustamente. Dopo anni di inseguimenti e ricerche è stato catturato. Lo hanno chiuso nel carcere di Gerace, in Calabria, ed è diventato uno dei simboli della rivolta del Sud contro le ingiustizie dello Stato italiano. I produttori americani sanno quanto pubblico avrebbe un film su di lui, vorrebbero affidare a Elvira e Nicola l'incarico di realizzarlo e coprodurlo.

Pongono però condizioni molto precise. Chiedono una pellicola di almeno 2500 metri esclusi i titoli di testa e di coda, le scene di vendetta e l'arresto vanno girate nella terra d'origine del brigante, i vestiti devono seguire la moda calabrese dell'epoca, la storia dovrà avere inizio con la fuga del brigante dal carcere di Gerace. Un solo elemento non viene preso in considerazione, quello che ha provocato la risata di Elvira e mette subito in allarme Nicola e Eduardo, l'assonanza tra Musolino e Mussolini e gli effetti di questo gioco di lettere sugli zelanti funzionari dell'Ufficio censura.

Quando sono tutti e tre nello studio, Elvira mette su il caffè e torna seria. – E mo come facimm'? – chiede.

Ne discutono a lungo. Il regime è ogni giorno piú attento, rigoroso. Ha reagito al sotterfugio di Elvira di spedire le pellicole all'estero senza l'autorizzazione definitiva della censura imponendo una visione preventiva anche ai film da esportare. Il pericolo di irritare ancora di piú un potere con cui sono già ai ferri corti è grande, ma non possono permettersi il lusso di rifiutare. L'offerta garantisce guadagni evidenti e sicuri.

Decidono di tentare, ma di trattare l'affare senza lettere e telegrammi. L'argomento è troppo delicato, una persona di assoluta fiducia deve affrontare il viaggio fino a New York.

Nicola e Eduardo guardano Elvira.

È il figlio a parlare per primo. – Mammà, lo sai quanto ci terrebbero ad averti lí.

– Non puoi non andare, – conferma Nicola.

Elvira ha ricevuto molti inviti in quegli anni da parte della comunità italoamericana. Fra gli emigrati è famosa e amata. È la custode della loro memoria, la donna capace di annullare almeno per qualche istante la distanza con la loro terra. Vorrebbero conoscerla e ringraziarla per le immagini di un mondo che in tanti non rivedranno piú.

Elvira lo sa, eppure ha sempre rifiutato. È piú forte di lei, è riuscita a guidare un'impresa, ad affermarsi in una città grande e nuova e a trattare alla pari con produttori, impresari, autori di grido. Non è mai riuscita a superare la paura delle navi.

– Nicola, vuoi andare tu? – chiede al marito.

Lui non ha paura di viaggiare oltreoceano e gli Stati Uniti lo incuriosiscono, ma sa che il suo dovere di padre gli impone di fare un passo indietro.

Guarda Eduardo. – Te la senti?

Il fischio del capostazione sorprende Nicola mentre è ancora nella carrozza dei bagagli. Dà un ultimo sguardo per assicurarsi che ci sia tutto. Controlla bauli, casse e cappelliere, lascia una mancia al ragazzetto che li ha aiutati a trasportare il carico e si affretta a raggiungere Elvira inseguito dal fragore delle porte dei vagoni chiuse dall'esterno. L'ultima viene sprangata dietro di lui quando entra nello scompartimento. Il capostazione fischia di nuovo, il treno inizia a muoversi cigolando.

Il sole del mattino batte sul tetto. Attraverso i finestrini aperti per portare un po' di sollievo all'interno del vagone entrano vento, polvere e l'afa di agosto. Il treno supera i campi di patate e le case basse dei villaggi di Nola, Palma Campania, Sarno, Mercato San Severino. Scompare piú volte dentro le gallerie scavate sotto i monti dell'Irpinia. Dopo ore di viaggio, tra fischi e sbuffi, entra nella stazione di Avellino.

Li aspettano con tutti gli onori. Autorità religiose e civili, notabili – e pure qualche curioso – sono andati a dare il benvenuto ai due illustri ospiti.

– Qui siete i padroni, la comunità di avellinesi negli Stati Uniti si è raccomandata tanto. Venite, seguitemi, –

assicura un signore vestito di scuro scortandoli fuori dalla stazione.

– Ci hanno scritto qualche mese fa, hanno insistito. Vorrebbero rivedere strade e palazzi della città che hanno lasciato e soprattutto vorrebbero rivivere la processione e i festeggiamenti dell'Assunta, – racconta Elvira mentre un vetturino apre la porta di una carrozza.

– Per noi è la festa piú cara, possiamo vivere lontano per un anno intero, ma a metà agosto cerchiamo di ritrovarci qui. Purtroppo non tutti possono affrontare un viaggio ogni estate dagli Stati Uniti. Con il vostro film sarà come stare di nuovo insieme, – spiega il signore vestito di scuro dando istruzioni al vetturino su dove dirigersi.

La carrozza accompagna Elvira e Nicola fino al miglior albergo della città dove da settimane una stanza è prenotata per loro. Verso l'imbrunire, finalmente riposati dopo le fatiche del viaggio, scendono a passeggiare lungo il corso. Mancano due giorni alla Madonna dell'Assunta. Una brezza piacevole arriva dalle montagne, lambisce il panno in stoffa con l'immagine della Vergine alzato sul campanile barocco della chiesa di San Francesco. Le strade sono gremite, arrivano fino da Napoli e da Roma per ammirare le luminarie, i fuochi, i concerti, i giochi, le corse, i drappi.

Il presidente del comitato festeggiamenti li scorta nel loro giro e li aiuta a orientarsi nelle strade mentre racconta il rito e descrive nei dettagli ogni momento di quanto accadrà fino alla processione del 15 agosto, culmine e conclusione della festa. Elvira e Nicola ascoltano, osservano e prendono appunti. È un lavoro diverso dalla scrittura di un film, di una sceneggiata o di un cortometraggio alla maniera dei primi tempi. Devono raccontare un luogo, non una storia. Devono saziare la nostalgia, non la noia.

Il mattino seguente scendono presto, girano per le vie

del centro ancora vuote. Come in una caccia al tesoro cercano gli scorci indicati dalla malinconia degli emigrati e aggiungono quelli suggeriti dalla loro curiosità. Gli abitanti si sorprendono nel vederli passare nei vicoli con cineprese e cavalletti, i bambini li considerano un'attrazione nell'attrazione della festa e si dispongono in cerchio attorno a loro per osservarli mentre lavorano.

Le riprese vanno avanti fino a Ferragosto. Nei giorni successivi spediscono a Napoli il materiale da sviluppare e proseguono il viaggio. La tappa successiva è Trevico, un paese dell'Irpinia a oltre quaranta chilometri di distanza. I treni non arrivano fin lí, apparecchiature e bauli viaggiano sui muli, loro su un carro. Ogni giro di ruota solleva nugoli di polvere minuscola e subdola. Copre i vestiti, acceca, si infila tra i capelli. In città non l'avrebbero sopportata, lí si riordinano con un gesto rapido e continuano il viaggio. Non hanno preoccupazioni, ansie, fretta. Li aspettano solo agli inizi di settembre per riprendere la festa della Madonna della Libera. Si fermano a visitare i paesi lungo la strada, vivono istante per istante, sollevati dalle angustie quotidiane, in una dolce apnea.

È il viaggio di nozze che avevano sempre rinviato quando agli inizi avevano l'amore ma mancavano i soldi e il tempo. Adesso sull'amore è calata un'ombra e il tempo si sta rivelando l'ennesima illusione, uno scherzo che non diverte, una magia che non incanta. A cinquant'anni compiuti da poco, a Elvira il futuro appare un soffio incerto, piú precario e malfermo di quando ne aveva venti.

Rientrano a Napoli a metà settembre. Mancano da poco piú di due mesi, ma sembra essere passato un secolo. Eduardo è negli Stati Uniti, Dora vive con il marito, gli attori della Scuola si stanno disperdendo per tornare ai lavori saltuari del passato. Girare film con copioni e recitazione è sempre piú difficile per la pressione continua della censura. Per guadagnarsi da vivere Elvira e Nicola possono contare quasi soltanto sulle richieste delle comunità emigrate. Battesimi, matrimoni, comunioni, feste di paese.

Al mattino si siedono di nuovo uno accanto all'altra. Come agli inizi si passano le pellicole, montano le scene, riempiono le bobine, circondati da stanze all'improvviso cieche, senza futuro.

Eduardo torna a Napoli pieno di idee. Ha una proposta di contratto, un agente, un produttore per il film sul brigante Musolino, e decine di richieste di film da parte di famiglie, associazioni, comunità di emigrati. Ha l'entusiasmo del Nuovo Mondo, lo slancio rubato a una società che non conosce ancora la parola crisi.

Elvira fa di tutto per accoglierlo con la gioia di un tempo. Mette sul fuoco l'immancabile cuccuma del caffè, apre uno sportello della credenza per cercare dei biscotti ma non ne trova.

Si scusa, imbarazzata.

Eduardo cerca di rassicurarla. – Non ho fame, mammà.

È cambiata Elvira. Entrambi sono cambiati. Sono stati mesi di viaggi, distanze, pensieri, vite da ricomporre. Il padre e la madre hanno macinato chilometri e chilometri di treno, carri, muli, strade di polvere e fango nel Sud che non è stato, quello dove prosperano soltanto occasioni mancate e terre abbandonate. Eduardo ha divorato chilometri e chilometri di navi, treni, auto, le prime metropolitane al di là dell'oceano. Ha incontrato l'altro Sud, quello che è stato e sarà, quello che ancora corre, ma unicamente fuori dai confini. Ritornare in una Napoli in stallo lo ferisce, ma quello che piú lo addolora è notare il velo che sta calando sulla madre. Le rughe iniziano a scavare la pelle liscia sul volto, i riflessi grigi sui capelli la circondano di malinconia.

In attesa del gorgoglio dell'acqua, Elvira si siede e chiede al figlio dei contatti creati per i prossimi film. Vuole avere anche notizie di Vincenzo, di Nunziata e di alcuni parenti emigrati tanti anni prima, di New York e della vita in quel Paese dove abitano migliaia di suoi fedeli ammiratori che non incontrerà mai.

– A Boston ho conosciuto un commerciante, – racconta Eduardo, – vende strumenti musicali e ha diverse attività nel campo dello spettacolo. Ha firmato una scrittura privata per assicurarsi l'importazione in esclusiva della pellicola sul brigante Musolino.

Elvira sembra perplessa. – E che ne sa di cinema se vende strumenti musicali?

– Negli Stati Uniti funziona cosí, – risponde Eduardo, – per loro vendere un flauto o un film non fa differenza purché ci sia da guadagnare –. Eduardo racconta degli italiani di Brooklyn, di Prince Street, dei negozi dove si parla solo in dialetto napoletano e tutti hanno visto almeno una delle loro pellicole. Apre una borsa, prende alcune cartoline. Sul retro c'è uno spazio bianco lasciato per Elvira, perché scriva una dedica e il suo nome. L'indirizzo è già segnato, il francobollo è stato incollato, va soltanto spedita.

– Pensano sempre a tutto, – dice Eduardo. – Anche per il film la comunità ha organizzato ogni cosa. Pagano bene, sono pieni di soldi.

– Edua', i soldi non sono tutto. Se noi avessimo voluto saremmo partiti e avremmo fatto fortuna. Ma che te ne fai dei soldi se non hai la tua terra? – Elvira versa il caffè nelle tazzine. Accarezza la curva della ceramica e aspetta. Quando era giovane lo beveva bollente, voleva sentire il calore sotto il palato perché le dava forza. Ora lo preferisce tiepido. Si è scottata troppe volte seguendo l'impeto del suo carattere. Avvicina la tazza al viso, soffia leggermente e avverte l'aroma della miscela scura. – Che te ne fai dei soldi se non puoi respirare questo profumo? E a che ti servono tutte le ricchezze del mondo se la sera non puoi andare a passeggiare a Posillipo e ti struggi davanti a un film dove speri di rivedere le strade che hai lasciato e che sogni di notte? Che te ne fai dei soldi se non puoi comprare quello che desideri?

Eduardo sorseggia il caffè. Carico, aromatico, da mesi non ne beveva uno cosí buono. Appoggia la tazzina vuota sul tavolo e risponde lentamente.

– Dipende da quello che si desidera, mammà.

Ha riflettuto molto in quei mesi. Ha avuto la possibilità di vedere la sua terra da lontano, l'ha capita meglio. Tra i napoletani d'America si lavora, si guadagna, si spende. Tutto appare possibile, anche l'impossibile. A Napoli, invece, tutto appare impossibile, anche il possibile. È una città spenta e inesorabilmente ferma, un nobile galeone alla deriva. Mussolini non ha occhi che per Roma, nella capitale investe con progetti edilizi, industrie. Napoli è soltanto una provincia da saccheggiare. La sua euforia culturale, l'energia sprigionata dalla mole di sale cinematografiche, produttori, riviste e scrittori, gli servono per rubarne le forze migliori. Le lascia il mare e la *muntagna* ma, se potesse, porterebbe via anche quelle.

– A volte nella vita non basta avere il caffè migliore del mondo, – dice Eduardo allontanando la tazzina.

Benevento, Caserta, Abruzzo, Basilicata, Calabria, Sicilia.

Treni, carrozze, e ancora muli.

Strade e binari, processioni, chiese, santi e Madonne.

Piccole ricorrenze di famiglia e grandi feste di paese. Mani da stringere, stanze poco riscaldate in inverno o torride in estate, pranzi imbanditi su tavolacci di legno, giornate intere mangiando pane e formaggio, salame, pere e quello che manda il buon Dio a chi ogni giorno si spacca la schiena per coltivare un pezzo di terra.

Eduardo va e viene dagli Stati Uniti, incontra le comunità e presenta la loro offerta. «Riprendiamo la piazza principale, la chiesa, il municipio, la casa con i parenti seduti davanti. Cinque dollari a testa e a ognuno portiamo i ricordi d'infanzia anche oltre l'oceano». La risposta è un tripudio.

Elvira scopre di essere felice pure cosí, in quella vita da inviata degli emigrati nei loro luoghi di origine e con la lista delle scene da girare appuntata sui fogli come quando si reca a fare la spesa.

Per mesi viaggia di paese in paese, esplora il Sud dimenticato, una terra di vecchie senza mariti e senza nipoti, una terra inaridita. Non la spaventa, anzi, la incuriosisce. Si ferma con tutti e per ognuno sa trovare le parole giuste, dal prete alla vecchina seduta davanti alla porta di casa.

Nicola è meno entusiasta. La segue con la cinepresa come da oltre vent'anni. Ma ha sempre vissuto in città, per lui la campagna è soltanto un luogo dove rifugiarsi in estate quando il caldo gonfia l'aria di odori irrespirabili e prosciuga forze ed energie fino al calare della sera.

Tra una partenza e l'altra rientrano a Napoli, scaricano il materiale, lo montano e lo spediscono. Come un'eco lontana a Elvira giungono brani degli articoli scritti dai critici sui loro film anche molti mesi dopo l'uscita nelle sale cinematografiche italiane.

«Interpretazione superficiale».

«La fotografia è mediocre e stampata orrendamente».

«Vada a rastrellare vongole nel porto della sua bella Napoli».

L'attacco è serrato e incessante. Elvira presta a stento attenzione alla durezza di quei giudizi.

Riparte non appena può.

33.

Nicola cerca la linea percorsa dai raggi del sole. La trova che si propaga da oriente, inonda la sommità di Trinità dei Monti, accarezza piazza di Spagna, la fontana, i villini e le terrazze. La segue nei riflessi spruzzati sulla pietra chiara per scoprire il punto migliore per le riprese.

Elvira resta qualche passo indietro. Non le interessa la luce, non le importa come cadrà sul travertino o sul marmo degli edifici nobiliari. Roma la infastidisce. È una città guardinga, ostile verso chi è distante dal regime.

– Signo', se sta a cerca' er Vate fa prima a anna' a piazza Venezia! – urla un vetturino passando rapido, le briglie in mano, la carrozza con le tendine tirate che nasconde chissà quale passeggero illustre.

Il Vate, Gabriele D'Annunzio. Il poeta, il pilota, il combattente, l'autore del film *Cabiria*, sostenitore e sostenuto di Mussolini, beneficiario di munifici contributi come sanno anche i vetturini della città.

Elvira non lo sta cercando. Per caso è finita davanti a palazzo Zuccari. L'ha attirata la stranezza del portone, incastonato all'interno di una scultura a forma di bocca spalancata. Ma senza l'ironia pungente dei romani avrebbe proseguito e non si sarebbe resa conto che oltre quell'ingresso D'Annunzio ha ambientato il romanzo *Il piacere*, lettura obbligata per chiunque abbia un interesse per la letteratura. Solleva lo sguardo. Al di là delle finestre socchiuse di quello e di tutti gli altri edifici nei dintorni della piazza, si intuisce un mondo di sfarzi e vacui estetismi. Per anni è stato culla e rifugio del culto delle attrici come dive. È stato asilo e desco dell'altro cinema, quello che critici e potenti hanno sempre favorito ed elogiato.

È stata un'idea di Nicola scegliere Roma per girare un nuovo film. «Cambiamo, – le ha chiesto. – Evitiamo le storie ambientate nei bassi e nei vicoli di Napoli. Vediamo se riusciamo a rendere meno pesante la mano della censura contro di noi».

Elvira ha accettato, ma alle sue condizioni: «Tu hai scelto il posto, io decido la storia da raccontare. Non voglio limiti. Il visto della censura è indispensabile, però abbiamo anche bisogno di pubblico, altrimenti non andiamo avanti».

Nicola ha dovuto ingoiare la sua contrarietà e lei si è rassegnata a seguirlo a Roma, la capitale dell'Impero, dove non ci sono vicoli né miseria, dove tutto risplende.

– Ti rendi conto di che monumenti ci sono qui? Uno spettacolo! – dice Nicola quando Elvira lo raggiunge sulla scalinata. – Adesso finisco le scene panoramiche, poi mi racconti, dobbiamo organizzare il lavoro dei prossimi giorni.

Elvira si appoggia a una balaustra. Non vede l'ora di andare via. – Non ti preoccupare, ho già preso accordi con gli attori. Gireremo le scene d'interno a Napoli, non ci conviene prendere in affitto un posto a Roma, costerebbe troppo.

Come al solito ha deciso tutto da sola, ma Nicola non è piú disposto ad accettarlo. – Mi preoccupo, invece. C'è il mio nome nell'impresa.

Elvira guarda la fontana a forma di grande barca al centro della piazza. Sette zampilli sgorgano da poppa e da prua. Un capolavoro, dicono le guide turistiche ai visitatori stranieri. E lei ha sempre piú voglia di fuggire. – Il titolo sarà *Fantasia 'e surdato*, – inizia a raccontare, – lo stesso di una canzone che è uscita da poco. È la storia di un uomo che si innamora di una donna. All'inizio tutto sembra andare bene, poi lei si rende conto di amare un altro e lo lascia. Dovrebbe essere libera di farlo, non sono sposati, non hanno figli, nessun vincolo. Invece lui l'aggredisce e pare inconsolabile finché non conosce un'altra donna, perde la testa per lei e spende tutti i soldi della madre per mantenere la nuova fidanzata. Lui può lasciarla, lei no.

Nicola allontana lo sguardo dal mirino. – Ancora con queste storie di donne? – la rimprovera. – E come finisce?

– Arriva Gennariello, il fratello, e l'uccide. È l'unico modo che ha per proteggere la mamma.

Nicola la osserva con un'espressione severa. – Sei sicura?

– So come riempire una sala. E ho pensato ai signori della censura. Ho dato a Gennariello un ruolo da soldato che si arruola come volontario e si comporta da eroe al fronte. Secondo me andrà bene.

– Secondo me sarà un disastro, – replica Nicola ricominciando a girare la manovella della cinepresa con un gesto secco.

– Ricordalo, scelgo io le storie, – conclude Elvira allontanandosi.

Sale sulla sommità di Trinità dei Monti, sfiora la pietra chiara, osserva il panorama, lascia Nicola da solo. Non interviene durante le riprese, non dà istruzioni su dove e come realizzare le inquadrature. Che sia lui a occuparsene. Quel luogo le è estraneo, quasi ostile, con i suoi cippi di aquile e gigli di Francia, i caffè dove ci si siede su divani di velluto e quell'assurda fontana dove anche i merli appoggiati sul marmo per bere sembrano avere la livrea.

Tutto il centro di Roma le appare distante. Un ammasso di edifici barocchi dove una pletora di nobili vive circondata dagli ultimi lussi. Un'ostentazione di monumenti che grondano potere, morte e distruzione, dall'Altare della Patria appena terminato alla basilica di San Pietro o il Colosseo. Una capitale dove nelle strade si incontrano piú soldati che abitanti ed è preferibile misurare ogni parola pronunciata ad alta voce.

Dopo un tempo che a Elvira sembra lunghissimo, Nicola si avvicina. – Qui ho finito, andiamo.

Girano altre scene a San Pietro, Borgo Pio, nei vicoli di Trastevere. Alla fine si fermano a mangiare in un'osteria. Hanno l'accento napoletano e molta fretta di andare. I camerieri portano al tavolo una carbonara senza sapore e il conto.

Quello sí, salato.

– Signo', lettere per voi.

Dopo tanti anni pure gli impiegati dell'ufficio postale dove va a ritirare la corrispondenza l'hanno capito. Qualunque sia il nome scritto su buste e plichi in arrivo, la Dora Film è lei, Nicola Notari è lei, le lettere e i guai sono tutti per lei.

Quando rientra a casa Elvira cerca ancora piú a lungo del solito il tagliacarte tra i fogli sparsi sulla scrivania mentre osserva la busta con timore.

Dietro è indicato il mittente, la Commissione di revisione delle opere cinematografiche. L'Ufficio censura.

Il rapporto è corposo. Dopo aver ricevuto l'avviso, Elvira ha mandato Eduardo a prenderlo e aspetta che figlio e marito siano seduti davanti a lei per iniziare a leggere. I funzionari hanno lavorato sodo. La dedizione alla Patria di Gennariello e le scene girate nel cuore della capitale dell'Impero sono servite a poco. La sceneggiatura di *Fantasia 'e surdato* è tornata dal controllo con un elenco delle parti da cancellare ampio e dettagliato. La scelta di arrivare a un accoltellamento tra fratelli provoca un senso di colpa nella madre e dà l'idea di una famiglia incapace di educare allo stesso modo i propri figli. Il titolo propone una figura di soldato distratto da fantasie inammissibili sulla linea del fronte.

Correzioni e note si susseguono, dilagano. Si salvano alcune scene delle vedute di Roma e dei paesaggi di Napoli con il pino e la chitarra da suonare. Il resto è da riscrivere.

Buttare tutto e ricominciare, oppure lasciar perdere. Il verdetto del regime non lascia altre possibilità.

Nicola aspetta la fine della lettura della relazione, prende il cappello dall'attaccapanni ed esce senza dire una parola. Anche Eduardo si allontana in silenzio. Elvira non li trattiene, prende alcuni fogli e inizia a scrivere. Subito, senza aspettare nemmeno un secondo.

È un corpo a corpo, una sfida personale. Elvira non perde piú tempo a chiedersi chi siano i funzionari della censura, ha capito che si tratta di persone senza nome, senza volto, senza volontà, strumenti nelle mani di un potere deciso a sbarazzarsi di lei a ogni costo. Il film è stato esaminato fotogramma per fotogramma, smontato e sezionato con ferocia, con accanimento. Gliel'hanno restituito sventrato, straziato, dilaniato.

Elvira lo soccorre con affetto e con premura, come farebbe con una bambola rotta. Esamina i pezzi. Quelli sopravvissuti, quelli soppressi, quelli respinti a meno di successive modifiche, quelli promossi solo in parte. Recupera quello che si può salvare, cancella quello che si deve eliminare, riscrive quello che è necessario sostituire. Infine monta, unisce, cambia il titolo e si ferma.

– Edua', lo porti tu? – chiede al figlio consegnandogli il plico con il nuovo copione. Per lei l'Ufficio censura resta un'intestazione su un foglio, un'entità impersonale senza un volto né un luogo definito. – Questi pacchi invece vanno mandati come al solito negli Stati Uniti. Hai qualcuno in partenza che se ne può occupare? Distributori e fornitori hanno bisogno di essere pagati subito.

– Signo', oggi posta di tutti i tipi! Quella inutile e quella importante!

L'appuntamento con gli impiegati diventa un rito martellante e colorito. Quelle che definiscono importanti sono le cartoline dell'Ufficio censura. Ne arrivano per mesi. Ogni volta Elvira riduce, cancella, aggiunge, modifica, corregge. Stravolge di nuovo il titolo. *Fantasia 'e surdato* diventa *Rosa, la bella di Porta Pia* e, in una stesura successiva, *Patria e mamma*.

Al regime ancora non basta. La trattativa dura due anni, è uno scontro scena per scena, un continuo taglia-inserisci-cuci-presenta-aspetta-ricomincia.

Un giorno, invece delle solite cartoline, arriva Eduardo. Entra nello studio e appoggia un fascicolo sulla scrivania. – Abbiamo il visto.

Elvira solleva la testa dal registro dove stava annotando le ultime spese. – Vai a chiamare tuo padre, – dice soltanto.

Quando resta sola inizia ad aprire la busta con gesti lenti. Sul copione spicca il nulla osta della censura corredato di firme e timbri. Lo guarda e non prova nulla. Nessuna soddisfazione, nessun sollievo, nessun orgoglio. Dopo una battaglia aspra e serrata, della pellicola originale restano gli attori, la regia e l'autore delle riprese. Il film è lungo la metà ed è un piccolo mostro, un ibrido, un inguardabile pastone frutto di troppe riscritture.

Nicola lancia appena un'occhiata al plico. Poi guarda la moglie. – Due anni persi.

Elvira ha lavorato notte e giorno per trovare la formula alchemica in grado di superare i divieti. Ha messo da parte l'orgoglio e deformato l'anima della trama. Scontrarsi con il regime è diventato il suo pane quotidiano. Scontrarsi con l'uomo con cui ha diviso ogni istante di gioia e di sofferenza per un quarto di secolo è un dolore nel dolore, una ferita insopportabile. E insanabile. Da quel momento ogni pena sarà soltanto sua. E la felicità, probabilmente, di nessuno dei due.

– Ho provato in ogni modo. Ho persino cambiato il nome alla società di produzione che presentava la pratica di approvazione del film per fermare il loro accanimento. Che altro avrei dovuto fare? – chiede Elvira.

– Scegliere una storia diversa. Cambiare genere, – risponde Nicola lasciando il copione sulla scrivania e uscendo dalla stanza.

Elvira rimane al suo posto. Riordina i fogli, li chiude di nuovo nella busta e li inserisce nel fascicolo dei film approvati. – Edua', prendi contatto tu con gli attori?

È un commiato, non una richiesta. Eduardo scompare silenziosamente come era arrivato.

Elvira torna a sedersi alla scrivania. È sfinita. Avverte il peso di una battaglia combattuta da sola, la frustrazione di una vittoria che non la rende vincitrice. Il regime è piú forte di prima. Come un serpente dalle mille fauci attende la sua prossima pellicola da sbranare. Lei invece è sempre piú debole. Le sembra di essere in guerra da quando è nata, mezzo secolo di scontri per essere semplicemente sé stessa.

Ci è riuscita, ma senza arrivare da nessuna parte. Nessun complimento, nessun successo in Italia e all'estero le hanno reso meno complessa la vita. Se vuole continuare a scrivere e produrre i suoi film le resta una sola strada davanti.

Combattere.

Ancora.

34.

– Basta film che calunniano Napoli! – La voce dello strillone si leva alta e forte nelle strade della città. – La circolare! Tutti i dettagli sulla circolare! – continua il ragazzetto. Elvira è in cucina, si asciuga di corsa le mani sul grembiule e si assicura di aver spento i fornelli. Il sugo può aspettare, ogni cosa può aspettare se il governo ha emanato un provvedimento sui film a Napoli.

Fuori piove, sente il ticchettio delle gocce sulla finestra. Indossa il primo soprabito che trova appeso nell'ingresso e si precipita in strada. Nella fretta dimentica l'ombrello. La pioggia le bagna i capelli e il vestito, ma non la ferma. Elvira attraversa il cortile del palazzo, apre il cancello e cerca lo strillone. Lui ha già percorso tutta la via e si sta dirigendo verso il centro. Lei lo raggiunge scansando pozzanghere e schizzi delle vetture, gli porge una moneta e quasi gli strappa il giornale dalle mani.

Non torna a casa, ha bisogno di essere da sola per affrontare quello che teme. Piega i fogli, li infila nella borsa per proteggerli dall'acqua e risale la strada verso Capodimonte. Durante i primi anni in via Leonardo Di Capua era lí che andavano a passeggiare. Lei e Nicola amavano spingersi oltre gli archi dell'acquedotto romano dove i palazzi lasciano il posto alla campagna. Era un modo per mettersi alle spalle la città, la frenesia, gli appuntamenti, le scadenze.

Quella mattina Elvira cammina a passo sempre piú svelto, senza degnare di uno sguardo le ville, gli oleandri, i cespugli di erbe selvatiche. Sale con un moto rabbioso fino in cima, dove si allarga il panorama sul Vesuvio con la curva del golfo, i pini, le case del centro. Volta le spalle alla bellezza e non bada alla pioggia che continua a cadere. Si appoggia a un muretto e apre la borsa.

Il giornale la aspetta con la sua sentenza.

Roma, novembre 1928.

Rilevata la persistenza di alcune case cinematografiche di lanciare sul mercato film aventi per soggetto scene di ambienti napoletani che, se non ancora scomparse dalla vita di quella città, non rappresentano piú la caratteristica di quella popolazione; considerato che siffatti film a base di posteggiatori, pezzenti, scugnizzi, di vicoli sporchi, di stracci e di gente dedita al «dolce far niente» sono una calunnia per una popolazione che pur lavora e cerca di elevarsi nel tono di vita sociale e materiale che il Regime imprime al Paese; considerato, peraltro, che siffatti film sono eseguiti con criteri privi di qualsiasi senso artistico, indegni della bellezza che la natura ha prodigato alla terra di Napoli

È STATO DECISO

di negare, in via di massima, l'approvazione dei film che persistono su clichés che offendono la dignità di Napoli e dell'intera regione.

Elvira abbassa il giornale.

È stato deciso, quindi.

Fa presto a capire a chi è rivolto il divieto dell'Ufficio censura del ministero dell'Interno. La miriade di piccole imprese che un tempo realizzavano pellicole a Napoli è svanita.

La Dora Film produce ancora, in modo convinto e continuo, i film «a base di posteggiatori, pezzenti, scugnizzi, di vicoli sporchi, di stracci e di gente dedita al dolce far niente» citati nel documento e messi al bando in forma ufficiale.

Elvira ancora si ostina a lanciare «calunnie» su una popolazione che «lavora e cerca di elevarsi nel tono di vita sociale e materiale che il Regime imprime al Paese».

È lei che realizza film «con criteri privi di qualsiasi senso artistico, indegni della bellezza che la natura ha prodigato alla terra di Napoli».

È lei che vogliono colpire.

Da quanto tempo non piange? Se pensa al lavoro e alle continue difficoltà, le vengono in mente momenti di collera per le ingiustizie subite o di dolore quando il suo orgoglio è stato ferito. Di disperazione, mai. Elvira ripiega il giornale e si volta verso il panorama. Stavolta nulla può frenare le lacrime. Davanti a lei c'è lo splendore che la natura ha prodigato alla terra di Napoli, proprio come scrivono i funzionari dell'Ufficio censura. Secondo le parole usate nella circolare, i suoi film sono indegni di tutto quello.

Dimenticano – o vogliono dimenticare – le decine di pellicole con il Vesuvio, Posillipo, Marechiaro, Capri proiettate nelle sale cinematografiche di tutt'Italia e del Nuovo Mondo. Ignorano – o vogliono ignorare – quale potente sollievo siano state quelle immagini di bellezza per i migranti sopraffatti dalla nostalgia. Fingono di non sapere – e vorrebbero che tutti fingessero di non sapere – come si vive davvero in una città come Napoli e in tanti paesi del Sud.

Elvira invece sa, ricorda e vive ancora ogni giorno quel luogo di miseria e meraviglia. Non è la sua città, ma non si è mai sentita un'estranea in quelle strade. E, dopo tanti anni, le sembra ancora piú necessario mostrarla. Altri registi e produttori si sono arresi, sono andati via o hanno accettato una selezione delle storie e delle immagini.

Elvira non ha mai rinnegato le sue parole di un tempo. «Simm 'e Napule e avimma fa 'o cinema dei napulitani».

Non ha mai tradito Napoli.

E nemmeno sé stessa.

Se il regime non vuole il cinema dei *napulitani*, qualcos'altro si deve pur fare. Almeno questo sostiene Nicola e – in modo ancora piú esplicito – Eduardo. Come campano altrimenti? Elvira scuote la testa. Si chiude nello studio e, per la prima volta da quando ha iniziato, non ha nulla da scrivere. Si guarda intorno, avrebbe ancora tanti fascicoli di romanzi da leggere e canzoni da ascoltare, ma che senso ha ormai? Mussolini le ha legato le mani e imbavagliato la bocca. L'ha resa prigioniera nella sua terra.

– Mammà? – Eduardo è entrato senza farsi sentire. Elvira si volta, gli fa cenno di sedersi davanti a lei.

Il figlio si schiarisce la voce, la osserva con i suoi occhi buoni, gli stessi che hanno fatto la fortuna di Gennariello. – Non è tutto finito. Dobbiamo solo renderci conto che il cinema è cambiato. Cambiamo pure noi.

Elvira osserva ancora lo studio, il suo lavoro, la sua vita. Osserva quel figlio, l'unico capace di usare parole come carezze con lei, l'unico che ormai ascolta. Forse ha ragione, la società si sta trasformando e lei non è piú in grado di capirla come prima.

Forse è il tempo di affidarsi a lui.

Ogni città ha un suono e ogni abitante ha il suo, di suono, per descriverla. Per Nicola il suono di Napoli è quello delle carrozze sul basolato, uno schiocco sordo del legno delle ruote sulla pietra larga e dura delle strade. Per Elvira è la voce degli scugnizzi nei vicoli, le urla mentre improvvisano un gioco o quando si azzuffano per imitare i grandi. Dove sono ora, si chiede, mentre attraversa le strade del centro a bordo di un tram. Dove sono finiti i ragazzini che trascorrevano il tempo sulla spiaggia di Santa Lucia e sui marciapiedi intorno al Palazzo Reale? Da tempo gli unici che incontra sono torme di balilla e figli della lupa in fez e camicia nera.

Quel pomeriggio in cui, dopo mesi, torna in centro, scopre un fervore di cantieri per portare fognature, acqua, gas, elettricità. Oltre piazza Plebiscito stanno aprendo una galleria, un passaggio diretto e rapido da Chiatamone a Chiaia. È il volto moderno ed efficiente deciso dal regime per Napoli in una profusione di macchinari e operai. Scavi e perforazioni spingono i ragazzi ad arretrare verso le strade del Carmine e del Rettifilo. Il loro fragore freddo e meccanico spegne la voce degli scugnizzi.

Non la loro miseria.

Elvira scende alla fermata piú vicina alla galleria, la sala cinematografica è a pochi metri di distanza. Dopo pochi passi vede già la locandina. *Napoli terra d'amore* c'è scritto. E sullo sfondo una veduta della città. Nulla di scuro o di drammatico, nulla che faccia pensare alla povertà, ha chiesto Eduardo al grafico. L'uomo gli ha risposto con un'occhiata perplessa e si è informato sulla salute di Elvira, soltanto una malattia poteva giustificare la sua assenza. Eduardo non ha rivelato che sta lentamente allontanando la madre dall'impresa per impedirle di creare altri guai. Si è limitato a dire che era affaticata, e lui non voleva che lavorasse troppo.

Elvira guarda la prima locandina non pensata da lei. Le sembra ben studiata, elegante, in linea con quel titolo destinato a inaugurare una nuova stagione della loro impresa. Eduardo le ha portato alcuni copioni realizzati negli Stati Uniti e le ha mostrato come lavorano lí dove tutto stanno inventando.

– C'a facimm', mammà! – l'ha rassicurata lasciandole il tempo di esaminare i testi e farsi venire in mente una storia da raccontare.

E a lei alla fine un'idea è venuta. Il protagonista è Gennariello, e non potrebbe essere altrimenti, il suo nome resta un richiamo sicuro per il pubblico. Non è il solito *guaglione 'e core*, non ha problemi di soldi, non ci sono delitti da vendicare né donne da salvare, non deve immolarsi sull'altare di chissà quale dramma. È la parte che Eduardo sogna da anni, un musicista jazz approdato a Napoli. Piace alle donne, frequenta la buona borghesia, i locali, suona la nuova musica arrivata dalle Americhe e ballata nei luoghi piú in voga. Durante la proiezione per la prima volta c'è una vera colonna sonora, non i soliti musicisti che suonano dal vivo, simbolo di una stagione ormai superata.

Con la bellezza di Napoli, il titolo ammiccante, la trama alla moda, la firma di Elvira e della sua casa di produzione, la Dora Film ha le carte in regola per essere ancora protagonista del cinema napoletano. Questo sostiene il figlio.

Elvira entra in sala, prende posto nelle ultime file e aspetta l'inizio della proiezione. Nicola dovrebbe essere già arrivato, forse si è ritirato nella cabina insieme all'operatore. Eduardo entra ed esce, sembra lei agli inizi della sua carriera. Elvira, invece, sente dentro di sé una grande calma. Oltre alla firma, di suo in questa pellicola c'è ben poco.

Nella borsa trova una rivista. La sfoglia, legge alcuni articoli, finché le luci si abbassano e le immagini invadono la platea. Sotto lo schermo mancano orchestra e pianista, eppure la musica è perfettamente sincronizzata. È una tecnica nuovissima, le ha spiegato Eduardo. Permette ai suoni di scorrere insieme alle immagini senza bisogno di rallentare o accelerare né la pellicola né la canzone. Nessuno va appresso all'altro, camminano insieme. Funziona, pensa Elvira, gli americani ci sanno fare.

La proiezione continua, ma Elvira la segue a tratti. Quella storia sullo sfondo di ricchi alberghi per turisti stranieri e ambienti borghesi l'annoia. Tra una scena e l'altra filtra abbastanza luce per guardarsi intorno. Conta le persone sedute. Ne vede una decina, non molte di piú. Attente, composte, fissano le immagini. Di tanto in tanto si scambiano qualche commento. Dove sono gli applausi, i fischi, gli insulti, le scazzottate? Dove sono i cori, le persone in piedi, quelle che tentano di lanciarsi nello schermo?

Al primo titolo di coda Elvira si alza e si avvia verso l'uscita. Le luci che si accendono la sorprendono già sull'ingresso. Si volta un istante, prova a contare di nuovo gli spettatori, sperando che il chiarore ne sveli altri alla vista. Non superano la trentina, critici e giornalisti compresi.

Il suo primo vero insuccesso. Nemmeno agli inizi, quando nessuno avrebbe scommesso mezza lira su di lei, una sua pellicola ha radunato cosí poche persone. È accaduto quella sera, dopo oltre sessanta film e un centinaio di documentari.

Affretta il passo, ha bisogno di allontanarsi in fretta. Non si ferma nemmeno ad aspettare Nicola o Eduardo.

– Signora Notari!

Un uomo la segue nella sua corsa. Avrà una trentina d'anni, è vestito in giacca e cravatta, ma non ha l'aria ricercata dei giornalisti di spettacolo. Ha mani da operaio, spalle da manovale nascoste sotto l'abito della festa. Elvira si gira, lo scruta in volto. Lui sorride, si presenta. Si chiama Ciro, forse lei non ricorda, era insieme con altri ragazzini in strada a giocare alla guerra tra soldati italiani e turchi. Elvira si illumina, lo abbraccia, è lo scugnizzo di Capodimonte. Gli aveva regalato le caramelle e il suo indirizzo.

– Non sei passato a trovarmi, – lo rimprovera con affetto.

– Recitare non era la mia vita. Ho visto tutti i vostri film, però. Mai mancato uno, – risponde. Ha trovato lavoro come garzone nella bottega di un macellaio, con i risparmi ha comprato una cinepresa, anche lui realizza riprese nelle strade di Napoli, ma le tiene per sé.

Escono in strada, si sta facendo sera. La folla scorre indolente e placida, lancia sguardi carichi di desiderio davanti alle vetrine delle boutique all'ultima moda e passa indifferente di fronte alla locandina del suo film, al suo nome scritto a caratteri cubitali. Il suo pubblico l'ha abbandonata.

Ciro indossa il cappello e accenna un saluto. Elvira lo trattiene ancora un istante. Quello che scriveranno i critici del film non le importa. Le preme, invece, sapere che cosa ne pensa il ragazzo cresciuto con le sue storie.

L'uomo abbassa lo sguardo. – Signora Notari, il cinema di noi napoletani è finito, quello lí a Roma non lo vuole. Chest è 'nata cosa, ma tutti avimma campa' –. Si congeda con un saluto rapido e si incammina verso casa.

È il 20 agosto del 1931 quando il film sul brigante Musolino verrà presentato alla comunità italiana a Washington. Dopo aver ricevuto la proposta dall'impresario statunitense Elvira e Nicola sono andati in gran segreto in Abruzzo, disobbedendo alle richieste dei produttori ma sicuri che nessuno avrebbe notato la differenza. Soltanto Eduardo e pochi altri erano al corrente del progetto. Il film è stato confezionato e inviato oltreoceano senza che il loro nome comparisse nei titoli.

Al momento della presentazione la pellicola non passa inosservata. Il «Progresso italo-americano» è il quotidiano degli emigrati. È schierato con i conservatori e ha legami con il fascismo, ma commenta con entusiasmo. «Un film di grande interesse, dove rifulge l'amore e l'onore» e che «altamente onora e eleva l'umanità aumentandone lo spirito e l'anima di nobiltà e di gloria».

L'ambasciata italiana si mostra meno contenta. Lancia l'allarme, informa il ministero degli Interni della proiezione di una pellicola realizzata in Italia, non recente e «a carattere sensazionale e tendenzioso». Aggiunge che «non dovrebbe essere difficile individuare la fonte dell'inopportuna riesumazione che danneggia il prestigio italiano forse anche tra le masse incolte» che potrebbero cadere nell'equivoca assonanza tra Musolino e Mussolini. Il ministero condivide l'allarme e la preoccupazione. In un rapporto scrive che, se un americano avesse visto il film, «sarebbe tornato a casa con una ben misera impressione dell'Italia».

Gli americani che lo vedono sono un migliaio, quasi tutti di origine italiana. Tornano a casa ognuno con un'immagine realistica della propria terra. Il fascino delle imprese del brigante è fortissimo, ma l'equivoco sottolineato dall'ambasciata e dal ministero non appare poi cosí probabile. Nella pellicola ci sono le osterie, la morra, le catapecchie, gli spaghetti mangiati con avidità, l'eroismo e la popolarità di Musolino, fuorilegge per scelta e per vendetta. Ci sono i paesaggi di montagna dell'Abruzzo scelti da Elvira e Nicola, ci sono le terre del Meridione di Elvira che si ribellano contro lo Stato e le sue ingiustizie.

Non ci sono né Elvira né Nicola, nessuna traccia del loro nome nei contratti, nei titoli, nella promozione. Lo produce una società di nome Regina and Co. È l'ultimo colpo contro il regime, sparato in ritardo da indomita combattente, capace di provocare danni anche dopo essere stata sconfitta.

Anche quando è già lontana da tempo.

35.

Il fischio del capotreno sferza la stazione, risuona lungo il binario, penetra nella carrozza, sollecita i ritardatari ancora sulla banchina e gli accompagnatori saliti sui vagoni. Il momento è arrivato, Elvira ne è quasi sollevata. Con Nicola e Eduardo sono rimasti a lungo fermi nello scompartimento senza piú niente da dirsi, terminate le parole, soltanto un profondo vuoto davanti a loro.

Il cinguettio allegro degli uccelli li raggiunge portando il suono della primavera del 1930 e della sua ultima triste promessa. Dopo piú di un quarto di secolo lei e Nicola non si sveglieranno insieme e non andranno a dormire sotto lo stesso tetto, non divideranno la tavola, e nemmeno il giornale da leggere al mattino. Le lettere indirizzate a lui saranno davvero soltanto per lui.

Elvira abbraccia il marito e, un po' piú a lungo, Eduardo. Non ha molti bagagli anche se sta per affrontare un viaggio di sola andata, una traversata senza ritorno. Nella nuova esistenza non avrà bisogno di abiti da sera, libri, fascicoli, documenti, cappelli eleganti, mobili. Tutto è diventato all'improvviso superfluo.

Dopo aver organizzato per anni la vita della famiglia istante per istante, e quella dell'azienda fotogramma per fotogramma, proiezione per proiezione, è stato un gioco preparare un addio al passato. All'arrivo troverà un carretto e qualcuno ad aiutarla a caricare un baule, e poco di piú, e accompagnarla nella casa dove trascorrerà il tempo che le resta. Non ha bisogno di altro.

Il secondo fischio del capotreno scuote lo scompartimento accompagnato dal rumore delle porte sbattute. Nicola e Eduardo dànno ancora un'occhiata per essere sicuri che tutto sia in ordine e si sbrigano a scendere. Dopo qualche secondo li ritrova al di là del finestrino. Nicola manda un bacio, Eduardo grida: – Mammà, ci vediamo sabato –. Elvira solleva la mano e si sforza di sorridere mentre il suo sguardo vaga sul marciapiede e oltre, tra gli abbracci e le lacrime di altri. Osserva quei volti estranei, il calore dei loro saluti e spera ancora di veder spuntare Dora e Maria.

Ma sua madre l'aveva avvertita tanto tempo prima, i figli non perdonano. La carrozza inizia a muoversi, la sirena della locomotiva e lo stridio delle carrozze sui binari spengono il suo ultimo desiderio.

La Napoli-Salerno è un'estensione della piú antica linea ferroviaria d'Italia. Ha quasi un secolo di vita quando Elvira la percorre in quel viaggio di sola andata. Ci sono stati dei lavori, sono state aperte nuove stazioni e realizzate alcune deviazioni lungo il percorso, ma la tratta conserva intatto il fascino del sogno di re Ferdinando I di Borbone di dare al regno delle Due Sicilie un mezzo rapido, efficiente, popolare – e anche bello – per spostarsi verso sud. Il treno costeggia il mare, oltre il finestrino scorrono ville in stile pompeiano, giardini di bougainvillea e palme, bambini in riva al mare con una palla di stracci.

Il viaggio dura poco piú di un'ora, sessanta minuti per rassegnarsi una volta per tutte a cancellare quello che è stata, liberarsi del tempo andato, spogliarsi di sé.

Non ci sono scelte senza rinunce. Ci sono scelte senza dignità. Non avrebbe mai potuto smettere di raccontare il desiderio di libertà delle sue donne, o la miseria di chi vive nei vicoli di Napoli, senza rinnegare la sua esistenza precedente, smettere di essere Elvira Notari. L'emozione non si vende, meglio abbandonarla in un angolo, un'inutile pelle di serpente. Potrebbe venire spazzata via e finire tra i rifiuti. Oppure potrebbe accadere l'impensabile, qualcuno potrebbe trovarla, prenderla in mano per sentire la fragile meraviglia dei suoi riflessi iridescenti e decidere di custodirla come un tesoro prezioso. Non spetta a lei deciderlo a questo punto. Il suo compito è terminato. Con onore.

Oltre il finestrino non si vede piú il mare. Il treno attraversa campi di broccoli e tabacco, giardini di aranci e cachi con le prime foglie verdi, casolari di campagna e piccoli centri abitati. Ogni fischio, ogni frastuono di porte, ogni stazione superata la conduce piú lontano, la svuota della persona che è stata. Ha perso le domande che aveva tenuto da parte per Nicola, ha lasciato non sa piú dove i sogni, ha abbandonato l'orgoglio. Ferma in un treno che corre, vede la vita fuggire fuori. La sua deve rallentare.

La casa è in cima a una salita. Il carretto percorre il corso principale con i portici medievali, passa davanti al duomo e si inerpica su per una via dominata da una possente montagna. Ha una forma diversa dalle altre, non termina con un cocuzzolo o con una morbida curva della roccia. Si apre in una fessura, una finestra verso il lato opposto della valle. Oltre c'è il mare, ma questo Elvira non lo sa e non le importa. Non ha piú bisogno di scoprire nulla, le bastano quelle strade di basoli e cubetti di porfido. Su un carretto con tre valigie e una cassa colma di racconti era iniziata trent'anni prima la sua nuova vita, su un carretto quasi vuoto sta terminando.

Dopo una ventina di minuti di dondolio, il vetturino si ferma davanti a un portone. Elvira scende, respira l'aria leggera del borgo di collina. Due ragazzini giocano nella piazzetta, le loro voci la fanno sentire a casa. La primavera di Cava de' Tirreni le riserva una promessa dai confini angusti e le offre la pace che sta cercando.

– Eccoti qui! – esclama qualcuno alle sue spalle. Elvira si volta. Riconosce le grandi mani, il sorriso contagioso. Si rifugia tra le braccia di don Pasquale, il parroco del borgo, il sacerdote della famiglia, suo cugino. Fino a qualche anno prima aveva benedetto ogni nascita e accompagnato ogni morte di zii, fratelli, sorelle. I tempi sono cambiati, tanti di loro sono cresciuti lontano da Cava de' Tirreni, hanno iniziato a ritrovarsi sempre piú di rado. Però l'affetto resta identico. «Sei nel mio cuore», le aveva detto durante il matrimonio della sorella Margherita. E c'è davvero, Elvira lo sente dal suo abbraccio, lo capisce da come la nasconde nella sua stretta. La sua protezione è l'ultima che le è rimasta.

– Vieni, ti mostro la stanza, – dice guidandola su per le scale. Elvira si rende conto in quel momento di quanto sia invecchiato. Ha perso i capelli, e i pochi rimasti sono bianchi, ma anche lei non è piú la ragazza di un tempo. I suoi ricci sono sempre piú remissivi al pettine, non ha bisogno nemmeno di nasconderli sotto un cappello, li porta tirati all'indietro senza fronzoli né altri orpelli.

– Che cosa pensi di fare? – le chiede quando entrano in casa.

L'appartamento è piccolo, arredato con il minimo indispensabile. In una stanza dorme l'anziana madre del sacerdote. Un'altra, con un lettino, un armadio e un comodino, è per lei.

Appoggia una valigia sul pavimento con un gesto stanco. – Nulla. Non penso di fare piú nulla.

Don Pasquale le sfiora la guancia con una carezza. – Se vuoi, la chiesa sai dov'è, – dice andando via.

Il portale di legno scuro l'ha sempre intimidita con il suo aspetto severo, imponente. Viene aperto durante le cerimonie e nelle grandi occasioni. Nei giorni normali resta sbarrato. Per entrare si usa una porticina ricavata al suo interno, stretta e alta quanto basta per far passare una persona. Elvira si decide a varcarla una sera all'ora dei Vespri. Sparse tra i banchi, alcune donne recitano il rosario passandosi il testimone delle Ave Maria e dei Padre Nostro con la disinvoltura di una pratica quotidiana. Hanno il capo coperto da un velo o da un fazzoletto di cotone spesso, quasi tutte sono vestite a lutto. Anche Elvira prende un foulard scuro dalla borsa, l'annoda sotto il collo e lo cala sulla fronte. Cosí nascosta si sente piú al sicuro.

Ha il passo rapido, sa dove andare. Il confessionale è dove lo ricorda, su un lato della navata. Aspetta che la donna con la testa china davanti alla finestrella di metallo abbia terminato per inginocchiarsi anche lei e veder filtrare la luce attraverso la grata.

– Nel nome del Padre… – inizia a dire la voce dall'interno.

– Buonasera, don Pasquale… – risponde Elvira dopo aver completato il segno della croce.

Dall'altra parte arriva un pesante silenzio. Avrà capito che è lei? Sarà capace di ascoltare quello che sta per affidargli?

Elvira chiude gli occhi e raccoglie i pensieri. Non devi recitare, devi essere te stessa, ha sempre detto alle sue attrici. Questo non è un film, non ha una parte scritta da ricordare a memoria, le parole sono dentro di lei e la regola non cambia. Solo trovando il coraggio di essere sé stessa può farle venire fuori. È il momento piú difficile. Ha affrontato i pregiudizi, la spocchia, le leggi, gli ordini politici e quelli militari, ha dato fastidio al fascismo e ai funzionari del re. Non ha mai protestato né commentato in pubblico il trattamento subito. Ha risposto attraverso il lavoro, raccontando le storie della sua Napoli misera, schiacciata, incantevole. E quelle delle sue donne altrettanto misere, schiacciate e incantevoli. Ora hanno schiacciato e immiserito anche lei, ma non prova rancore. È un sentimento diverso quello che ha deciso di affidare al segreto della confessione.

Sente il profumo d'incenso e il respiro del sacerdote. Nel buio di quell'angolo nascosto, nel silenzio di un istante sospeso, dimentica il mormorio delle donne in preghiera, non si accorge della fila che si sta formando dietro di lei, ignora anche il cugino dietro lo sportello di ferro scuro. Guarda dentro di sé, vede quello che ha dovuto soffocare. A parlare non è la donna acclamata da una costa all'altra degli Stati Uniti, né quella che Mussolini è riuscito a fermare soltanto con un editto mirato. A parlare è una donna minuta, dimessa. Una madre.

Pensa a Eduardo e a Dora e la voce si incrina per il rammarico. Racconta il sogno e la fatica di creare un'azienda che fosse anche una famiglia, un grande film dove lavorare insieme, ognuno con un ruolo, uniti dalla voglia di scrivere una trama comune. Non ha funzionato, Dora è andata via, rifiutando la parte. Il fascismo ha distrutto il resto.

Pensa a Maria e il rimpianto si fa rabbia. Sussurra al profilo in controluce ma vorrebbe urlare. Un prete può abbandonare la tonaca e una suora il suo legame con Gesú. Un padre può restare per giorni fuori casa ed essere amato e rispettato. Una madre è madre per la vita. La sua è una vita a senso unico, non può tornare indietro né ricominciare da capo. Elvira non può manifestare vergogna davanti alla figlia sapendo di non avere da offrire nulla di quello che sperava.

Una madre può solo essere una madre finché morte non la separi dalla sua condizione. Per quelle come lei che hanno provato a essere anche altro non c'è perdono. Né fuori, né dentro casa. Sarebbe dovuta andare di nascosto da una delle signore che tutto risolvono e lasciarla agire per cancellare l'errore vivo dentro di lei. Nessuno avrebbe saputo, nessuno l'avrebbe rimproverata. Avrebbe avuto un peccato in piú da confessare e ancora una famiglia a cui pensare.

Ha osato, ha desiderato e ha perso tutto. Si è dissolto il suo pubblico. Scomparsi gli attori, la sua seconda famiglia. Persi i figli e il marito. La sua vita prosegue senza piú legami, fluttua nel tempo.

– Dove ho sbagliato? – chiede interrompendo finalmente la corsa precipitosa delle parole.

La grata ha attutito la voce, ma la domanda è chiara, reclama una risposta che don Pasquale non può avere, a lui spetta offrire sollievo, comprensione. – Non c'è mai errore quando si mette al mondo un figlio, – le dice.

Il mormorio del rosario si è affievolito, Elvira vorrebbe aggrapparsi al conforto promesso dal sacerdote, ma non può mentire a sé stessa, non in quel momento. – Ho messo al mondo delle persone, le ho amate, eppure non sono riuscita a creare amore. Per me non ci sarà mai perdono.

La risposta stavolta arriva rapida, convinta. – Tutti meritiamo il perdono di Dio e dei nostri cari e la tua è stata una vita piena, l'amore è in ogni tuo gesto –. Non ha altro da aggiungere don Pasquale se non alcune parole latine, mere formule di rito. Elvira si alza e lascia il posto a una signora vestita a lutto. Lentamente si avvia verso l'uscita dove l'aspettano gli sguardi rispettosi, ma ormai lontani, di Eduardo e Nicola quando vanno a trovarla. E i silenzi di Dora e Maria.

Alcune vite sono rette lanciate verso l'infinito, alcune prendono forme astruse, altre sono onde armoniche e costanti. Quella di Elvira è un anello, un cerchio perfetto. Dopo un lungo peregrinare di città in città, di lavoro in lavoro, di successo in successo, si sta ricongiungendo alle origini per tornare lí dove tutto era iniziato, a quei vicoli dove il padre giocava da bambino e dove lei vaga senza meta mentre il mondo si sta infilando in un nuovo conflitto mondiale.

Le settimane diventano mesi, i mesi diventano anni. Il fascismo si impadronisce di ogni istante, la stagione dei trionfi è un ricordo sempre piú debole, espulso dalla storia scritta dal regime, rimosso dalla memoria di chi in quei tempi difficili sa di dover evitare anche il minimo accenno a episodi oggetto di censura, infine messo da parte anche dalla famiglia.

Nicola e Eduardo vivono a Napoli, nessuno di loro ha la fantasia e la facilità di scrittura di Elvira, e nemmeno le capacità organizzative. Impossibile produrre film senza l'anima dell'impresa, l'unica in grado di curare il soggetto, la sceneggiatura, la regia, le scelte di promozione e diffusione. A padre e figlio è rimasto uno dei pochi ruoli in cui avevano dimostrato una competenza, distribuire film. Di altri registi.

Nel fine settimana vanno a trovare Elvira, il lunedí sono di nuovo al lavoro. All'inizio le chiedono di raggiungerli, presto si rendono conto dell'inutilità delle loro parole. Elvira si è allontanata dai vicoli protagonisti di ogni sua pellicola. È una distanza fisica e, ogni giorno di piú, anche mentale. Non torna nella città dove ha vissuto per trent'anni, non li accompagna alla stazione quando ripartono, non si spinge oltre i confini del suo piccolo borgo.

Era padrona delle vie, l'unica a intrufolarsi nei bassi, a sapere come e dove piazzare una cinepresa nel ventre di Napoli senza essere respinta. Altri tempi, ora le strade sono percorse da soldati, camionette, gerarchi di quart'ordine, comparse di un palcoscenico di regime dove ogni giorno si mette in scena una tragica commedia di perfezione. Nessuno può metterla in discussione, meno che mai una donna.

Si è arresa, e che altro avrebbe potuto fare? E ora non ha piú nulla da cercare né da chiedere. La realtà è che è sola da tempo, e la realtà Elvira l'ha sempre affrontata e raccontata senza timori.

36.

– Venghino signori, venghino. Vi abbiamo scattato una foto. Volete vederla? – Con il cavalletto piantato lungo il corso principale di Cava de' Tirreni, Nicola e Eduardo attirano l'attenzione dei passanti. È iniziata la Seconda guerra mondiale, il primo settembre del 1939 il ministero dell'Interno ha esortato gli abitanti delle grandi città a lasciare con i propri mezzi le case e a trasferirsi nei «tranquilli piccoli comuni della provincia». E ha precisato che «al sorgere delle ostilità i grandi centri verranno immediatamente sgomberati d'autorità».

Sfollati da Napoli, a casa di don Pasquale si stabiliscono anche Nicola e Eduardo. Su un foglietto scritto a mano viene certificata agli uffici dell'anagrafe la loro presenza stabile a Cava de' Tirreni.

La permanenza si annuncia lunga e bisogna pur trovare il modo di guadagnare qualcosa. Nicola e Eduardo hanno portato la macchina fotografica, la usano per scattare delle istantanee a chi passeggia sulla strada principale. Con un gioco di parole le battezzano «lavori in Corso».

L'idea ha un discreto successo, padre e figlio diventano parte dello struscio locale. Molti si fermano, fanno domande. Eduardo parla di sé, del suo passato. Racconta di essere stato un attore famoso, di avere una madre regista, le loro pellicole riempivano le sale dei cinema per settimane.

Passanti e occasionali clienti ridono, si dànno di gomito,

lo prendono in giro, lo trattano come un ciarlatano, uno spaccone di mezza tacca. – Gennariello? Bel nome! Originale, poi –. Nessuno ha sentito parlare della sua maschera da Pulcinella triste, nessuno ha visto i loro film. Nessuno li ha piú cercati in seguito e ogni traccia è stata sapientemente rimossa o dimenticata.

Elvira Notari potrebbe non essere mai esistita. Nella piccola città dove vive in pochi la incontrano. Con gli anni inizia anche a non riconoscere i volti. Non si accorge che Dora va a trovarla, né che c'è anche Maria. Non si accorge che la sua famiglia si è riunita intorno a lei. Senza di lei.

È una vecchina dal sorriso lieve e dall'andatura lenta. Esce di casa al mattino per fare pochi passi in direzione opposta al centro, alle persone. Non ha la posa fiera, la linea di bistro a dare profondità e forza allo sguardo. Indossa un semplice vestito scuro. Intorno al volto solcato da rughe i capelli sono radi, bianchi, trattenuti da semplici forcine. Non le importa del suo aspetto né prova rimpianto per quello che non ha potuto realizzare. È serena, rifarebbe tutto e ha imparato a lasciar andare i ricordi come i fiori ai lati del sentiero dove va a passeggiare ogni mattina. Li accarezza senza raccoglierli in mazzi da portare a casa, li preferisce sciolti come vuole che sia il suo passato. Dentro quelle carezze ci sono le vite di tutte le donne che ha raccontato.

Vite piene, tormentate, contrastate, ribelli, perdenti. Libere.

Nota e ringraziamenti.

Come in una congiura perfetta, un insieme di circostanze pubbliche e private ha cancellato per quasi mezzo secolo il ricordo di Elvira Coda Notari. A contribuire al suo oblio è stata innanzitutto lei con la sua avversione a ogni forma di protagonismo. Non ha rilasciato interviste, non ha conservato la corrispondenza e non si è lasciata fotografare se non in occasione di un'immagine ufficiale – l'unica – e una manciata di altre private scattate soprattutto quando ormai era anziana e forse nemmeno si rendeva conto di essere ripresa, lei che ha trascorso una vita a riprendere gli altri.

La condanna da parte del regime fascista è stata un altro elemento decisivo nella sua rimozione dalla scena pubblica, provocando una rapida scomparsa dei suoi film dalle sale e dagli archivi e del suo nome dalle pubblicazioni apparse durante il Ventennio. Non bisogna poi dimenticare che le pellicole del cinema muto erano altamente deperibili e quindi eventuali copie dei suoi lavori sopravvissute alla censura hanno fatto i conti con la naturale opera del tempo e che la famiglia non ha mai rivendicato per lei il ruolo che le spettava.

Fu cosí che negli anni Sessanta si arrivò ad acclamare Lina Wertmüller come prima regista in Italia. Non era vero e lo si capí quando a scoprire Elvira Coda Notari furono le donne: studiose, storiche, esperte di cinema come Enza Troianelli e Giuliana Bruno, autrici dei primi importanti saggi e – piú recentemente – Monica Dall'Asta e Lucia Di Girolamo. Nel corso degli anni sono stati organizzati incontri, convegni, mostre, dibattiti e proiezioni delle uniche due pellicole superstiti (su una produzione di oltre sessanta lungometraggi e almeno un centinaio di cortometraggi e documentari) restituendo alla prima autrice italiana di film il suo posto nel mondo del cinema.

Se non fosse stato per la tenacia di studiosi e storici del cinema come Vittorio Martinelli o Mario Franco, che hanno deciso di mettersi sulle sue tracce quando Eduardo era ancora vivo e in grado di raccontare, della vita di questa donna non si saprebbe quasi nulla. E se non fosse stato per la caparbietà di una storica appassionata come Patrizia Reso, che ha dedicato anni di studi alla ricerca di notizie biografiche su Elvira Coda Notari, il buio sarebbe totale. Purtroppo Patrizia Reso è mancata poco prima che io iniziassi il mio lavoro, ma non smetterò mai di ringraziarla per la preziosa opera di recupero sintetizzata in un libro, *Elvira Coda Notari. Tracce metelliane di una pioniera del cinema* (Terra del Sole, 2011), che a lungo è stato sulla mia scrivania a fornirmi i pochi punti fermi di una storia che sembrava sfuggire a ogni tentativo di racconto.

In quel testo ho trovato alcune date che sono diventate la cornice. All'interno, come mi aveva avvertito il regista e produttore Licio Esposito, da tempo impegnato in una ricerca sulla prima regista italiana, avrei potuto solo provare a dipingere la «mia» Elvira Coda Notari. Aveva ragione. Nelle pagine di questo libro c'è la «mia» Elvira Coda Notari, una ricostruzione puntuale finché è stato possibile. Dove non è stato possibile, ho provato a immaginare come si sarebbe comportata in alcune situazioni, rispettando la sua personalità, il carattere che appare dai pochi aneddoti riportati da Eduardo nelle rare interviste rilasciate.

Al mio fianco in questo lungo periodo di immersione nella vita di una donna schiva, caparbia, volitiva, intelligente, libera, ho avuto diverse persone che voglio ricordare con riconoscenza. Grazie a Paolo Speranza, critico cinematografico, studioso appassionato di cinema muto. È stato lui a fornirmi le chiavi di accesso al mondo di Elvira Coda Notari. Grazie a Mario Franco, che ha risposto con grande disponibilità ai miei dubbi sulle tecniche cinematografiche d'inizio Novecento e mi ha raccontato tutto quello che ricordava del suo incontro con Eduardo. Grazie a Lucio Senatore, marito di Patrizia Reso, che ha messo a disposizione i documenti su cui aveva lavorato la moglie con una generosità che non dimenticherò mai. Grazie alla figlia Donatella, che mi ha accolta con il suo entusiasmo contagioso e mi ha mostrato l'ultima casa dove ha vissuto Elvira Coda Notari a Cava de' Tirreni. Grazie a Silvia Donzelli e Stefania Fietta, le mie agenti letterarie, che non mi hanno fatto mai mancare il loro sostegno e incoraggiamento. Grazie a Einaudi Stile Libero per aver creduto in questa storia e per la pazienza, la cura e la professionalità del loro lavoro. Grazie alla Cineteca Nazionale di Bologna, al Museo del Cinema di Torino, ad Andrea Cozzolino, esperto di tramvie di Clamfer, a Monica Maggi, Silvia Notari e Nadia Pizzuti.

Grazie all'Ama di Roma, che mi ha dato l'accesso al suo archivio storico permettendomi di scoprire dove è sepolta Elvira Coda Notari. La regista è morta il 17 giugno del 1946 a Cava de' Tirreni. Tre anni dopo la salma è stata trasferita altrove, ma nessuno sapeva dirmi la nuova collocazione, la condanna all'oblio sembrava non aver risparmiato nemmeno le sue spoglie. Dopo due mesi e decine di telefonate, mail, richieste di accesso agli atti ho trovato la tomba. È al cimitero del Verano in un vialetto laterale tra i pini e i cipressi del cimitero monumentale di Roma. Elvira riposa accanto al suo Nicola, sono in due loculi separati ma vicini. Non c'è traccia del fascicolo con i dettagli della traslazione, perso insieme a troppi altri documenti e materiali di una vita incredibile, unica. Incrociando le date, il trasferimento da Cava de' Tirreni dovrebbe essere avvenuto a metà degli anni Cinquanta, piú o meno quando morí anche Nicola. In quel periodo Eduardo viveva nella capitale, soltanto lui può aver riunito il padre e la madre. L'uomo condannato a rimanere per sempre figlio, dopo essere rimasto da solo, ha assunto il ruolo di capo di quel che restava della sua famiglia. Si è finalmente sposato e ha mantenuto i rapporti con le sorelle anche se abitavano in città diverse. Si è accontentato di un lavoro ai margini di un'industria del cinema che lo aveva da tempo dimenticato, ma ha conservato cineprese, oggetti di scena, testimonianze di un tempo che a nessuno sembrava interessare piú. Ai pochi che sono andati a chiedergli notizie ha raccontato la grandezza e l'amore di una donna che ha avuto il coraggio di vivere da madre e imprenditrice osando sfidare la società e poi anche Benito Mussolini e i suoi divieti.

Non ho dubbi, quindi, che si debba ringraziare lui se, quando sono arrivata finalmente davanti alla loro tomba, i nomi di Nicola e Elvira incisi nel marmo erano sbiaditi ma accostati.

Insieme hanno vissuto. Insieme saranno ricordati anche nei titoli di coda del loro ultimo film.

Nota al testo.

La citazione a p. 34 è tratta dalla canzone *Fenestella 'e Marechiaro*. Testo di Salvatore di Giacomo e musica di Francesco Paolo Tosti.

La citazione alle pp. 195-196 è tratta dalla canzone *Addio mia bella, addio*. Testo e musica di Carlo Alberto Bosi.

La citazione a p. 252 è tratta dalla canzone *È piccerella*. Testo e musica di Nicola Valente e Libero Bovio.

La citazione a p. 268 è tratta dalla canzone *I' te vurria vasa'*. Testo di Vincenzo Russo e musica di Alfredo Mazzucchi e Eduardo Di Capua.

Questo libro è stampato su carta contenente fibre certificate FSC®
e con fibre provenienti da altre fonti controllate.

MISTO
Carta da fonti gestite
in maniera responsabile
FSC® C115118
FSC
www.fsc.org

Stampato per conto della Casa editrice Einaudi
presso ELCOGRAF S.p.A. - Stabilimento di Cles (Tn)
nel mese di maggio 2022

C.L. 25119

Edizione						Anno			
1	2	3	4	5	6	2022	2023	2024	2025